Hanna Linzee

Für immer auf den ersten Blick

PIPER

Zu diesem Buch

Anna hat eine besondere Gabe. Sie kann sehen, wer füreinander bestimmt ist. In ihrer Berliner Partneragentur findet die 34-Jährige für ihre Klienten die wahre Liebe. Für jeden, nur nicht für sich selbst – denn ausgerechnet bei ihr funktioniert die Gabe nicht. Fünf Jahre ist ihre geplatzte Hochzeit mit Gregor her, und Anna fühlt sich einsamer denn je. Bis sie einen Freund aus Kindertagen nach all den Jahren wiedersieht. Für Anna fühlt es sich wie ein Wink des Schicksals an. Doch die Gabe flüstert ihr etwas anderes ein …

Hanna Linzee, geboren 1979, wuchs in der Nähe von Münster auf. Nach Bankausbildung und BWL-Studium zog sie nach Düsseldorf, später nach Kaarst. Sie ist verheiratet und hat einen Sohn. Wann immer ihre Zeit es zulässt, schreibt sie. »Für immer auf den ersten Blick« ist ihr Romandebüt.

Hanna Linzee

FÜR IMMER AUF DEN ERSTEN BLICK

Roman

PIPER

Mehr über unsere Autoren und Bücher:
www.piper.de

MIX
Papier aus verantwortungsvollen Quellen
FSC® C083411

Originalausgabe
ISBN 978-3-492-31232-5
Oktober 2017

Umschlaggestaltung: zero-media.net, München
Umschlagabbildung: FinePic®, München
Satz: Satz für Satz, Wangen im Allgäu
Gesetzt aus der Life
Druck und Bindung: CPI books GmbH, Leck
Printed in the EU

Für Leo

Prolog

Ich hatte gerade meinen siebten Geburtstag gefeiert, als mir meine Großmutter eine Geschichte erzählte, die mein Leben auf wundersame Weise verändern sollte. Es war ein ungemütlich kühler Herbstabend, und eigentlich hätte ich schon seit einer Stunde im Bett liegen müssen. Doch da Großmutter zu Besuch war, durfte ich ausnahmsweise so lange aufbleiben, wie ich wollte, was ich schamlos auszunutzen gedachte. Frisch gebadet und in meinen Lieblingsschlafanzug gekuschelt, dessen Erdbeerrot längst einem verwaschenen Rosa gewichen war, saß ich mit Großmutter vor dem knisternden Feuer im Kaminzimmer und schlürfte den Rest der heißen Schokolade, die mein Kindermädchen Louise uns gebracht hatte. Von draußen peitschte der Regen gegen die Scheiben, und der Wind rüttelte an den hölzernen Fensterläden. Großmutter versank beinahe in Vaters altem Ohrensessel, einem Ungetüm aus braunem Leder, das an den Armlehnen schon ganz abgewetzt war. Ich saß zu ihren Füßen, den Rücken an die Kaschmirdecke geschmiegt, die sie über ihre Beine gebreitet hatte. Verträumt, wie es das Vorrecht kleiner Mädchen ist, blickte ich in die tanzenden Flammen. Großmutter streichelte über mein Haar. »Wie wäre es vor dem Schlafengehen mit einer Geschichte?«, fragte sie. Mit glänzenden Augen schaute ich zu ihr auf und nickte so heftig ich konnte. Großmutter lächelte mich an. Dabei vertieften sich die Grübchen in ihren Wangen, die mein Vater und ich von ihr geerbt hatten und die mein Vater so gut es ging zu verbergen suchte.

Mein Herz begann vor Vorfreude zu hüpfen. Doch schon kurz nachdem Großmutter zu erzählen begonnen hatte, runzelte ich die Stirn, und ein Gefühl maßloser Enttäuschung schwappte durch meinen Körper. Wo waren die Zauberwälder, in denen lichtscheue Gestalten hausten, wo die glutroten Feuersäulen, die aus kargen Felslandschaften emporschossen? Erregt zupfte ich an der Decke auf Großmutters Schoß und forderte eine richtige Geschichte. Wie die über die Kriegerprinzessin, die reiten konnte wie der Teufel und mit ihrem schwarzen Zopf und den mitternachtsblauen Augen eine verblüffende Ähnlichkeit mit mir aufwies. Doch Großmutter hob nur die Hand und bat mich um Geduld, bald würde ich alles verstehen. Dann räusperte sie sich und begann von vorne:

»Es war einmal vor dreißig Jahren, da lebte ein Mann in einer wunderschönen großen Stadt, die hieß Berlin. Dort, im Schatten der Zitadelle, in einer engen Gasse gegenüber der alten Stadtmauer, besaß der Mann ein kleines Geschäft, in dem er tagein, tagaus Brillen verkaufte. Doch er selbst sah sich nicht als Verkäufer, in seinem Herzen war er ein Künstler.

Und so war in seinem Laden nicht eine Brille zu sehen. Stattdessen standen an den Wänden Schränke aus dunklem Holz, die bis zur Decke reichten. Darin waren unzählige winzige Schubladen eingelassen. Kam nun ein Kunde in seinen Laden, trat der Mann ganz nah an ihn heran und studierte aufmerksam sein Gesicht.

Wenn er mit seiner Musterung fertig war, ging er zielstrebig zu einer der Schubladen, nahm die Brille heraus, die darin verborgen lag, und setzte sie dem Kunden auf. Dann zauberte er einen Handspiegel hervor, reichte ihn hinüber und wich selbst einen Schritt zurück, um sein Werk zu betrachten. Der Kunde aber konnte kaum glauben, was er sah. Er drehte den Kopf von links nach rechts und wieder zurück, doch das Bild blieb stets dasselbe. Es war so, als hätte diese Brille nur darauf gewartet, von ihm getragen zu werden. Als wäre sie nur für ihn geschaffen worden. Dies war nicht einfach nur eine Brille. Diese Brille verschmolz mit seinem Gesicht und ließ es mit einem Mal viel schöner, klüger und liebenswerter erscheinen. Selbst die zu große Nase und der breite Mund wirkten gar nicht mehr störend, sondern auf betörende Weise attraktiv. Kurzum: Mit dieser Brille fühlte sich der Kunde in seiner Haut so wohl wie nie zuvor in seinem Leben.

Fortan setzte er sie nur zum Schlafengehen ab. Niemals wieder würde er sie hergeben oder gar eine andere tragen.

Und weil es allen Kunden des Mannes so erging, warteten sie stundenlang und selbst bei Wind und Wetter vor der Tür, bis sie an der Reihe waren, den kleinen Laden zu betreten. Dabei konnte es durchaus passieren, dass der Mann den Kopf schüttelte und sagte: »Für Ihr Gesicht habe ich keine Brille. Doch lassen Sie mir Ihre Anschrift da. Wenn ich die richtige gefunden habe, schreibe ich Ihnen.«

Und so geschah es. Manchmal konnte es Monate dauern, Jahre sogar. Doch irgendwann sah er sie. Auf dem Straßenmarkt, in einem Antiquitätengeschäft, manchmal gar auf der Nase eines anderen Menschen. Dann wurde ihm schwindelig, und er wusste: Diese Brille gehörte zu seinem Kunden. Und er ruhte nicht eher, bis er sie zusammengeführt hatte.«

Großmutter verstummte. Das Feuer war in der Zwischenzeit so weit heruntergebrannt, dass das Zimmer in einem schummrigen Dämmerlicht versank. Außen an den Fensterscheiben floss der Regen in dicken Strömen herunter. Vergessen war mein Unmut, vergessen waren die Feuersäulen und Zauberwälder. In meinem Kopf purzelten die Gedanken nur so durcheinander. Berlin, das Brillengeschäft ... das konnte doch kein Zufall sein. Und wenn es kein Zufall war, was hatte das alles zu bedeuten? Mit zitternden Fingern stellte ich meinen Becher ab und wandte mich zu Großmutter um. Sie breitete die Arme aus, und ich krabbelte auf ihren Schoß und schmiegte mein Gesicht an ihre Wange. »Der Mann in der Geschichte«, flüsterte ich, »war das ...«

»Dein Großvater«, beendete sie den Satz. »Ja.«

»Mein Großvater«, wiederholte ich andächtig. Die Worte fühlten sich merkwürdig an in meinem Mund, fremdartig und ungewohnt. Großmutter sprach nie von ihm, und das wenige, das mir mein Vater über ihn erzählt hatte, war, dass er ein Brillengeschäft in Spandau besessen hatte und lange vor meiner Geburt an einem Herzinfarkt gestorben war.

»Erzähl mir von ihm«, bat ich sie, bevor sie es sich am Ende noch anders überlegte, »konnte er die Menschen wirklich schöner machen?«

Großmutter nickte. »Ich habe es selbst gesehen. Die Menschen, die seine Brillen trugen, hatten etwas an sich, das sich nicht in Worte fassen ließ. Sie strahlten ... von innen heraus. Wenn sie sein Geschäft verließen, sahen sie nicht einfach schöner aus. Es war viel mehr als das. Sie waren *glücklich.*« Großmutter lächelte versonnen, und ich konnte sehen, wie die Schatten der Erinnerung hinter ihren Augen tanzten. »Wie dem auch sei«, fuhr sie nach einer Weile fort. »Es gibt einen Grund, warum ich dir all das heute erzähle.« Sie nahm mein Gesicht in ihre Hände und sah mir fest in die Augen. »Dein Großvater«, sagte sie, »hatte die Gabe, die Menschen glücklich zu machen.« Ihre Stimme wurde ganz weich. »Genau wie du.«

Ich blickte sie ungläubig an. Im selben Moment war von draußen ein gewaltiges Donnergrollen zu hören. Ein Blitz zerriss den nachtschwarzen Himmel und tauchte den Raum in ein gleißend helles Licht.

»Ich soll … Brillen verkaufen?« Mehr brachte ich nicht heraus.

Großmutter lachte laut auf. »Natürlich nicht, mein Kleines«, sagte sie und streichelte mir liebevoll über die Wange. »Die Gabe hat viele Facetten. Dein Großvater hatte einen Blick für die Gesichter der Menschen. Du, Anna, kannst in ihre Herzen sehen.« Als sie meinen verwirrten Gesichtsausdruck sah, nickte sie. »Ich habe dich beobachtet. Gestern, bevor deine Gäste kamen.«

Das alles ergab für mich keinen Sinn. Ich legte die Stirn in Falten, versuchte zu verstehen, wovon sie redete. Großmutter hatte am Fenster gesessen und gestickt, während ich am Esszimmertisch hockte und Platzkärtchen beschriftete. Fünfzehn Kinder sollten zu meinem Geburtstag kommen, und nur eines wollte ich wirklich dabeihaben: Benedikt, den alle nur Benjo nannten. Er war mein bester Freund, seit ich denken konnte. Die anderen waren die Kinder von Geschäftspartnern meiner Eltern. So auch Franziska. Mutter hatte mir eingebläut, wie wichtig es war, dass sie sich amüsierte. Doch Franziska kannte von allen Gästen nur mich, und wenn ich mich um sie kümmerte, hatte ich keine Zeit für Benjo! Missmutig rief ich mir ihr Gesicht ins Gedächtnis. Und da passierte es. Mit einem Mal wurde mir so schwindelig, dass mir der Stift aus der Hand fiel. Hinter meiner Stirn begann es zu pochen, die Ränder meines Blickfeldes verschwammen. Es war nur ein kurzer Moment, doch als er vorbei war, hatte ich ein Bild in meinem Kopf. Von einem Jungen und einem Mädchen, die sich an den Händen hielten, als wollten sie einander nie wieder loslassen. Noch immer benommen, nahm ich zwei Platzkärtchen, beschriftete sie und legte sie nebeneinander. Eine Stunde später war meine Geburtstagsfeier im vollen Gange. Rund um den Tisch wurde gelärmt, gekichert und gelacht. Doch mittendrin saßen zwei, die von alledem nichts mitbekamen. Die sich unentwegt ansahen, mit einem Ausdruck zwischen Staunen und Ehrfurcht. Die Luft um sie herum schien zu flirren, und wenn sich ihre Hände ausversehen berührten, ging ein Strahlen über ihre Gesichter, das den ganzen Raum erhellte. Ich hatte keine Erklärung dafür, war aber dennoch zufrieden. Denn Franziska war es offensichtlich auch …

Bei der Erinnerung musste ich lächeln.

»Verstehst du nun?«, fragte Großmutter, und als ich zaghaft nickte, drückte sie meine Hand. »Du hast jetzt eine große Verantwortung«, sagte sie. »Denke immer daran, mein Schatz, und geh sorgsam damit um.« Sie gab mir einen Kuss auf die Nasenspitze. »Nun ist es aber höchste Zeit zum Schlafengehen. Und morgen früh, wenn du aufgestanden bist, darfst du mich alles fragen, was du möchtest.«

1

27 Jahre später

»Das ist sie also.« Mit zusammengekniffenen Augen betrachtete Richard van Eyk das Foto, das ich vor ihn auf den Schreibtisch gelegt hatte. Als er wieder aufsah, war seine Stirn gerunzelt. »Um ehrlich zu sein, Frau Kronenberg, hatte ich mir die Frau meines Lebens anders vorgestellt. Wesentlich jünger und irgendwie … appetitlicher. Mit langen Haaren und ein paar hübschen Rundungen.«

Seine Hände, die groß wie Schaufelräder waren, zeichneten die Silhouette einer Sanduhr in die Luft.

»Und zwar an den *richtigen* Stellen.«

»Herr van Eyk.« Ich sah demonstrativ auf meine Armbanduhr. »Wollen Sie nun ihren Namen haben oder nicht?«

»Ich weiß nicht so recht«, murmelte er und kratzte sich am Hinterkopf. Er nahm das Bild, musterte es erneut und legte es wieder hin. »Wen haben Sie denn noch im Angebot?«

Ich spürte, wie sich mein Körper instinktiv anspannte. Meinte er das etwa ernst? Ich warf ihm einen prüfenden Blick zu, doch der erwartungsvolle Ausdruck in seinen grauen Augen ließ keinen Zweifel. Kopfschüttelnd beugte ich mich ein Stück vor und drückte auf den Knopf der Freisprechanlage. »Sabine, seien Sie bitte so lieb und bringen Sie Herrn van Eyk seinen Mantel. Er möchte gehen.«

»Was? Nein!« Mein Klient schnappte erschrocken nach Luft. »Ich wollte doch nur wissen, wer die Alternativen sind.«

Die Alternativen zur wahren Liebe? »Einen Moment noch, Sabine.« Ich ließ den Knopf los, lehnte mich zurück in meinen Sessel und musterte sein quadratisches Gesicht mit dem sorgfältig gestutzten Vollbart, in dem die grauen Haare längst die Oberhand gewonnen hatten.

»Herr van Eyk«, sagte ich so betont deutlich, als würde ich zu einem Dreijährigen sprechen. »Ich habe es Ihnen doch erklärt. Sie bekommen von mir *ein* Foto und den einen Namen. Die *Alternativen*«, ich machte eine kurze Pause, »sind Ja oder Nein. Entweder Sie lernen die Frau kennen, oder Sie lassen es bleiben. Einen anderen Partnervorschlag werden Sie von *mir* nicht erhalten.«

Herr van Eyk starrte mich an, als hätte ich ihm einen Eimer Eiswasser über den Kopf geschüttet. »Ich dachte, das sei ein Scherz«, sagte er, nachdem er sich wieder gefangen hatte. »Ich meine, wo gibt es denn so etwas?«

Ich schluckte die harsche Bemerkung hinunter, die mir auf der Zunge lag, und griff nach dem Foto der Frau, die dazu bestimmt war, sein Leben zu teilen. Sie wirkte sympathisch, wie sie in dem kleinen Café in Kreuzberg saß und einen Roman las. Das Buch schien ihr zu gefallen, ein amüsiertes Lächeln spielte um ihre Lippen.

Doch was war das? Ich sah genauer hin und registrierte den fettigen Abdruck, den sein Daumen auf ihren Brüsten hinterlassen hatte. Auch der achtlose Knick, der ihr Lächeln in zwei Hälften teilte, war neu. Mein Puls beschleunigte sich. War das der Respekt, den er der Frau entgegenbrachte, nach der ich monatelang gesucht hatte? Was, wenn er sie wirklich traf und mit derselben Geringschätzung behandelte, die er ihrem Foto zuteilwerden ließ? In meinen Ohren begann es zu rauschen. Der Ärger, den ich mühsam zurückgehalten hatte, spülte wie eine Welle über mich hinweg, und ehe ich wusste, wie mir geschah, hatte ich das Foto zerrissen und die Schnipsel in die Luft geworfen. Mit grimmiger Genugtuung sah ich zu, wie sie zu Boden segelten.

»Was machen Sie denn da?« Die fassungslose Stimme von Herrn van Eyk holte mich in die Realität zurück. Sämtliche Farbe war aus seinem Gesicht gewichen. »Sind Sie verrückt geworden?« Er ließ sich aus seinem Besucherstuhl auf die Knie fallen und begann mit hektischen Bewegungen, die Überreste einzusammeln. Wie ein verwöhnter kleiner Junge, der sich erst dann für ein Spielzeug zu interessieren begann, wenn es zerbrochen vor ihm lag. Nur, dass der kleine Junge ein Mann von Mitte fünfzig war und das Spielzeug eine erwachsene Frau, die lebte und atmete, die Wünsche hatte und Träume.

Auf einmal hatte ich das Gefühl, keine Luft mehr zu bekommen. Ich sprang auf und lief um den Schreibtisch herum. Herr van Eyk hielt inne, die Fotoschnipsel an seine Brust gepresst.

»Wieso haben Sie das getan?«, schimpfte er. Sein massiger Körper zitterte vor Empörung. »Das Bild hat mich ein Vermögen gekostet!«

Ich blieb stehen und sah zu ihm herunter. »Dann«, stieß ich hervor, »sollten Sie lernen, besser damit umzugehen.«

Ich lief in die Küche und schloss die Tür hinter mir. Ein lauter Donnerknall aus dem Flur verriet mir, dass mein Klient gegangen war. Schwer atmend nahm ich einen Becher aus dem Schrank und goss mir von dem Rooibostee ein, den meine Assistentin Sabine aufgebrüht und in eine Thermoskanne gefüllt hatte. Mit der Tasse in der Hand ging ich zurück in mein Büro und setzte mich in die lederne Sitzecke.

Die alte Standuhr neben der Tür hatte gerade achtzehn Uhr geschlagen, und in der Dunkelheit vor den Fenstern tanzten silberne Schneeflocken. Es waren noch gut drei Wochen bis Weihnachten, und Berlin war nahezu vollständig unter einer glitzernden Decke aus Eis und Schnee verschwunden. Doch ich hatte keinen Blick für den winterlichen Zauber, der sich außerhalb meiner Agentur abspielte. Meine Gedanken kreisten um Richard van Eyk. Ich konnte nicht fassen, wie dumm er war. Wie ignorant. Wusste er nicht, dass andere Menschen alles dafür geben würden, zu erfahren, wer ihre wahre Liebe war? Erst jetzt bemerkte ich, dass ich meinen Becher zu fest hielt. Ich lockerte den Griff und blies hinein, um die dampfende Flüssigkeit abzukühlen. Ein zaghaftes Klopfen ließ mich aufschauen.

»Ja bitte?«, fragte ich. Die Tür öffnete sich, und Sabine schlüpfte herein, ihren weinroten Terminkalender unter den Arm geklemmt.

Als ich meine Agentur vor sechs Jahren in der Villa am Steinplatz eröffnet hatte, war ich von dem Ansturm einsamer Herzen vollkommen überrascht worden. Es war so, als hätte ich einen Nerv getroffen in einer Welt, in der es zunehmend normal schien, seinen Partner mittels Computeralgorithmen zu bestimmen. Ich hielt noch ein paar Wochen durch, indem ich bis tief in die Nacht hinein arbeitete, doch dann wurde mir klar, dass ich eine Assistentin brauchte. Also schaltete ich eine Annonce in der Zeitung. In den nächsten Tagen stellten sich etliche Bewerberinnen vor, aber keine von ihnen passte zu meiner Arbeitsweise. Sie waren zu laut, zu aufgesetzt, zu bemüht, mir zu gefallen. Ich wollte schon die Hoffnung aufgeben, als plötzlich Sabine vor mir stand. Sie war Anfang zwanzig, hatte einen lustig wippenden Pferdeschwanz und große blaue Kinderaugen, die aufgeweckt und fröhlich und ohne jeden Argwohn in die Welt blickten. Noch während wir uns unterhielten, bot ich ihr die Stelle an. Eine spontane Entscheidung, die mir nicht ähnlich sah, die ich aber bis heute nicht bereut hatte.

Sabine lächelte mir zu und trat zu der kleinen, etwas windschiefen Tanne, die sie am Morgen ins Büro getragen und anschließend mit allerlei Kugeln und Glassternen geschmückt hatte. Und mit pausbäckigen Engeln, die in ihre winzigen Trompeten bliesen und dabei so kitschig aussahen, dass meine Mutter bei ihrem Anblick sicherlich in Ohnmacht gefallen wäre. Ein Umstand, der mich augenblicklich für sie eingenommen hatte.

Sabine hantierte an der Lichterkette herum. Sekunden später erstrahlte der Weihnachtsbaum in einem warmen, goldenen Glanz, der dem Raum mit dem antiken Schreibtisch, den holzgetäfelten Wänden und den unzähligen Büchern ringsherum etwas Geheimnisvolles, Nostalgisches verlieh. Während ich die feinen Staubpartikel beobachtete, die aufgescheucht durch die Luft flirrten, ließ meine Anspannung nach. Ich trank noch einen Schluck Tee und stellte meinen Becher auf dem Sofatisch ab. Sabine setzte sich neben mich, streckte ihre schlanken Beine aus, die in engen, rosafarbenen Jeans steckten, und musterte mich besorgt. »Geht es Ihnen gut?«, erkundigte sie sich. »Mir war, als hätte ich Türenschlagen gehört.«

Ich nickte und setzte ein Lächeln auf, von dem ich hoffte, dass es einigermaßen echt aussah. »Nicht der Rede wert.

Herr van Eyk hatte sich die Liebe seines Lebens nur etwas anders vorgestellt. Zwanzig Jahre jünger und mit den Maßen eines Models. Ihr Foto hat er trotzdem mitgenommen. Wenn auch in Einzelteilen …« Ich schob die Erinnerung an den unangenehmen Vorfall beiseite und räusperte mich. »Kommen Sie, meine Liebe, es ist schon spät, lassen Sie uns bitte die Agenda für morgen durchgehen.«

Meine Assistentin sah mich an, als wollte sie etwas entgegnen. Dann überlegte sie es sich anders und begann in ihrem Kalender zu blättern. »Ihre erste Klientin morgen ist Nora Rittbach«, informierte sie mich. »Die arme Frau … Erinnern Sie sich an sie?«

»Natürlich«, antwortete ich und zog unwillkürlich meine Strickjacke enger um mich. Das Schicksal der steinreichen Industriellenwitwe war durch sämtliche Boulevardblätter gegangen.

»Die arme Frau«, wiederholte Sabine mitleidsvoll. »Sie wäre besser gleich zu Ihnen gekommen. Da wäre ihr einiges erspart geblieben.« Ihr Finger verharrte auf dem Namen Rittbach und glitt dann zum nächsten Eintrag. »Im Anschluss«, sagte sie und räusperte sich, »treffen Sie sich mit den Steinhoffs zum Mittagessen.«

Ich blinzelte überrascht. Sabine hob den Kopf. »Ich weiß, was Sie jetzt denken«, sagte sie schnell. »Wir haben auch so schon viel mehr Aufträge, als wir bewältigen können, da bleibt keine Zeit für ehemalige Klienten. Aber die beiden wollten Sie unbedingt wiedersehen. Sie haben keine Ruhe gegeben.« Sie hielt inne und sah auf ihre Hände. »Sie bekommen nämlich ein Baby.«

Ich schluckte, fühlte die vertraute Enge in meiner Brust. *Ein Baby* … Ich dachte an das Leben, von dem ich einmal geträumt hatte. An das Haus, das ich mir gewünscht hatte. Mit einer Schaukel im Garten und einem blühenden Apfelbaum. Mein Blick glitt zu den Fenstern, auf die der Frost glitzernde Eisblumen gemalt hatte.

»Frau Kronenberg?«

Ich wandte mich um und begriff, dass Sabine etwas gesagt hatte. »Soll ich das Mittagessen absagen?«, fragte sie.

»Nein«, erwiderte ich und atmete tief durch. »Schon gut. Was haben wir sonst noch?«

Sabine zögerte einen Moment, dann zog sie ein elfenbeinfarbenes Kuvert aus ihrem Kalender und reichte es mir. Ich öffnete den Umschlag und betrachtete die Einladung zur Hochzeit, die auf schwerem, handgeschöpftem Büttenpapier gedruckt war. Julina Winter und Leo Demmler. Die Tatortkommissarin und der Pianist. Er war ein scheuer Mann, der niemals lächelte. Bis er *ihr* begegnete. Für einen kurzen Moment schloss ich die Augen. Dann klappte ich die Karte zu und gab sie Sabine zurück. »Bitte richten Sie den beiden aus, dass ich gerne komme.« Sabine nickte. Wenn sie überrascht war, ließ sie es sich nicht anmerken. Sie strich über die Karte, als plötzlich ein mutwilliges Funkeln in ihre Augen trat. »Und«, fragte sie und lächelte, »werden Sie Champagner trinken und mit schönen Männern tanzen?«

Ich hob eine Augenbraue. »Ich gehe dorthin, um zu arbeiten, Sabine.«

Sie seufzte, als hätte sie mit der Antwort gerechnet. »Mit anderen Worten: Sie werden jedem Gast ins Gesicht schauen und auf eine Eingebung hoffen. Und wenn Sie damit fertig sind, ist der Abend um.«

Ohne es zu wollen, musste ich schmunzeln. »So in etwa.«

Sabine kicherte. Dann wurde sie schlagartig wieder ernst.

»Und wenn ich Sie begleite?«, fragte sie. »Zu zweit ist es doch viel lustiger.«

Ich blickte sie erstaunt an. Obwohl sie jetzt schon so lange für mich arbeitete, war mir nie in den Sinn gekommen, dass sie Vergnügen an derlei Veranstaltungen finden könnte. *Man sollte eben nicht von sich auf andere schließen,* schoss es mir durch den Kopf.

Meine Assistentin, die mein Schweigen offensichtlich als Ablehnung deutete, schlug die Augen nieder. »Vergessen Sie es. Das war eine blöde Idee. Total verrückt.« Sie fing wieder an, in ihrem Kalender zu blättern.

Ich begriff, dass ich etwas sagen musste. *Nur was?* Einerseits hatte ich das Bedürfnis, alleine zu der Hochzeit gehen, um konzentriert und in Ruhe arbeiten zu können. Andererseits machte Sabine einen hervorragenden Job und hatte eine Belohnung mehr als verdient. Hinzu kam, dass sie mich noch nie um einen Gefallen gebeten hatte, was es mir doppelt schwer machte, sie zu enttäuschen. »Ich überlege es mir«, stellte ich schließlich in Aussicht und lächelte ihr zu.

»Ehrlich?« Ein Strahlen ging über Sabines Gesicht. Ich sah ihr an, dass sie drauf und dran war, mir um den Hals zu fallen. Unwillkürlich wich ich ein Stück zurück. Das war mir nun doch zu viel. Ich hatte keine Ahnung, ob es erlernt war oder angeboren oder eine Mischung aus beidem, jedenfalls fühlte ich mich in den meisten Situationen mit einem kräftigen Händedruck deutlich wohler als mit einer Umarmung. Ganz anders Sabine. Im Geheimen bewunderte ich die ungezwungene, herzliche Art, mit der sie meinen Klienten begegnete, und war doch gleichzeitig dankbar über das stille Einverständnis, mit dem sie meinen Wunsch nach Distanz respektierte. Normalerweise zumindest …

»Schon so spät«, verkündete ich, um sie abzulenken, und schaute zu der alten Standuhr, deren Zeiger inzwischen auf Viertel nach sechs standen. An und für sich war es nicht ungewöhnlich, dass Sabine um diese Zeit noch in der Agentur war, doch auf einmal spürte ich das dringende Verlangen, alleine zu sein. Also hob ich einen Zeigefinger und sah sie mit gespielter Strenge an. »So langsam sollten Sie wirklich zusehen, dass Sie nach Hause kommen, meinen Sie nicht?«

Sie grinste, schüttelte aber den Kopf. »Wir sind doch noch gar nicht fertig.«

»Das ist kein Problem«, versicherte ich ihr, jetzt wieder im geschäftsmäßigen Tonfall. »Die restlichen Termine können wir auch morgen früh besprechen.«

Sabine zuckte mit den Schultern und erhob sich. »Was ist mit Ihnen?«, fragte sie. »Kommen Sie mit?«

Ich wies mit der Hand auf meinen Schreibtisch, auf dem sich die Klientenakten stapelten. »Ich bleibe noch ein bisschen. Schönen Feierabend Ihnen und vielen Dank! Bis morgen!«

***

Es war schon nach einundzwanzig Uhr, als ich die Tür zu meiner Wohnung in der Friedbergstraße aufschloss und den stillen, dunklen Flur betrat. Ich knipste das Licht an und hängte meinen Wintermantel in den Garderobenschrank, den ich von meiner Großmutter geerbt hatte und dessen Türen beim Öffnen so wunderbar knarzten. Gähnend verstaute ich meinen Schal im obersten Fach, streifte die Boots ab und lief auf Socken ins Schlafzimmer.

Der honigfarbene Parkettbogen unter meinen Füßen fühlte sich angenehm warm an. Vor dem großen Spiegel am Kleiderschrank blieb ich stehen. Das Gesicht, das mir entgegenblickte, wirkte schmal und blass, die Augen unnatürlich groß. Ich wandte den Blick ab, löste die Nadeln aus meiner Frisur und schüttelte den Kopf, bis mir das lange Haar locker über die Schultern fiel. Dann schlüpfte ich in meinen Pyjama und lief in die Küche, die über eine Theke mit dem Wohn-Essbereich verbunden war.

Mein Magen knurrte vernehmlich, als ich den Kühlschrank öffnete und hineinsah. Bis auf eine Flasche Wasser, einen abgelaufenen Joghurt und eine Zitrone mit schrumpeliger Haut herrschte gähnende Leere. Ich hatte vergessen einzukaufen. Das heißt, eigentlich hatte ich auf dem Heimweg sogar daran gedacht. Doch dann war mir in den Sinn gekommen, dass im Supermarkt noch andere Leute sein würden, und hatte den Gedanken wieder verworfen. Für heute war mein Bedarf an menschlicher Gesellschaft gedeckt. Hungrig war ich trotzdem. Frustriert ließ ich die Tür wieder zufallen. Ich nahm mir zwei Knäckebrote aus der Brotbox und schlang sie im Stehen hinunter. Dann goss ich mir ein Glas von dem Rotwein ein, den ich im Sommer von einer Geschäftsreise nach Freiburg mitgebracht hatte, und setzte mich auf die Couch. Während ich an dem Spätburgunder nippte, ließ ich meinen Blick durch den Raum schweifen. Über den Esstisch mit den sechs Stühlen, auf denen nie jemand saß, bis zu dem Stapel Umzugskartons, der schon seit Ewigkeiten ungeöffnet in der Ecke neben dem Sideboard stand. Genau genommen seit dem Tag vor fünf Jahren, als ich eingezogen war.

Bei dir sieht es aus wie in einem Hotel, hatte mein früheres Kindermädchen Louise gesagt, als sie mich letztes Jahr zu meinem Geburtstag besucht hatte. *Wann hängst du deine Bilder auf und stellst ein paar Fotos ins Regal? Du kannst doch nicht ewig so weitermachen …*

Als ich die Erinnerung abschüttelte, mir die Decke bis zur Brust zog und nach der Fernbedienung griff, schellte das Telefon. Das Klingeln zu hören war so ungewohnt, dass ich erschrocken zusammenfuhr.

Nach dem zweiten Läuten sprang der Anrufbeantworter an. »Hallo? Frau Kronenberg?«, ertönte Sabines Stimme, nachdem die automatische Ansage verklungen war.

Abrupt richtete ich mich auf. Dabei schwappte Wein über den Rand meines Glases und hinterließ einen dunkelroten Fleck auf dem Oberteil meines Pyjamas. »Ach, verdammt«, fluchte ich leise und stellte das Glas ab.

»Ich weiß, dass Sie zu Hause sind.«

Ich sah hinüber, als könnte ich den Anrufbeantworter durch die bloße Kraft meiner Gedanken zum Schweigen bringen. Dann gewann die Besorgnis Oberhand. Sabine hatte mich noch nie zu Hause angerufen. Ich rappelte mich hoch, lief zur Kommode und griff nach dem Telefon. »Ist etwas passiert?«, fragte ich anstelle einer Begrüßung.

Sabine lachte erleichtert auf. »Hallo, Frau Kronenberg. Wie schön, dass ich Sie erreiche!«

Ich stöhnte innerlich. »Was gibt es denn, Sabine? Ich wollte gerade schlafen gehen.«

»Natürlich. Ich will Sie auch gar nicht lange stören. Ich hatte in dem ganzen Trubel nur völlig vergessen, Ihnen von Frau Richter zu erzählen.« Sie machte eine bedeutungsvolle Pause.

Richter, Richter. Ich kramte in meinem Gedächtnis nach

dem Namen. Schließlich gab ich auf. »Wer ist das? Eine neue Klientin?«

»Eine Verlegerin. Stellen Sie sich vor, sie will ein Buch mit Ihnen machen!«

»Einen Moment.« Ich ging zurück zur Couch und setzte mich.

»Jetzt noch mal von vorne. Welche Frau Richter? Und was für ein Buch?«

»Hab ich das nicht gesagt? Ein Buch mit Kurzgeschichten. So wie ›Verbrechen‹ oder ›Schuld‹. Was sagen Sie dazu?«

Ich atmete tief durch. »Sabine, ich führe eine *Partneragentur*, wenn ich Sie daran erinnern darf. Meine Klienten *verlieben* sich, sie bringen niemanden um.«

»Das ist es ja gerade!«, Sabines Stimme überschlug sich beinahe vor Begeisterung. »Deshalb soll Ihr Buch ja auch den Titel ›Liebe‹ tragen. Frau Richter hat gesagt, es sei alles ganz einfach. Sie geben einem Autor ein paar Liebesgeschichten aus Ihrem Repertoire zum Besten. Den Rest erledigen die.« Sabine lachte vergnügt. »Das wird ein Bestseller, das garantiere ich Ihnen.«

»Kommt nicht infrage!«

Ohne es zu merken, war ich wieder aufgesprungen und lief nun im Wohnzimmer auf und ab. »Sabine, Sie können doch nicht ernsthaft glauben, dass ich irgendeinem dahergelaufenen Schreiberling intime Geheimnisse über meine Klienten verrate«, machte ich meinem Ärger Luft. »Meine Klienten *vertrauen* mir. Sie kommen zu mir, weil ich *diskret* bin.«

Am anderen Ende ertönte ein Seufzen. »Ihre Klienten kommen zu Ihnen, weil Sie die Einzige sind, die ihnen geben kann, wonach sie sich wirklich sehnen. Und was die Diskretion angeht: Darf ich Sie an das Interview erinnern, das

Julina Winter gegeben hat? Wo war das noch gleich, in der Bunten?« Sie seufzte erneut. »Davon abgesehen, hat Frau Richter gesagt, der Verlag würde die Geschichten so verfremden, dass niemand Rückschlüsse auf die wahren Personen ziehen kann.«

Ich biss mir auf die Lippen. »Selbst wenn es so wäre«, sagte ich. »*Ich* würde es wissen.« Auf einmal fühlte ich mich unendlich müde. »Belassen wir es bitte dabei.«

2

Am nächsten Morgen war ich wie immer um Punkt acht in der Agentur, die etwa dreißig Gehminuten von meiner Wohnung entfernt lag. Während ich meinen schneenassen Mantel an der Garderobe im Flur aufhängte, sah ich, dass die Tür zur Küche nur angelehnt war. Der verführerische Duft von heißer Schokolade stieg mir in die Nase. Ich nahm die Zeitung von der Kommode, ging in mein Büro und setzte mich an den Schreibtisch.

Eine Minute später klopfte es an der Tür, und Sabine, in verwaschenen grauen Jeans und einem flauschigen, cremefarbenen Rollkragenpullover, kam herein. Sie stellte einen Becher vor mich hin und legte eine Tüte mit dem Schriftzug meiner Lieblingsbäckerei daneben. »Streuselschnecken. Noch ganz warm«, sagte sie. »Als kleine Entschuldigung für den Überfall gestern. Ich hoffe, Sie sind mir nicht mehr böse?«

Ihr Gesichtsausdruck war so reumütig, dass ich ein schlechtes Gewissen bekam, gestern Abend so harsch reagiert zu haben. Ich fasste mir ein Herz und sah ihr in die Augen. »Ich bin Ihnen nicht böse, Sabine. Ganz im Gegenteil: Ich bin diejenige, die sich entschuldigen muss.« Ich senkte den Blick auf die Zeitung, die vor mir auf dem Schreibtisch lag. »Ich fürchte, ich war am Telefon nicht besonders nett zu Ihnen. Das Gespräch mit Herrn van Eyk hat mir doch mehr zugesetzt, als ich zugeben wollte, und als Sie mir dann auch noch von dieser Verlegerin erzählt haben … Ich fühlte mich überrumpelt, aber das gibt mir noch lange nicht das Recht, meine schlechte Laune an Ihnen auszulassen.«

Verlegen hob ich den Kopf und lächelte sie an. Sichtlich gerührt erwiderte Sabine mein Lächeln. »Das macht doch nichts, Frau Kronenberg. Wir haben alle mal einen schlechten Tag.« In ihrem Büro begann das Telefon zu schellen. Sabine wandte sich zur Tür. »Dann wollen wir die Welt mal ein bisschen besser machen«, sagte sie fröhlich. Mit der Klinke in der Hand drehte sie sich noch einmal zu mir um. »Möchten Sie Mandelplätzchen, wenn Frau Rittbach gleich kommt? Ich habe welche aus der Bäckerei mitgebracht.«

»Das wäre wunderbar. Vielen Dank.«

***

Der Termin mit Nora Rittbach verlief anders als erwartet. Nach der Geschichte, die ihr passiert war, hatte ich sie mir verschlossen und unsicher vorgestellt. Schließlich hatte sich ihr vermeintlicher Verlobter damals als skrupelloser Erpresser entpuppt. Doch das Gegenteil war der Fall. Mit ihren eisgrauen Haaren, den klaren blauen Augen und der dunklen, wohlklingenden Stimme vermittelte sie mir sofort den Eindruck einer Frau, die mit beiden Beinen im Leben stand. Ich mochte sie auf Anhieb.

»Ich war selbstverliebt und über die Maßen arrogant«, gestand sie mir und nippte an ihrem Espresso, während wir in der Sitzgruppe in meinem Büro saßen. »Nie im Leben wäre ich auf die Idee gekommen, er könnte es *nicht* ehrlich mit mir meinen.«

Ich nickte bekümmert, ich wusste nur zu gut, wovon sie sprach. Sie stellte ihr Tasse ab und legte mir eine Hand auf den Arm. Ihre Finger waren schlank, die Nägel sorgfältig manikürt. »Wissen Sie, die Sache ist jetzt über drei Jahre her, und ich bin es leid, die arme Frau Rittbach zu sein. Ich bitte Sie, Frau Kronenberg, finden Sie mir den Mann, den ich lieben kann und der mich ebenfalls liebt. Ich will wieder glücklich sein.«

Wir unterhielten uns zwei Stunden lang. Über ihre Leidenschaften, ihre Wünsche und Träume, ihre Hoffnungen und Ängste. Für mich waren das Anhaltspunkte dafür, wo ich mit meiner Suche nach dem Mann ihres Lebens beginnen musste.

Nachdem Frau Rittbach gegangen war, wechselte ich an meinen Schreibtisch, um die Notizen, die ich mir während unseres Gesprächs gemacht hatte, in eine lederne Kladde zu übertragen. Sabine hatte es schon vor Jahren aufgegeben, mich von den Vorzügen elektronischer Klientenakten überzeugen zu wollen. Ebenso wie von der Idee, eine Homepage anzulegen oder einen Facebook-Account. Wozu auch? Damit wir noch mehr Menschen vertrösten konnten? Nicht nur, dass meine Klienten aus allen Teilen Deutschlands kamen, mittlerweile hatte sich mein Ruf auch über die Landesgrenzen hinaus verbreitet.

Erst vor zwei Wochen war ich in Paris gewesen, um Madeleine Clary, eine junge Schauspielerin an der Comédie Française, zu treffen. Trotz ihrer achtundzwanzig Jahre war sie bereits zweimal verheiratet gewesen, was ihrer geliebten *Maman* ein Dorn im Auge war. »Wenn meine Ehemänner wenigstens *mich* verlassen hätten, und nicht umgekehrt«, hatte sie mit dem charmantesten Akzent zu mir gesagt und dabei ihr Näschen gekräuselt. »Dann würde meine Mutter mich jetzt bedauern, anstatt mich mit ihren Vorwürfen zu quälen.« Wir saßen uns beim Frühstück im *Four Seasons Hotel George V* gegenüber, einem Haus von luxuriöser Eleganz, das nur einen Steinwurf von den Champs-Élysées entfernt lag. »Eins steht jedenfalls fest«, meinte sie und wies mit dem Löffel auf mich, mit dem sie gerade weichen, goldgelben Honig auf ihrem Croissant verteilt hatte, »wenn ich noch einmal heirate, muss es für immer sein.« Plötzlich schien ihr ein Gedanke zu kommen. Flugs legte sie den Löffel beiseite und begann in ihrer Tasche von Hermès zu kramen, die sie auf den gepolsterten Stuhl neben sich gelegt hatte. »Das ist Alain«, informierte sie mich und reichte mir ein Foto, auf dem ein großer, dunkelhaariger Mann in einer Fliegerjacke aus den Dreißigerjahren zu sehen war, der lässig gegen die Tür einer Propellermaschine lehnte. Das Foto war in einem Hangar aufgenommen worden.

»Er sieht sehr gut aus«, erwiderte ich höflich und reichte ihr das Bild zurück.

»Und?«, fragte sie voller Erwartung.

»Und was?«

»Ist er es? Der Mann meines Lebens?« Sie hielt mir erneut das Bild vor die Nase.

Erstaunt sah ich sie an. Dann schüttelte ich den Kopf.

»*Merde*«, sagte sie schlicht und warf das Foto auf den Tisch. Sie zog ein goldenes Etui hervor, klopfte eine Zigarette heraus und steckte sie sich zwischen die Lippen. Wie aus dem Nichts erschien ein Kellner an unserem Tisch. »Ich zünde sie nicht an«, sagte sie auf Französisch, als er den Mund öffnete um zu protestieren, »ich verspreche es.«

Nachdem er sich mit einem misstrauischen Blick entfernt hatte, wandte sie sich mir zu und rollte mit den Augen. »Sind die Deutschen auch so – wie sagt man – *spießig*?«

Weil ich nicht wusste, was ich darauf entgegnen sollte, zuckte ich nur mit den Schultern und nahm einen Schluck von meiner heißen Schokolade. Sie schenkte mir das drollige Lächeln, das sie in Theaterkreisen berühmt gemacht hatte.

»Also schön«, sagte sie. »Jetzt weiß ich, dass Alain *nicht* der Mann meines Lebens ist.« Sie wies mit ihrer Zigarette auf das Foto, das vor ihr auf dem Tisch lag. »Demnach läuft er immer noch dort draußen herum. Die Frage, die sich mir stellt, ist nun: Wie finden wir ihn?« Sie beugte sich vor. Ein erwartungsvolles Glitzern trat in ihre Augen, die so blau wie der Sommerhimmel waren.

»*Wir*«, stellte ich klar, »finden ihn überhaupt nicht. *Ich* finde ihn für Sie.«

Ihre rot geschminkten Lippen verzogen sich zu einem Schmollmund. »Ich dachte, ich könnte Ihnen helfen. Schließlich geht es doch um mich.«

Das hatte mir gerade noch gefehlt. Eine naseweiße französische Schauspielerin, die mich auf Schritt und Tritt verfolgte und mich von der Arbeit abhielt. Ich schüttelte den Kopf. »So funktioniert das leider nicht. Ihre Rolle besteht darin, mir von sich zu erzählen. Womit beschäftigen Sie sich am liebsten? Wovon träumen Sie, wenn Sie nicht auf der Bühne stehen? Was ist Ihnen wichtig im Leben? An einem Mann? Gibt es Orte, die eine Sehnsucht in Ihnen wecken und Sie nicht mehr loslassen? Wenn wir das geklärt haben, beginnt meine Arbeit.« Ich war jetzt ganz in meinem Element. »Ich besuche die Plätze, die Sie mir nennen, streife durch die Parks, die Sie lieben, besuche die Konzerte, die Ihr Herz höherschlagen lassen. Dabei schaue ich jedem, der mir begegnet, ins Gesicht. Ich sehe mir Fotos an, alte Jahrbücher, Filme, was immer nötig ist und zu den Dingen passt, die Sie mir erzählt haben. Und irgendwann passiert es. Irgendwann treffe ich auf den Menschen, der dazu bestimmt ist, Sie glücklich zu machen.«

Ihre Augen wurden groß und rund. »Und wie«, hauchte sie, »können Sie sicher sein?«

Ich sah auf meine Hände. »Ich spüre eine Art … Schwindel. Die Welt um mich herum beginnt sich zu drehen. Hinter meiner Stirn setzt ein Ziehen ein, mein Blickfeld verschwimmt. Und dann sehe ich ein Bild in meinem Kopf. Ein Bild von Ihnen und Ihrer wahren Liebe. Vielleicht sitzen Sie zusammen auf einer Bank und halten sich an den Händen. Vielleicht umarmen sie sich. Vielleicht schauen sie sich einfach nur in die Augen. Es ist keine Vision, die Situation muss nicht genau so eintreffen, wie ich sie sehe. Sie zeigt mir nur, dass Sie zusammengehören.« Ich zuckte mit den Schultern und verstummte.

Meine Klientin sah mich an. Dann atmete sie geräuschvoll aus. »Das ist so romantisch. Und Sie sind sich ganz sicher, dass ich bei der Suche nicht dabei sein kann?«

Ich setzte ein bedauerndes Lächeln auf. »Es funktioniert leider nur, wenn ich alleine und ganz bei mir bin.« Das stimmte zwar nicht, hatte aber noch nie seine Wirkung verfehlt …

Das Schellen des Telefons riss mich aus meinen Erinnerungen. Ich runzelte die Stirn, doch als ich die Telefonnummer mit der Schweizer Vorwahl erkannte, hellte sich meine Miene schlagartig auf. »Louise«, sagte ich in den Hörer und lächelte.

»Hallo, Kleines«, erwiderte mein früheres Kindermädchen, das so viel mehr war als das. Sie war meine große Schwester. Meine Vertraute. Meine Freundin.

»Ich habe gerade an dich gedacht«, sagte sie. »Geht es dir gut?«

Ich wusste, dass es keinen Sinn hatte, Louise etwas vorzumachen, also gab ich nur ein unbestimmtes Murmeln von mir. »Und dir?«, setzte ich schnell hinzu, bevor sie nachbohren konnte.

Am anderen Ende der Leitung ertönte ein Seufzen. »Lenk nicht ab, mein Annamädchen.«

Schuldbewusst zog ich die Schultern hoch. »Was soll ich sagen«, sagte ich leise. »Es geht auf Weihnachten zu.«

Louise schwieg einen Moment. Als sie weitersprach, klang ihre Stimme ganz weich. »Hast du Pläne? Wenn nicht, könntest du zu mir nach Zürich kommen. Oder ich komme zu dir, und wir machen Berlin unsicher.«

In meinem Hals bildete sich ein Knoten. »Das ist lieb von dir, aber ich glaube, ich möchte lieber nichts machen.« Ich atmete tief durch. »Tut mir leid, aber können wir später telefonieren? Ich bin zum Mittagessen verabredet und muss jetzt los, wenn ich nicht zu spät kommen will.«

Wir verabschiedeten uns, und ich versprach ihr, mich am Abend zu melden. Doch schon als ich die Worte aussprach, wusste ich, dass ich mich nicht daran halten würde. Ich wollte nicht über mein Seelenleben sprechen. Nicht einmal mit Louise.

Fünf Minuten später betrat ich das Restaurant am Steinplatz, das schräg gegenüber von meiner Agentur lag. Ich liebte das Gebäude mit seiner prächtigen olivfarbenen Jugendstilfassade, das vor über hundert Jahren von August Endell, dem Architekten der Hackeschen Höfe, erbaut worden war, und seit seiner Neueröffnung im Jahr 2013 ein luxuriöses Boutique-Hotel mit vorzüglicher Küche beherbergte. Doch heute wollte sich die Freude nicht einstellen, die ich normalerweise bei seinem Anblick empfand.

Alexander und Maria Steinhoff saßen nebeneinander an einem der Tische, die zum Wintergarten hinauszeigten. In dem Augenblick, als ich die beiden sah, wünschte ich mir, ich hätte auf mein Bauchgefühl gehört und die Verabredung abgesagt. Herr Steinhoff, der ein bisschen so aussah wie der junge Cary Grant, hatte einen Arm um die Schultern seiner schönen blonden Frau gelegt. Seine Hand ruhte schützend auf ihrem gewölbten Bauch. Ihre Gesichter waren einander zugeneigt, als wollten sie sich jeden Moment küssen. Sie waren ihre eigene kleine Insel inmitten des Stimmengewirrs, das um sie herum herrschte. Ich sprach mir Mut zu und ging weiter. Sie bemerkten mich erst, als ich meine Begrüßung wiederholte. Überschwänglich sprangen beide auf, um mich zu umarmen, was ich mit einem steifen Lächeln über mich ergehen ließ.

»Und, wann ist es so weit?«, erkundigte ich mich höflich, nachdem der junge, ganz in Schwarz gekleidete Kellner unsere Bestellungen aufgenommen hatte. Die beiden tauschten einen verliebten Blick.

»Im März!«, rief Herr Steinhoff. »Deshalb wollten wir Sie auch unbedingt noch sehen, bevor das Reisen für Maria zu beschwerlich wird.« Er gab seiner Frau einen zärtlichen Kuss auf die Wange.

Frau Steinhoff kicherte, wobei zwei Reihen perlweißer Zähne aufblitzten. »Alexander ist so besorgt um mich«, sagte sie und zwinkerte mir verschwörerisch zu. »Er behandelt mich wie ein rohes Ei.« Und dann erzählte sie von dem Moment, als sie ihm verraten hatte, dass er nach fünf Jahren Ehe Vater wurde. Von der Villa mit dem großen Garten, die sie gekauft hatten. Von dem Kinderzimmer unterm Dach, das sie ganz in Rosa und Weiß einrichten wollten. Sie hielt erst inne, als die Vorspeise serviert wurde. Schweigend löffelten wir die Karottensuppe, die mit geriebenen Pistazien und Petersilienöl gereicht wurde. Nachdem der Kellner die Teller abgeräumt hatte, räusperte sich Frau Steinhoff, tauschte einen kurzen Blick mit ihrem Mann, der ihr aufmunternd zunickte, und griff nach ihrer schwarzen Valentino-Handtasche. Sie zog einen Briefumschlag hervor und schob ihn mit einem verlegenen Lächeln zu mir herüber.

»Was ist das?«, fragte ich, obwohl ich die Antwort zu kennen glaubte. Den meisten meiner Klienten traten die Tränen in die Augen, wenn ich ihnen mein Honorar nannte, doch das änderte sich schlagartig, sobald sie ihrer Liebe begegnet waren. Dann kannte ihre Großzügigkeit keine Grenzen mehr, und oft musste ich regelrecht unhöflich werden, um sie davon abzuhalten, mir einen weiteren Scheck in die Tasche zu schieben.

Frau Steinhoff blickte Hilfe suchend zu ihrem Mann. Der legte seine Hand auf ihre und sah mich an. »Das ist ein kleines Dankeschön«, sagte er und lächelte.

Ich hob abwehrend die Hände. »Hören Sie …«

»Bitte, Frau Kronenberg, nehmen Sie es«, unterbrach er mich. »Was Sie für uns getan haben, ist durch kein Geld der Welt aufzuwiegen. Lassen Sie uns wenigstens versuchen, Ihnen eine kleine Freude zu bereiten. Ihnen und Ihrem Mann.«

Meinem Mann? Verwirrt griff ich nach dem Umschlag

und öffnete ihn. Heraus fiel eine glänzende schwarze Plastikkarte.

»Damit können Sie in unseren Hotels Urlaub machen«, hörte ich Frau Steinhoffs fröhliche Stimme an meinem Ohr. »Wo immer Sie möchten und solange Sie wollen. Im Juni öffnet unser neues Romantik-Resort auf den Malediven und …«

»Wie kommen Sie darauf, dass ich verheiratet bin?« Ich griff nach meinem Wasserglas und trank einen Schluck. Meine Hand, mit der ich das Glas hielt, zitterte.

»Sind Sie nicht?«, fragte Herr Steinhoff. Seine Stimme klang irritiert. Er blickte zu seiner Frau. »Liebling, hast du nicht gesagt, dass sie …?«

Ein betretener Ausdruck huschte über ihr Gesicht. »Mir ist gar nicht in den Sinn gekommen, dass Sie es *nicht* sein könnten«, sagte sie. »Bei Ihrem Beruf.« Ihre Wangen verfärbten sich rot. »Außerdem war mir so, als hätte Sie damals etwas von einer Verlobung erwähnt.«

Ich starrte sie an. Die Erinnerung kam so plötzlich und mit einer solchen Wucht, dass sich meine Eingeweide zusammenzogen. Die Wohnung. Die angelehnte Tür zum Arbeitszimmer. Das Telefon in Gregors Hand, seine nüchterne Stimme, die trotz des gedämpften Tonfalls deutlich zu hören war. *Ich liebe Anna nicht. Es ist nichts weiter als ein Geschäft …* Auf meinem Nacken bildete sich Schweiß. Mit Gewalt riss ich mich zusammen, fokussierte mich auf das Hier und Jetzt. Ich trank noch einen Schluck Wasser, stellte mein Glas zurück auf den Tisch, wo es einen feuchten Abdruck hinterließ, und räusperte mich. »Da müssen Sie sich geirrt haben.«

***

Zurück in der Agentur wurde ich von Sabine im Flur erwartet. »Und«, erkundigte sie sich behutsam, »wie war das Mittagessen mit den Steinhoffs?«

Ich zwang mich zu einem Lächeln. »Die Möhrensuppe war fantastisch«, sagte ich, um Zeit zu gewinnen. Mit steifen Fingern schälte ich mich aus meinem Mantel.

Sabine nahm ihn mir ab und hängte ihn an die Garderobe. »Wollen Sie darüber reden?«, fragte sie.

Ich schüttelte den Kopf. »Im Moment lieber nicht.«

Allein in meinem Büro lehnte ich mich mit dem Rücken gegen die Tür. Meine Beine zitterten, und ich ließ mich langsam zu Boden gleiten. *Hört das denn nie auf?*, dachte ich und vergrub mein Gesicht in den Händen.

Um achtzehn Uhr steckte Sabine ihren Kopf durch die Tür. Sie trug bereits ihren gelben Wollmantel und dazu eine Strickmütze, die wie ein freundliches Pandagesicht aussah. »Ich wollte nur Bescheid sagen, dass ich jetzt gehe. Denken Sie an den Termin bei Frau Bergmann?«

Sabine sah mit ihrer Mütze aus wie ein kleines Mädchen, doch heute war ich zu keinem Schmunzeln imstande. Also nickte ich nur und wies mit dem Kinn auf die schwere Klientenakte, über der ich seit einer Stunde brütete, ohne zu neuen Erkenntnissen gelangt zu sein. »Ich bereite mich gerade darauf vor.«

»Sie fahren aber nicht mit dem Auto nach Lichtenberg, oder? Bei dem Schnee.« Ihre Stimme klang besorgt.

Ich schüttelte den Kopf. »Nein, nein. Ich nehme die S-Bahn.«

Sabine lächelte zufrieden und rückte ihre Mütze zurecht. »Dann ist es gut. Ein schönes Wochenende, Frau Kronenberg, und arbeiten Sie nicht so viel. Wir sehen uns am Montag.«

»Das wünsche ich Ihnen auch. Kommen Sie gut nach Hause.«

***

Klara Bergmann wohnte in einer hübschen Drei-Zimmer-Altbauwohnung mit knarzendem Parkettboden, hohen Decken und Stuck an den Wänden. Während sie in der Küche Tee aufsetzte, stand ich in ihrem Wohnzimmer, das mit einer geschmackvollen Kombination aus antiken und modernen Möbelstücken eingerichtet war. Ich betrachtete die gerahmten Fotos, die über der Kommode hingen. Alle vier zeigten dasselbe Motiv: einen gut aussehenden Mann mit kurzem dunklen Haar und einem ansteckenden Lächeln. Auf dem letzten Bild hatte der Mann seinen Arm um eine wesentlich jüngere Klara Bergmann gelegt. Beide trugen Skier an den Füßen und grinsten übermütig in die Kamera. Im Hintergrund war eine schneebedeckte Hütte zu sehen, aus deren Schornstein Rauch in den tiefblauen Himmel stieg. Ich trat näher heran. Und auf einmal setzte hinter meiner Stirn ein vertrautes Pochen ein. Mir wurde so schwindelig, dass ich mich an der Kommode abstützen musste, während das Bild in meinem Kopf Gestalt annahm.

»Es passierte, als wir zurück ins Tal fuhren.«

Ohne, dass ich es bemerkt hatte, war Frau Bergmann neben mich getreten. »Er stürzte und schlug mit dem Hinterkopf auf einen Fels. Mit einem Helm hätte er vielleicht eine Chance gehabt. Nur waren die damals noch nicht en vogue.«

Ich starrte sie an, unfähig, mich zu rühren. *Er war ... tot?* Kaltes Entsetzen überkam mich.

»Geht es Ihnen nicht gut?« Frau Bergmanns Stimme erreichte mich wie durch einen dichten Nebel. Sie fasste mich an den Schultern und sah mir prüfend in die Augen. »Frau Kronenberg? Alles in Ordnung mit Ihnen? Wollen Sie sich setzen?«

Ich nickte hilflos und ließ es zu, dass sie mich zum Sofa führte. Einen Moment lang saßen wir schweigend nebeneinander. Dann wandte sie sich mir zu.

»Der Mann auf dem Foto ... Christoph. Er ist es, nicht wahr? *Er* ist die Liebe meines Lebens.«

Ich schluckte. Tränen stiegen mir in die Augen. »Ja«, flüsterte ich und drückte ihre Hand, »es tut mir so leid.«

Frau Bergmann nickte, als hätte sie mit der Antwort gerechnet. »Wissen Sie«, ihre Stimme zitterte, »der Unfall ist fast zwanzig Jahre her. Und der Gedanke daran schmerzt wie am ersten Tag. Ich habe mich gefragt, ob es normal ist, dass ich nicht über seinen Tod hinwegkomme. Ob *ich* normal bin.« Sie hielt inne, suchte nach Worten. »Ich habe andere Männer kennengelernt. Aber es hat nicht funktioniert. In jedem habe ich *ihn* gesucht. Und nicht gefunden.«

Sie drehte an dem schmalen goldenen Ring an ihrem Finger. Nach einer Weile sah sie auf, trotz der Tränen in ihren Augen lächelte sie. »Ich danke Ihnen, dass Sie es mir gesagt haben.«

Es war schon spät, als ich mich von Klara Bergmann verabschiedete und durch die menschenleeren Straßen zur S-Bahn-Haltestelle ging. Fröstelnd stellte ich meinen Mantelkragen hoch und zog mir den weichen Schal über den Mund.

Das Gespräch mit Frau Bergmann hatte mich tief erschüttert. Jetzt erst verstand ich, warum meine Suche so lange erfolglos geblieben war. Erfolglos bleiben musste. Noch immer sah ich ihr blasses Gesicht vor mir, hörte ich ihre traurige Stimme in meinem Kopf. Sie hatte mir anvertraut, dass sie sich jede Sekunde ihres Lebens mit der Frage quälte, was gewesen wäre, wenn. Wenn sie beim Bezahlen in der Hütte nicht herumgetrödelt hätte und Christoph und sie früher losgekommen wären. Wenn sie darauf bestanden hätte, die blaue Abfahrt zu nehmen anstatt der roten. Wenn ihr Mann kein Bier zum Essen getrunken hätte …

Ich dachte an Richard van Eyk und spürte heißen Zorn in mir aufsteigen. Die Frau *seines* Lebens war kerngesund und nur ein Kennenlernen entfernt. Ich hatte ihm ihr Foto überreicht. Doch das interessierte ihn nicht. Er verzichtete auf die wahre Liebe, weil ihm Alter und Figur wichtiger waren als echte Gefühle. Es war so ungerecht, dass mir erneut die Tränen kamen. Es gab nur so wenige Paare, denen das absolute Glück vergönnt war. Andere trafen die Liebe ihre Lebens und verloren sie. Oder sie gingen ihr aus dem Weg, weil sie ihr keinen Wert zumaßen. Und dann gab es die hoffnungslosen Fälle. Menschen, die durchs Leben taumelten, ohne auch nur in ihre Nähe zu kommen. Menschen wie mich …

Ich vergrub meine Hände in den Manteltaschen und beschleunigte meine Schritte. Alles, was ich wollte, war, nach Hause zu kommen, ein heißes Bad zu nehmen und mich für den Rest des Wochenendes in mein Bett zu verkriechen. Eine einzelne Schneeflocke landete auf meiner Nase. Ich hob das Gesicht, sah hinauf in den schwarzen, wolkenverhangenen Himmel und fragte mich, was um alles in der Welt ich hier tat.

3

Die Heizung in der Bahn lief auch Hochtouren. Ein schwacher Geruch nach gebrannten Mandeln hing in der Luft und erinnerte an die Scharen von Menschen, die Abend für Abend von den Weihnachtsmärkten nach Hause strömten. Doch zu dieser späten Stunde war die Bahn wie ausgestorben. Außer einem jungen Mann mit Harry-Potter-Brille, der neben der Tür Platz genommen hatte, waren die alte Dame und ich die einzigen Fahrgäste im Abteil.

Ich nahm ein Buch aus meiner Tasche, doch ich schlug es nicht auf. Zu viel ging mir durch den Kopf. Verstohlen sah ich zu der alten Dame hinüber, die mit geschlossenen Augen dasaß. Sie hatte schneeweißes Haar, das zu einem eleganten Bob im Stil der Zwanzigerjahre geschnitten war. Ihr weinroter Mantel mit den walnussfarbenen, glänzenden Knöpfen passte eher zu einem milden Frühlingstag in Paris als zu den frostigen Temperaturen, die Berlin seit Tagen in Atem hielten. Ich betrachtete ihr immer noch schönes Gesicht, die hohen Wangenknochen, die zarte Nase und den sanft geschwungenen Mund. Ihre Haut schimmerte so rosa wie die eines jungen Mädchens, und die wenigen Fältchen, die das Alter auf ihr hinterlassen hatte, erzählten von einem glücklichen Leben.

Plötzlich öffnete sie die Augen. Sie leuchteten in einem tiefen Blau, Violett beinahe. Wie die Lavendelfelder am Fuße des Mont Ventoux, schoss es mir durch den Kopf, dann wandte ich verlegen den Blick ab.

Ich hob mein Buch und gab vor zu lesen, doch heimlich, über den Rand der Seiten hinweg, beobachtete ich sie weiter, ich konnte nicht anders. Vielleicht war es die Freundlichkeit in ihren Zügen. Die alte Dame strahlte eine solche Güte aus, dass sie fast greifbar war. Auf einmal verspürte ich das verwirrende Bedürfnis, mich neben sie zu setzen, ihre Hand an meine Wange zu legen und von meinem grauenvollen Tag zu erzählen.

Die alte Dame fing meinen Blick auf. Einen Wimpernschlag lang war mir, als könnte sie bis auf den Grund meiner Seele blicken. Dann breitete sich ein Lächeln auf ihrem Gesicht aus und verwirbelte den Gedanken. Es begann mit einem Kräuseln der Mundwinkel, malte ein Grübchen in jede Wange und erreichte schließlich die Augen, wo es in einem blauvioletten Funkenregen explodierte. Ich hielt den Atem an. Noch nie hatte ich ein bezauberndes Lächeln gesehen! Es durchdrang den schweren Stoff meines Wintermantels, legte sich wohlig warm auf meine Haut, sickerte durch meine Poren und blubberte durch meine Adern. Mein Herz öffnete sich. Mit einem Mal meinte ich den Geschmack von heißer Schokolade auf der Zunge zu spüren. Ich hörte das Knistern von brennendem Holz, fühlte Großmutters Hand auf meinem Haar, roch Benjos vertrauten Duft nach Sonne und Regen und frischer Wäsche, die im Wind flatterte …

»Sie halten es verkehrt herum.«

Ich blinzelte benommen. Mein Blick irrte von dem nass glänzenden Linoleumboden über die türkis gemusterten Bezüge der Sitze zurück zu der alten Dame, die mich aufmerksam ansah. Mit einem Schlag war ich zurück im Hier und Jetzt, und ich spürte, wie mir eine glühende Hitze in die Wangen schoss. »Entschuldigen Sie bitte. Haben Sie etwas gesagt?«, stotterte ich, während ich mich innerlich vor Verlegenheit wand.

Mit ihrer rechten Hand wies sie auf den Roman, den ich, wie ich jetzt bemerkte, noch immer umklammert hielt, und zwar so fest, dass meine Fingerknöchel weiß hervortraten. »Ihr Buch. Sie halten es verkehrt herum«, wiederholte sie mit liebenswürdiger Stimme. Wie in Zeitlupe blickte ich hinunter auf die aufgeschlagenen Seiten. Ich stöhnte innerlich, schloss die Augen und betete, die Erde möge sich unter mir auftun und mich verschlingen.

»Übrigens ein ganz wundervolles Buch, das Sie da lesen«, hörte ich sie so unbekümmert sagen, als hätte sie mich lediglich darauf aufmerksam gemacht, dass meine Schnürsenkel offen seien. »Ich hätte es kaum für möglich gehalten, aber tatsächlich hat mir ›Marina‹ noch besser gefallen als ›Der Schatten des Windes‹.«

Vorsichtig öffnete ich erst das eine Auge, dann das zweite. Die alte Dame begegnete meinem Blick mit der unschuldigen Miene eines kleinen Mädchens. Mit einer Geste bedeutete sie mir zu warten und begann dann in der teuer aussehenden, ledernen Reisetasche zu kramen, die sie neben sich auf den Sitz gestellt hatte. Im nächsten Moment hielt sie ein schmales Buch in der Hand, das meinem zum Verwechseln ähnlich sah. Die alte Dame zwinkerte mir so spitzbübisch zu, dass ich lachen musste und dabei vergaß, dass ich mich gerade noch an das andere Ende der Welt gewünscht hatte.

Wenig später waren wir in eine angeregte Unterhaltung

über Bücher vertieft. Wie sich herausstellte, hatten wir denselben Geschmack, was mich gleichermaßen erstaunte und entzückte, und so sprachen wir über Carlos Ruiz Zafón und Luca Di Fulvio, die wir beide großartig fanden, über Tatiana de Rosnay und Eowyn Ivey und über Charlotte Roth und Nina George.

Die Zeit verging wie im Flug. Als die Bahn am Savignyplatz an Fahrt verlor, bemerkte ich, dass ich bereits an der nächsten Station aussteigen musste. Mich überkam ein tiefes Bedauern. Auch wenn ich die alte Dame gerade erst kennengelernt hatte, machte mich der Gedanke, sie gleich verlassen zu müssen, so unerwartet traurig, dass ich einen dicken Kloß im Hals verspürte. Dann kreischten die Bremsen, die Türen öffneten sich, und ein eiskalter Lufthauch wehte herein. Der junge Mann mit der Zauberlehrling-Brille sprang die Stufen hinunter auf den Bahnsteig und ließ uns alleine zurück. Die Türen schlossen sich. Mit einem Ruckeln fuhr die Bahn wieder an. Doch schon im nächsten Moment machte sie einen kleinen Hüpfer und kam erneut zum Stehen. Die Lichtröhren an der Decke begannen zu flackern und erloschen dann ganz.

»Was, um alles in der Welt …?« Die Stimme der alten Dame klang eher überrascht als verängstigt. Bevor ich etwas erwidern konnte, knisterte ein Lautsprecher, und eine brummige Stimme teilte uns mit, dass sich die Weiterfahrt um einige Zeit verzögern würde. Nicht eine Sekunde dachte ich daran, den Fahrer in seinem Kabuff aufzusuchen und ihn zu bitten, die Türen zu öffnen, damit ich nach Hause laufen konnte.

Die alte Dame schien ebenfalls keine Eile zu haben. Mit einem kleinen Lächeln auf den Lippen sah sie aus dem Fenster. »Schauen Sie nur!«, rief sie mir zu.

Ich folgte ihrem Blick und sah hinaus in die nächtliche Winterlandschaft. Draußen schneite es jetzt wie verrückt. Die Flocken schienen aus allen Himmelsrichtungen gleichzeitig zu kommen. Fast hatte es den Anschein, als wäre unsere Bahn in eine der Schneekugeln geraten, die ich als Kind gesammelt hatte.

Die alte Dame seufzte aus tiefstem Herzen. »Ich liebe den Winter. Alles ist so friedlich … als gäbe es kein Leid auf der Welt. Schauen Sie, die Bäume dort drüben sehen so aus, als hätte sie jemand kopfüber in Schlagsahne getaucht.« Sie lächelte ihr wundervolles Lächeln. »Ich kann mich nicht erinnern, wann ich zum letzten Mal solche Mengen an Schnee gesehen habe.«

»Dann kommen Sie nicht aus Berlin?«, erkundigte ich mich. Sie schüttelte den Kopf. »Ich lebe an der Nahe. In einem Dorf, das so klein ist, dass Sie es kaum auf der Karte finden.«

Die *Nahe.* Vor Jahren hatte ich ein Wochenende in Bad Sobernheim verbracht. Eine Klientin von mir hatte ihre Hochzeit dort gefeiert, in einem traumhaft schön gelegenen Wellnesshotel, und ich war einen Tag länger geblieben, um die Gegend zu erkunden. Vor meinem inneren Auge erschienen sanft gewellte Hügel und Weinberge, romantische Täler und trutzige Burgen, eingebettet in malerischer Felskulisse. »Und was führt Sie dann hierhin, wenn ich fragen darf?«

Die Züge der alten Dame wurden wieder ganz weich. In ihren Augen funkelten goldene Lichter. »Ich besuche meine zwei ältesten Freundinnen«, sagte sie mit einer Stimme, aus der deutlich die Vorfreude herauszuhören war.

»Um diese Zeit?«, entfuhr es mir. Wie um meine Worte zu untermalen, schlugen in der Ferne die Kirchenglocken.

Schmunzelnd lehnte sich die alte Dame zurück und verschränkte die Hände in ihrem Schoß. »Töricht, nicht wahr, aber genau so ist es. Wissen Sie, ich kenne Elisabeth und Rita, seit wir Kinder waren. Wir sind zusammen aufs Internat gegangen. In der Nacht unseres Abschlusses haben wir uns geschworen, uns bis zum Rest unseres Lebens wenigstens einmal im Jahr wieder zu treffen ... und zwar immer zur Geisterstunde, genau so wie bei unseren heimlichen Mitternachtspartys in der Schule.«

Die alte Dame lächelte versonnen. »Als Backfische fanden wir das sehr romantisch. Heute ist es eher umständlich, wie ich zugeben muss, aber nach über fünfzig Jahren ist der Zeitpunkt vorbei, an denen sich solche Rituale noch ändern ließen.« Die alte Dame schien noch etwas hinzufügen zu wollen, doch in diesem Moment öffnete sich die Tür des Fahrerhäuschens und ein kleiner rundlicher Mann mit Glatze watschelte durch den Gang auf uns zu. Die Stabtaschenlampe in seiner Hand malte aufgeregte Lichtkreise auf den schneenassen Boden.

»Was für eine Nacht«, schnaufte er mit überraschend tiefer Stimme. Auf seiner Stirn glitzerten Schweißperlen, die er eilig mit dem Handrücken wegwischte. »Wir haben eine Weichenstörung auf der Linie. Es kann noch ewig dauern, bis wir weiterfahren.« Der Mann kratzte sich verlegen am Hinterkopf. »So leid es mir tut, meine Damen, ich muss Sie bitten auszusteigen.«

Die alte Dame warf mir einen erschrockenen Blick zu.

»Machen Sie sich keine Sorgen«, sagte ich, ohne nachzudenken. »Ich bringe Sie zu Ihren Freundinnen.«

Statt einer Antwort beugte sie sich vor und drückte meine Hand. Ihre Haut fühlte sich angenehm warm an, und meine

Finger begannen leise zu kribbeln, als würde eine winzige Menge Strom hindurchgeleitet. Ein merkwürdiges Gefühl überkam mich, fast so etwas wie Freude.

Der Fahrer lächelte erleichtert. »Dann hätten wir das ja geklärt«, sagte er und machte sich daran, die Türen zu öffnen.

4

Die alte Dame hatte mir die Adresse ihrer Freundinnen genannt, die etwa fünfundzwanzig Gehminuten entfernt am Lietzensee wohnten. Zu dieser späten Stunde lag über Charlottenburg eine beschauliche Stille, wie man sie sonst nur aus den Weihnachtsgeschichten kannte, die um diese Zeit im Fernsehen hoch und runter liefen. Es hatte aufgehört zu schneien, und der Himmel war sternenklar. Der Schein der Laternen tauchte die Welt um uns herum in ein zauberhaftes, fast unwirkliches Licht. Die Fenster der Wohnungen und Geschäfte, an denen wir vorbeiliefen, waren mit Tannenzweigen und liebevoll verzierten Glaskugeln geschmückt, und in den Bäumen entlang der Straße glommen goldene Lichterketten. Außer uns war fast keine Menschenseele unterwegs. Obwohl die Temperaturen unter null lagen, spürte ich die Kälte kaum. Das Gefühl, der alten Dame helfen zu können, wärmte mich, und auch ihr schienen die Minusgrade trotz ihres dünnen Mantels nichts anhaben zu können. Mit leuchtenden Wangen spazierte sie neben mir her, während ihre eleganten Stiefel bei jedem Schritt im zentimeterhohen Schnee versanken.

Vor uns sprang die Fußgängerampel auf Rot. Auch wenn weit und breit kein Wagen zu sehen war und nicht einmal das ferne Echo eines Motorengeräusches in der Luft lag, blieben wir stehen. Ich nutzte die kurze Verschnaufpause, um das Gewicht der Reisetasche, die ich der alten Dame unter Aufbringung all meiner Überredungskunst abgerungen hatte, auf meine Schultern zu verlagern. »Erzählen Sie mir von Ihren Freundinnen«, bat ich sie, während wir darauf warteten, dass die Ampel grün wurde. Ich war neugierig zu erfahren, wer die beiden Frauen waren, die sie zu ihren engsten Vertrauten erkoren hatte.

Sie fragte mich, wo sie beginnen sollte, und ich erwiderte: »Am besten am Anfang.«

»Es war der erste Schultag nach den Sommerferien und mein erster Tag im Internat«, erinnerte sich die alte Dame mit halb geschlossenen Augen. »Ich war gerade zwölf Jahre alt geworden.« Ein plötzlicher Windstoß fuhr in den Berg aus Pulverschnee, der sich auf den Schaltkasten der Ampel gelegt hatte, und Tausende und Abertausende von glitzernden Flocken stoben auf und wirbelten durch die Nacht. »Die Direktorin war eine gute Freundin meiner Tante Greta, die ein paar Jahre zuvor gestorben war«, fuhr die alte Dame fort. »Nachdem sie mich herumgeführt und mir alles gezeigt hatte, begleitete sie mich zu meinem Zimmer. Auf dem Weg erklärte sie mir, dass ich mit zwei Mädchen zusammenwohnen würde, die mich schon erwarteten.« Die alte Dame lächelte. Ihr Blick folgte den Schneeflocken, die jetzt anmutig und wie in Zeitlupe zu Boden sanken. »Rita und Elisabeth waren beste Freundinnen und hatten sich schon im letzten Schuljahr das Zimmer geteilt. Sie waren wild entschlossen, mich zu hassen.«

»Was ist dann passiert?«, fragte ich gespannt.

Die alte Dame strich sich eine Haarsträhne hinter das Ohr. »Sie haben es sich anders überlegt.«

Die Ampel sprang auf Grün, und die alte Dame schritt zügig voran. Gedankenverloren blieb ich eine Sekunde lang zurück und betrachtete ihre zierliche Gestalt in dem weinroten Mantel. Ich konnte mir die Situation lebhaft vorstellen: Die beiden Mädchen, die mit vor der Brust verschränkten Armen und finsteren Gesichtern darauf warteten, dass sich die Tür öffnete und der Eindringling hereinmarschierte. Stattdessen war *sie* in den Raum geschwebt ... mit ihren lavendelfarbenen Augen und ihrem hinreißenden Lächeln. Die beiden hatten nicht die geringste Chance. Schmunzelnd beeilte ich mich, die alte Dame einzuholen.

Wir bogen in die Pestalozzistraße ein, die weiß und still vor uns lag. Durch ein erleuchtetes Fenster im Erdgeschoss konnte ich ein junges Paar erkennen, das sich am Küchentisch an den Händen gefasst hielt. Wie immer durchfuhr mich ein leises Bedauern, ahnte ich doch, dass ihre *wahren* Lieben noch irgendwo da draußen waren ...

Während wir weitergingen, erfuhr ich, dass die eine Freundin, Elisabeth, mit Anfang zwanzig einen englischen Diplomaten geheiratet hatte, mit dem sie fortan um den halben Erdball gereist war. Nach seinem Tod vor zwei Jahren hatte sie die Wohnung am Lietzensee gekauft, um in der Nähe ihres Sohnes zu sein, der mit seiner Ehefrau und den beiden Töchtern nur eine Straßenecke weiter lebte. Rita dagegen hatte weder Ehemann noch Kinder, dafür aber eine Karriere als Fotografin, die sie über Stationen in Mailand, London und Paris bis nach New York geführt hatte. Dort hatte sie bis vor einem Jahr eine kleine Galerie besessen. Dann, eines Morgens, war ihr die Erkenntnis gekommen, dass die Menschen um sie herum nicht einmal halb so alt waren wie sie und sie sich in deren Gesellschaft nicht länger wohlfühlte.

Kurz entschlossen verkaufte Rita ihr Geschäft, löste ihre Wohnung auf und buchte ein einfaches Flugticket zurück nach Deutschland. Sie hatte mit Elisabeth vereinbart, so lange bei ihr wohnen zu dürfen, bis sie etwas Eigenes gefunden hatte. »Das ist inzwischen elf Monate her. Von einem Umzug ist meines Wissens nicht mehr die Rede«, schmunzelte die alte Dame. »Und ich bin froh darüber. Als Rita in New York lebte und wie eine Besessene gearbeitet hat, haben wir uns manchmal nur für zwei, höchstens drei Tage im Jahr gesehen.« Sie verzog das Gesicht. »Das war furchtbar. Jede hatte den anderen so viel zu erzählen, dass es nicht eine Sekunde still war. Und am Ende hatte man es doch nicht geschafft, alles loszuwerden.«

Amüsiert stellte ich mir vor, wie die drei alten Frauen ohne Unterlass aufeinander einredeten. Beste Freundinnen seit sechzig Jahren. Auf einmal musste ich an meine Freundschaft mit Benjo denken. Sofort spürte ich das vertraute Ziehen in meinem Bauch. »Wie lange sehen Sie sich dieses Mal?«, fragte ich schnell, um die Erinnerung zu vertreiben.

Die alte Dame strahlte. »Mein Zug geht erst in acht Tagen.« Sie räusperte sich. »Aber nun habe ich wirklich genug geredet«, sagte sie mit einer Stimme, die keinen Widerspruch duldete. »Jetzt möchte ich etwas über *Sie* erfahren.«

»Gerne«, antwortete ich und setzte an, von meiner Arbeit zu erzählen, von den lustigen Begebenheiten, die ich dabei erlebte.

»Sie haben mich nicht verstanden«, unterbrach mich die alte Dame nach einer kurzen Weile sanft. Sie blieb stehen und griff nach meiner Hand. Genau wie vorhin in der Bahn fingen meine Finger leicht an zu kribbeln. Die alte Dame drehte meine Hand so, dass sie die Innenfläche betrachten konnte. Dann schaute sie auf und lächelte mich an. Ihre Augen sprühten blauviolette Funken. »Ich möchte wissen, wer Sie *wirklich* sind.«

Eine Weile stand ich einfach nur da. Mein Herz klopfte mir bis zum Hals. Ich versuchte mich zu erinnern, wann jemand diese Worte zum letzten Mal zu mir gesagt hatte, ob sie überhaupt schon einmal jemand zu mir gesagt hatte, konnte mich jedoch nicht entsinnen.

In der Ferne begann ein Hund nach seinem Herrchen zu bellen. Unvermittelt ließ die alte Dame meine Hand los und fasste mich an der Schulter. »Kommen Sie, lassen Sie uns weitergehen, bevor wir hier am Ende noch festfrieren.«

Während wir weiterliefen, atmete ich ein paarmal tief durch. Klare, kalte Luft strömte in meine Lungen. *Was passiert hier gerade?,* fragte ich mich. Vielleicht war es das überwältigende Interesse in ihren Augen, vielleicht der Zauber der Winternacht, der mir das Gefühl gab, wir beiden wären die einzigen Menschen auf dieser Welt. Jedenfalls überkam mich mit einem Mal das unwiderstehliche Bedürfnis, mich ihr anzuvertrauen. Stärker noch, als ich es bereits in der S-Bahn empfunden hatte.

Am Anfang kamen die Worte noch zögerlich aus meinem Mund, aber mit jedem Schritt wurden sie flüssiger, und schließlich sprudelten sie nur so aus mir heraus. Ich erzählte ihr von Großmutters Geschichte, von Benjo, dem besten Freund, den ich je hatte, und von der Gabe, die mich zu der Person gemacht hatte, die ich heute war. Und schließlich verriet ich ihr mein schmerzlichstes Geheimnis. »Ich kann ihn nicht finden«, sagte ich. »Die Gabe … sie wirkt bei mir nicht.« Mein Blick war fest auf den verschneiten Boden gerichtet und meine Stimme nur noch ein Flüstern, als ich mein Scheitern eingestand.

Die alte Dame schwieg einen Moment. Dann strich sie über meinen Arm. Ganz leicht nur, und doch fühlte ich mich auf eigentümliche Weise getröstet. »Erzählen Sie mir mehr davon«, bat sie mich.

Ich dachte einen Augenblick nach, versuchte, meine Gedanken in Worte zu kleiden. »Ich war dreizehn«, begann ich zögernd, »als ich mich zum ersten Mal verliebte. Gerade war Timo noch Benjos Bruder, und im nächsten Moment der Mensch, um den sich all mein Denken und Fühlen rankte. Auf einmal konnte ich ihm nicht mehr in die Augen sehen, ohne rot zu werden, und wenn er mich ansprach, setzte mein Verstand aus, und ich begann zu stottern.« Bei der Erinnerung stahl sich ein kleines Lächeln auf meine Lippen. »Nicht, dass es besonders häufig vorgekommen wäre. Timo war fünfzehn – in seinen Augen war ich ein Baby. Doch ich hoffte weiter und wartete darauf, dass ich älter würde, damit er mich endlich wahrnahm.«

Vor uns im Schnee tauchte ein vergessener Kinderhandschuh auf. Der rote Stoff hob sich leuchtend gegen das Weiß ab. Schnell bückte ich mich und legte den winzigen Handschuh auf eine Fensterbank, wo niemand auf ihm herumtreten konnte. Dann vergrub ich meine Hände in den Taschen meines Mantels und fuhr fort. »Eineinhalb Jahre später war es endlich so weit. Es war der Tag, an dem Benjos Eltern ihr traditionelles Sommerfest gaben. Alles war perfekt: Die Sonne schien warm vom tiefblauen Himmel, die Band spielte nur die angesagtesten Lieder, und wenn niemand hinsah, schlürften Benjo und ich den Rest aus den Champagnergläsern, die die Älteren achtlos hatten stehen lassen.« Ich schloss für einen Moment die Augen. »Als die Nacht hereinbrach, ging Benjo ins Haus, um mir einen Pullover von sich zu holen, und ich setzte mich auf die Stufen der Veranda, um dort auf ihn zu warten. Plötzlich, wie aus dem Nichts, schlenderte Timo vorbei und fragte mich, ob ich mit ihm spazieren gehen wollte. Ich konnte nicht glauben, dass er mich beachtete, und meine Stimme überschlug sich fast, als ich *Ja* sagte. Wir stahlen uns davon, und dann, am See, unter den Zweigen der alten Trauerweide, nahm er mit einem Mal mein Gesicht in seine Hände und küsste mich.« Ich blickte auf die Spitzen meiner gefütterten Stiefel, die vom Schnee ganz nass und dunkel waren. »Ich kann Ihnen gar nicht sagen, wie lange ich diesen Augenblick herbeigesehnt, wie oft ich ihn in Gedanken durchgespielt hatte. Doch als es endlich passierte, fühlte ich … nichts.«

Meine Kehle wurde eng, und ich musste ein paarmal schlucken, bevor ich weitersprechen konnte. »Alles, was ich empfunden hatte, woran ich geglaubt hatte, war plötzlich … falsch. Als hätten meine Gefühle für Timo nie existiert. Doch das Allerschlimmste war, dass Benjo danach nie wieder ein Wort mit mir gesprochen hat. Er hörte einfach auf, mein Freund zu sein.« Ich presste mein Kinn auf die Brust. *Ihn* zu verlieren hatte sich angefühlt, als würde ich mich auflösen. Jeden Tag ein bisschen mehr.

Die alte Dame drückte mitfühlend meine Hand. »Das muss sehr schlimm für Sie gewesen sein«, sagte sie. »In einer Nacht beides zu verlieren – Ihre Liebe *und* Ihren besten Freund. Was glauben Sie, warum hat Benjo das getan? Weil Sie seinen Bruder geküsst haben?« Sie hielt inne. »Wie hat er überhaupt davon erfahren?«

»Er ist uns gefolgt.« Ich holte tief Luft und sah sie von der

Seite aus an. »Wissen Sie, Benjo und Timo standen sich nie besonders nahe. Sie sahen sich sehr ähnlich, das schon, doch sie hatten nichts gemeinsam. Timo hatte so eine überhebliche Art an sich, die Benjo zur Weißglut brachte. Das war auch der Grund, warum ich ihm nie von meinen Gefühlen für seinen Bruder erzählt habe. Er hätte es nicht verstanden. Als er uns an jenem Abend zusammen sah …« Ich biss mir auf die Unterlippe. »Es muss ihm vorgekommen sein, als hätte ich ihn verraten. Ich, seine beste Freundin, mit der er jedes Geheimnis geteilt, der er blind vertraut hatte …«

Wir passierten einen einsamen Platz, dessen Namen ich vergessen hatte. Das Licht der Laternen wirkte gedämpft. Als wäre es erschöpft von der Dunkelheit, die schon vor Stunden hereingebrochen war.

»Seitdem sind Sie alleine?«, fragte die alte Dame nach einer Weile.

Ich schüttelte den Kopf. »Nach der Erfahrung mit Timo wollte ich auf Nummer sicher gehen. Ich schwor mir, mich nur noch ein einziges Mal zu verlieben: und zwar in den Menschen, den das Schicksal mir zugedacht hatte. Ich suchte überall nach ihm, schaute jedem ins Gesicht, der meinen Weg kreuzte, doch die Gabe blieb stumm.« Ich sah zu Boden. »Und dann kam er«, flüsterte ich. »Gregor. Er arbeitete in der Bank meiner Familie, in der ich nach dem Studium als Trainee begonnen hatte. Als sich unsere Lippen zum ersten Mal berührten, musste ich an Timo denken, und mein Herz klopfte dabei vor Angst. Doch ich hätte mir keine Sorgen machen müssen. Gregors Kuss schmeckte nach Sonne und Meer, und ich schmolz dahin in seinen Armen. Ich hatte ihn gefunden. Ganz ohne die Gabe. So dachte ich zumindest.«

Fröstelnd schlang ich die Arme um meinen Oberkörper. »Zwei Jahre später zogen wir zusammen. Noch immer war ich hoffnungslos verliebt, und ich beschloss, dass es an der Zeit war, mit meiner Gabe Gutes zu tun und mein Glück mit der ganzen Welt zu teilen. Ich eröffnete meine Agentur, wir verlobten uns, und ich begann von einem Häuschen im Grünen zu träumen. Mit einer Kinderschaukel im Garten.« Mein Blick glitt zu den Bäumen am Straßenrand, deren Zweige sich unter ihrer Schneelast beugten.

»Und dann?«, fragte die alte Dame.

Ein bitterer Laut drang aus meiner Kehle. »*Dann* hörte ich am Vorabend unserer Hochzeit durch Zufall ein Telefonat mit an. Derselbe Mann, der mir am Morgen noch gesagt hatte, dass er mich liebte, erklärte der Person am anderen Ende, dass er mich nur deshalb zur Frau nahm, weil meine Familie eine Bank besaß.« Meine Hände ballten sich zu Fäusten. Auch wenn es inzwischen fünf Jahre her war, konnte ich noch immer den Schmerz spüren, der mich damals fast wahnsinnig hatte werden lassen. Der wie ein Orkan durch meinen Körper gefegt war, bis nichts mehr übrig war. Ich rang nach Luft. »Das war das letzte Mal, dass ich Gregor gesehen habe. Seitdem habe ich keinen Mann mehr getroffen, der meine Seele auch nur ansatzweise berührt hätte. Geschweige denn den Mann, mit dem ich alt werden möchte.« Ich atmete gleichmäßig ein und aus, so lange, bis mein Herzschlag sich wieder beruhigt hatte.

Erst jetzt bemerkte ich, dass es wieder angefangen hatte zu schneien. Die weichen Flocken landeten auf dem Haar der alten Dame und glitzerten dort wie Diamanten. Anfangs war ich dankbar, dass sie mir keine Fragen stellte. Doch als wir in die verschneite Straße einbogen, in der ihre Freundinnen wohnten, und sie immer noch kein Wort gesagt hatte, wurde ich langsam unruhig.

Vor einem schmiedeeisernen Eingangstor blieb die alte Dame schließlich stehen. Dahinter ragte eine Villa aus weißem Stein auf, die von uralten Kastanien umgeben war. Mannshohe Fackeln säumten den Weg, der zum Eingang führte. Die Flammen zischten und knisterten, während sie sich gegen den Ansturm der Schneeflocken zur Wehr setzten. Mit zusammengekniffenen Augen blickte ich an der efeubewachsenen Fassade hoch. In den Fenstern unterm Dach brannte Licht. Ansonsten lag das Haus im Dunkeln. Mit einem Mal schämte ich mich, dass ich der alten Dame mein Herz ausgeschüttet hatte. Was war nur in mich gefahren? Am liebsten hätte ich mir wie ein Kind die Finger in die Ohren gesteckt, um nicht hören zu müssen, welche Worte des Mitleids sie für mich fand, bevor sie sich von mir verabschiedete. Doch die alte Dame sagte überhaupt nichts. Mit beiden Händen drückte sie gegen das Tor, das sich mit einem leisen Knirschen öffnete, und schlüpfte hindurch. Ungläubig sah ich hinter ihr her.

Wollte sie etwa *so* gehen, ohne ein einziges Wort des Abschieds? Mein Blick fiel auf den Riemen der Reisetasche über meiner Schulter, und ich verwarf den Gedanken sofort wieder. Stattdessen wurde mir klar, dass ich sie begleiten sollte. Hinauf zu ihren besten Freundinnen, die sie seit einem Jahr nicht mehr gesehen hatte! Instinktiv wich ich einen Schritt zurück und wäre fast über die Kante des Bürgersteigs gefallen, die unter der Schneedecke verborgen lag.

Aufgeschreckt von dem Radau, den ich veranstaltete, blieb die alte Dame stehen und wandte sich um. Ihr Gesicht leuchtete im Schein der Fackeln. »Worauf warten Sie, mein

Kind?«, fragte sie mit milder Verwunderung in der Stimme. »Kommen Sie, es wird höchste Zeit.« Ohne abzuwarten, ob ich ihr folgte, drehte sich die alte Dame um und setzte ihren Weg fort. Sie erklomm die breiten Steinstufen, die zum Eingang der Villa führten und die jemand sorgfältig von Schnee und Eis befreit hatte, und drückte auf den Klingelknopf. Im Erdgeschoss flammte Licht auf, ein Summen ertönte, und die schwere, mit Eichenholz verstärkte Tür sprang auf.

Die plötzliche Wärme im Inneren der Villa brachte meine Wangen zum Prickeln. Vorsichtig streckte ich meine tauben Finger und sah mich nach allen Seiten um. Der Eingangsbereich, in dem wir uns befanden, war in zarten Creme- und Goldtönen gehalten. An der stuckverzierten Decke funkelte ein Kristallleuchter. In einer Ecke standen zwei brokatbezogene Sessel, dazwischen ein Glastisch mit einer Ausgabe von *Homes and Gardens*. Eine gewundene Holztreppe am gegenüberliegenden Ende des Raumes führte nach oben. Die alte Dame steuerte zielstrebig auf den Fahrstuhl neben der Treppe zu, der mit seinem nostalgischen Gitter aus einer längst vergangenen Zeit zu stammen schien. Als wir im obersten Stock ankamen, wurden wir bereits erwartet. Zwei umwerfend elegant gekleidete Frauen gingen vor dem Fahrstuhl auf und ab, grinsten dabei wie die Honigkuchenpferde und winkten. Die alte Dame stieß einen Freudenschrei aus, schob das Gitter zur Seite und flog in die ausgestreckten Arme ihrer Freundinnen. Zögernd folgte ich ihr in den mit dunklen Holzdielen ausgelegten Flur.

Nachdem ich ihre Reisetasche neben mich auf den Boden gestellt hatte, sah ich mit einer Mischung aus Verlegenheit und Faszination zu, wie sich die drei Frauen abwechselnd um den Hals fielen und küssten. Rita und Elisabeth sahen genau so aus, wie ich sie mir nach der Erzählung der alten Dame vorgestellt hatte. Mit ihren langen Beinen und den jungenhaft kurz geschnittenen, weißblonden Haaren erinnerte mich Rita an eine amerikanische Schauspielerin, deren Name mir entfallen war. Sie trug einen Hosenanzug aus grauer Seide, der den Silberton ihrer Augen unterstrich, und dazu keinerlei Schmuck. Elisabeth dagegen war klein und rund, in ihrer elfenbeinfarbenen Tunika aber nicht weniger mondän. Ihr schwarzes, von unzähligen weißen Strähnen durchzogenes Haar war zu einem dicken Knoten gebunden, in ihren Ohren funkelten Diamanten. Je länger ich die Frauen beobachtete, desto mehr kam ich mir vor wie ein Voyeur. Noch nie in meinem Leben hatte ich mich derart überflüssig gefühlt.

Als ich mich gerade mit einem gemurmelten Abschiedsgruß zur Treppe aufmachen wollte, löste sich die alte Dame von ihren Freundinnen, kam zu mir und legte mir eine Hand auf den Rücken. Rita und Elisabeth, die meine Anwesenheit jetzt erst zu bemerken schienen, musterten mich mit großen Augen. Im Stillen betete ich, die alte Dame möge nicht allzu dick auftragen. Das Letzte, was ich wollte, war, als Retterin in der Not gefeiert zu werden. »Meine Lieben. Das ist …«, sagte sie und sah mich an.

»Anna«, beeilte ich mich zu sagen und schüttelte Rita und Elisabeth die Hand. Durch den Stoff des Mantels konnte ich die Berührung der alten Dame an meinem Rücken spüren. Ein mittlerweile vertrautes Kribbeln breitete sich an der Stelle aus und wanderte meine Wirbelsäule hinauf, erreichte meine Schultern und kitzelte meinen Nacken.

»Wir haben uns in der Bahn kennengelernt«, fuhr sie fort, während ich danebenstand und verlegen lächelte. »Ich schätze, sie braucht unsere Hilfe.«

Moment … ich brauchte *ihre* Hilfe? Ich hörte auf zu lächeln und starrte sie verdattert an.

»Wenn das so ist, setze ich schon einmal Tee auf«, hörte ich Elisabeth neben mir fröhlich sagen. »Oder noch besser den Glühwein.« Sie zwinkerte mir zu, wandte sich um und verschwand durch die angelehnte Tür ins Innere der Wohnung.

Ritas Blick huschte neugierig von der alten Dame zu mir und wieder zurück. Dann sagte sie: »Warte auf mich, Lissie, ich helfe dir«, und lief hinter ihr her.

Die alte Dame hakte sich bei mir unter. »Sie machen den Glühwein selbst, den müssen Sie probieren.«

Ich rührte mich nicht von der Stelle. »Wie haben Sie das gemeint, dass ich Ihre Hilfe brauche?«

Die alte Dame lächelte ihr wundervolles Lächeln. »Mein liebes Kind«, antwortete sie. »Sie sind unglücklich, da werde ich Sie doch nicht alleine lassen.«

Ich spürte einen dicken Kloß im Hals, den ich hastig hinunterschluckte.

5

Die Szene war vollkommen unwirklich. Anstatt in meinem Bett zu liegen und zu schlafen, wie ich es sonst um diese Uhrzeit tat, saß ich in einem fremden Wohnzimmer auf der Couch, hielt einen Becher dampfenden Glühwein in den Händen und wiederholte die Geschichte, die ich der alten Dame auf dem Weg hierhin erzählt hatte. Unter normalen Umständen wäre mir gar nicht in den Sinn gekommen, mein Privatleben vor Fremden zu erörtern. Doch seit ich dic alte Dame getroffen hatte, schien nichts mehr normal, und so gefiel es mir beinahe, mit welcher Inbrunst Rita und Elisabeth meinen Worten lauschten. Als ich zu der Stelle kam, an der Großmutter meine Gabe erkannte, beobachtete ich ihre Reaktion nervös. Doch genau wie die alte Dame zuvor schienen sie nicht im Mindesten überrascht …

Mitternacht war längst vorbei. Im Kamin prasselte ein munteres Feuer, Schneeflocken wirbelten gegen die Fenster, und im Hintergrund spielte leise Klaviermusik. In der Luft hing der Duft des Adventsgestecks, eines bezauberndes Arrangements aus Fichtenzweigen, Moos und getrockneten Blüten, das einen Großteil des Couchtisches einnahm. Die alte Dame saß neben mir. Ihre schmalen Hände ruhten auf der Decke, die wir über unsere Beine gebreitet hatten. Rita und

Elisabeth hatten auf dem Sofa gegenüber Platz genommen. Ihre Decke war ebenso wie unsere schiefergrau und mit silbernen Fäden durchwirkt. »Ihre Großmutter scheint eine wunderbare Frau zu sein«, sagte Elisabeth, nachdem ich meine Geschichte beendet hatte.

Ich nickte traurig. »Ich habe sie sehr geliebt. Leider ist sie schon vor langer Zeit an einer Lungenentzündung gestorben. Ich vermisse sie jeden Tag. Ihr Lächeln, ihre Stimme, die Geborgenheit, die sie mir schenkte. Ich war erst zehn, als sie starb.«

»Das kann ich gut verstehen«, sagte die alte Dame mitfühlend. »Meine Eltern kamen bei einem Eisenbahnunglück ums Leben, als ich noch ein Kind war.«

Ich erschrak. »Wie furchtbar.« Ich erinnerte mich an die Geschichte, die sie mir erzählt hatte. »Sind Sie deshalb ins Internat gekommen?«

Sie schüttelte den Kopf. »Mein Onkel nahm mich auf. Er war der Bruder meines Vaters und etliche Jahre älter, ein angesehener Wissenschaftler und häufig auf Reisen. Deshalb stellte er eine Gouvernante ein, die sich um mich kümmern sollte. Sie traf auf ein verstörtes kleines Mädchen, das an einem Tag seine Eltern und sein Zuhause verloren hatte. Die Situation überforderte sie. Sie schaffte es nicht, zu mir durchzudringen. Sie versuchte es gar nicht erst. Und nach einigen Monaten hörte ich auf zu sprechen.« Sie hielt inne und sah mich nachdenklich an. »Es geschah nicht aus Trotz, verstehen Sie? Es war die Einsamkeit. Sie hatte mir die Kehle zugeschnürt.« Sie hob die Schultern. »Meine Gouvernante versuchte es mit Versprechungen, mit Schmeicheleien, und als das nichts half, mit dem Rohrstock.«

Ich zuckte zusammen, doch die alte Dame gab mir mit

einer Handbewegung zu verstehen, dass es keine Bedeutung mehr hatte. »Als mein Onkel von einer seiner Reisen zurückkehrte, bemerkte er die roten Striemen auf meinen Handflächen. Eine Woche später begann meine Zeit im Internat.«

Sie streckte den Rücken und sah zu ihren Freundinnen hinüber. Ihr Blick war voller Zärtlichkeit. »Rita und Elisabeth waren es, die mir meine Sprache zurückgaben. Und mein Mann Lorenz, der mein Leben komplett machte.« Sie lächelte. »Es war auf dem Abschlussball. Er forderte mich zum Tanzen auf, und im nächsten Moment war es um uns beide geschehen.« Ihre Grübchen vertieften sich. »Da war seine Schwester Adele all die Jahre in meine Klasse gegangen, und ich ahnte nicht einmal, dass es ihr Bruder war, der mein Herz in seinen Händen halten sollte.«

Sie griff nach ihrer Handtasche, zog ein Foto hervor und reichte es mir. Lorenz war von schlanker Statur und hochgewachsen, hatte silbernes Haar und die freundlichsten Augen, die ich jemals bei einem Mann gesehen hatte. Während ich das Foto betrachtete, setzte hinter meiner Stirn ein vertrautes Ziehen ein. Das Bild nahm Konturen an, und ich sah sie vor mir, wie sie durch den Ballsaal schwebten. Jung und strahlend und wunderschön. Ich schluckte, überwältigt von der Gewissheit, dass ihre Liebe vollkommen war. Ich öffnete den Mund, um es ihr zu sagen, doch die alte Dame lächelte nur und legte ihre Hand auf meine. »Ich weiß es«, sagte sie. »Ich wusste es von der ersten Sekunde.«

Rita zog eine komische Grimasse. »Geht das wieder los«, sagte sie an niemand Bestimmten gewandt. Ich warf einen erschrockenen Blick zu der alten Dame, doch als ich ihren amüsierten Gesichtsausdruck sah, entspannte ich mich und musste ebenfalls schmunzeln.

Elisabeth rollte mit den Augen. »Am besten, Sie beachten Rita gar nicht«, empfahl sie mir und griff nach den Sahnetrüffeln, die in einer gläsernen Schale auf dem Couchtisch standen. Sie schob sich eine in den Mund und lutschte genüsslich. »Erzählen Sie mir lieber, warum Sie sich das antun mit Ihrer Agentur. Ständig nur Verliebte um einen herum ... das muss hart sein!« Ihre Miene wurde mitfühlend. *Gerade für Sie*, schien ihr Blick zu sagen, *nach allem, was Sie erlebt haben.*

Ich nahm einen Schluck von meinem Glühwein. »Als ich noch mit Gregor zusammen war«, sagte ich, »habe ich es geliebt. Es war für mich das Größte, mitzuerleben, wie sich zwei Menschen in die Augen sahen und begriffen, dass ihre Suche zu Ende war. Ich wollte immer dabei sein, wenn sie sich zum ersten Mal begegneten. Dieser Moment ... er war atemberaubend.« Nachdenklich blickte ich in meinen Becher. »Später wollte ich das nicht mehr.« Ich hob den Kopf und sah von einer zur anderen. »Verstehen Sie mich nicht falsch. Ich möchte, dass meine Klienten glücklich sind. Aber die Freude, die sie ausstrahlen ... sie macht mich traurig. Sie zeigt mir so deutlich, was ich nicht habe.«

Ich wärmte meine Hände an der Tasse. Eine Zeit lang hatte ich tatsächlich darüber nachgedacht, die Agentur an den Nagel zu hängen. Einfach die Tür abzuschließen und davonzugehen, ohne mich noch einmal umzuschauen. Aber was hätte ich dann getan? Mit dem Wissen, dass ich vor der Verantwortung davonlief, die meine Gabe mit sich brachte. Ich nahm einen weiteren Schluck von dem Glühwein und genoss das angenehme Brennen, mit dem die warme Flüssigkeit meine Kehle hinunterlief. »Wie dem auch sei«, fuhr ich fort. »Heute gebe ich meinen Klienten nur noch ein Foto und einen Namen. Alles Weitere müssen sie selbst arrangieren.«

»Und das funktioniert?«, fragte Rita. Ihre Stimme klang skeptisch. Ich musste an Richard van Eyk denken.

»Normalerweise schon.«

Die alte Dame, die unserer Unterhaltung mit interessiertem Gesichtsausdruck gefolgt war, räusperte sich. »Wissen Sie, was mich an Ihrer Geschichte nicht loslässt? Es ist nur eine Theorie, und vielleicht liege ich auch falsch, aber ich habe das Gefühl, dass es einen Grund für Ihr Unglück gibt.« Sie machte eine aufzählende Geste mit der Hand. »Ihre Gefühle für Timo, die sich in Luft auflösen. Gregors Betrug, den Sie am Tag vor der Hochzeit entdecken. Die Tatsache, dass Sie seitdem keinen Mann mehr getroffen haben, der Sie interessiert ... glauben Sie nicht, dass da ein Zusammenhang besteht?« Sie hielt inne und sah mich erwartungsvoll an.

»Sieht so aus, als wäre mir der Glühwein zu Kopf gestiegen«, sagte ich entschuldigend und stellte meinen Becher auf dem Couchtisch ab. »Was für einen Zusammenhang meinen Sie?«

Die alte Dame legte ihre Hand auf meine. »Ihr Unglück beginnt in dem Moment, in dem Sie Timo küssen. Haben Sie mal darüber nachgedacht, dass es der Kuss war, der den Stein ins Rollen brachte? Weil er dem Falschen galt? Weil er den Richtigen vertrieben hat? Den, den das Schicksal für Sie vorgesehen hat?«

Mit offenem Mund starrte ich sie an. »Den Richtigen?«, stotterte ich. »Sie sprechen jetzt nicht von Benjo, oder?«

Die alte Dame verzog keine Miene.

»Hören Sie«, sagte ich und setzte mich auf. »So war das nicht. Benjo war mein bester Freund. Ich liebte ihn, wie man seinen besten Freund liebt. Ich hätte doch gespürt, wenn da etwas anderes zwischen uns gewesen wäre. Und wenn nicht ich, dann meine Gabe. Sie hätte mir ein Bild gezeigt.« Ich brach ab. Weil ich nicht wusste, was ich mit meinen Händen anfangen sollte, griff ich nach meinem Becher und stürzte den Rest des Glühweins hinunter.

»Sie waren doch noch ein Kind«, sagte die alte Dame sanft. »Noch nicht einmal fünfzehn, wie Sie mir erzählt haben.« Sie schaute mich an. Ihre lavendelfarbenen Augen schimmerten.

Ich schluckte. »Sie meinen, wenn Benjo nicht aus meinem Leben verschwunden wäre, hätten wir uns irgendwann ineinander verliebt?«

Die alte Dame zuckte mit den Schultern. »Das kann ich Ihnen nicht sagen, mein liebes Kind. Aber es würde einiges erklären.«

Ich schloss die Augen und stellte mir Benjo vor, wie er damals ausgesehen hatte. Das hellblonde Haar, das immer ein bisschen zerzaust aussah, so als wäre er gerade aus dem Bett gekommen, die goldbraunen Augen, die vor Übermut blitzten, die Lachfältchen um den Mund … und dagegen sein kalter Blick, damals, in der Nacht am See. Sein Schweigen, das so ohrenbetäubend war, dass es jedes andere Geräusch überlagerte. Ich schauderte und öffnete die Augen. »Wie auch immer«, sagte ich laut. »Jetzt ist es wohl zu spät, um das herauszufinden.«

Die alte Dame schüttelte den Kopf. »Wir können die Zeit nicht zurückdrehen, das ist wahr. Aber wir können versuchen, hier und heute alles dafür zu tun, dass Sie wieder glücklich werden.«

Ich runzelte die Stirn. »Und wie stellen Sie sich das vor?

Soll ich mir Benjo schnappen, ihn an den nächsten Baum binden, damit er nicht wegläuft, und ihn küssen? In der Hoffnung, dass Ihre Theorie stimmt und wir bis zum Ende unserer Tage glücklich miteinander sind?«

»Ich hätte es anders ausgedrückt, aber ja«, sagte die alte Dame und lächelte so treuherzig, dass ich gar nicht anders konnte, als ihr Lächeln zu erwidern. *Benjo und ich.* Wir waren auf Bäume geklettert, hatten uns an heißen Sommertagen mit Tarzanschreien in den See gestürzt und waren mit geschwärzten Gesichtern und selbst gemachtem Pfeil und Bogen durch den Grunewald gestreift … es war vollkommen absurd zu glauben, aus uns hätte ein Paar werden können.

Die goldene Uhr auf dem Kaminsims schlug zweimal. Der dumpfe Klang holte mich zurück in die Wirklichkeit. Erschrocken sah ich auf meine Armbanduhr. »Ich habe gar nicht mitbekommen, wie spät es ist«, sagte ich und sprang hastig auf. »Sie sind sicher müde, und ich habe Ihnen schon genug Zeit geraubt. Ich mache mich jetzt besser auf den Weg.«

Elisabeth warf mir einen entsetzten Blick zu. »Sie wollen gehen? Jetzt? Haben Sie in letzter Zeit mal aus dem Fenster gesehen?«

»So schlimm wird es schon nicht …« Ich verstummte. Während wir im Warmen gesessen und über Benjo gesprochen hatten, waren die Flocken in eisige Schneewehen übergegangen, die unerbittlich gegen die Fenster trieben.

Die alte Dame, die sich ebenfalls erhoben hatte, folgte meinem Blick. »Es könnte schwierig werden, ein Taxi zu bekommen.«

»Ich kann zu Fuß gehen, ich habe es nicht weit.«

»Es ist mitten in der Nacht, das kommt überhaupt nicht

infrage«, widersprach sie. »Warum übernachten Sie nicht hier, mein Kind? Rita und Elisabeth haben genügend Platz.«

Ich schüttelte den Kopf. »Das ist wirklich sehr nett von Ihnen, aber ich will Ihnen nicht noch weiter zur Last fallen.«

Elisabeth lächelte herzlich und breitete ihre Arme aus. »Ich bitte Sie, meine Liebe, das tun Sie nicht. Ganz im Gegenteil, wir würden uns sehr freuen, wenn Sie unser Gast wären.«

Ich starrte auf meine Füße und überlegte, wie ich das Angebot ausschlagen konnte, ohne sie zu verletzen. Ich fühlte eine Verbundenheit zu den drei Frauen, wie ich sie selten erlebt hatte, doch eine Übernachtung war etwas anderes. Ich brauchte meine Umgebung, meine eigenen vier Wände, in denen ich mich sicher fühlte, mein eigenes Bett.

»Lass sie«, sagte Rita, die mein Unbehagen zu spüren schien. »Sie möchte nicht.« Sie wandte sich mir zu. »Das hier ist Berlin. Natürlich bekommen Sie ein Taxi.« Sie senkte ihre Stimme. »Aber was halten Sie davon, wenn Sie uns morgen beim Frühstück Gesellschaft leisten? Wir haben einen Tisch im *Café Wintergarten* im Literaturhaus reserviert.«

Elisabeths Gesichtsausdruck hellte sich schlagartig auf. »Das ist eine wunderbare Idee! Bitte, Anna, sagen Sie, dass Sie kommen!«

Mein Blick glitt zu der alten Dame, die mir lächelnd zunickte. »Ich komme sehr gerne«, hörte ich mich sagen, und im selben Moment wurde mir bewusst, wie gerne ich die drei wiedersehen wollte.

6

Als ich am nächsten Morgen die Augen aufschlug, sickerte helles Sonnenlicht durch die Vorhänge meines Schlafzimmers. Irgendetwas war anders, und es dauerte ein paar Sekunden, bis ich begriffen hatte, was es war. Ich fühlte mich *ausgeruht*. Normalerweise war ich ein unruhiger Schläfer, schreckte häufig hoch, schweißgebadet von Träumen, an die ich mich am nächsten Morgen nicht mehr erinnern konnte. Doch in dieser Nacht hatte ich so tief und fest geschlafen wie ein Kind. Ich schlug die Bettdecke zurück und ging barfuß über den warmen Holzfußboden zum Fenster.

Nichts erinnerte mehr an den Schneesturm der vergangenen Nacht. Am blauen Himmel war keine Wolke zu sehen. Auf dem Bürgersteig waren zwei kleine, dick eingemummelte Mädchen damit beschäftigt, einen Schneemann zu bauen. Ein schokoladenbrauner Labradorwelpe sprang aufgeregt um die beiden herum. Das größere der beiden Mädchen, mit einer leuchtend roten Wollmütze auf den blonden Locken, formte mit seinen Handschuhen einen Schneeball und warf ihn ein Stück den Gehweg hinunter. Der kleine Hund bellte begeistert und sprang auf tapsigen Pfoten hinterher. Lächelnd wandte ich mich ab. Ich sprang unter die Dusche, zog mich an und machte mich auf den Weg zu den drei alten

Frauen, die der Schneesturm so unvermittelt in mein Leben geweht hatte.

Das Café im Literaturhaus lag unweit des Kurfürstendamms in einer charmanten Gründerzeitvilla, die von einem wunderschönen Garten umgeben war. Ich stieg die Treppe hinauf, durchquerte den Wintergarten, in dem jeder Tisch belegt war, und betrat das Innere der Villa. Fröhliches Stimmengewirr schlug mir entgegen. Das Café bestand aus mehreren hohen Räumen, die ineinander übergingen. An den gelb gestrichenen Wänden hingen Schwarz-Weiß-Bilder und Fotografien aus vergangener Zeit, die von indirektem Licht in Szene gesetzt wurden. Zusammen mit den stuckverzierten Decken, den modernen Lüstern, den dunklen Sitzmöbeln und den schneeweißen Tischdecken strahlte das Café eine entspannte Eleganz aus, die wunderbar zu der alten Dame und ihren Freundinnen passte, die bereits in eine angeregte Unterhaltung vertieft waren, als ich an ihren Tisch trat.

»Ah, da sind Sie ja, mein liebes Kind! Haben Sie gut geschlafen? Kommen Sie, setzen Sie sich zu mir.« Die alte Dame strahlte mich an und klopfte auf den Platz neben sich. Wie auf Kommando fing mein Magen an zu knurren, was allen dreien ein Lächeln entlockte. Gehorsam setzte ich mich zu ihr auf die Bank. Der Tisch bog sich beinahe unter den vielen Köstlichkeiten, die die Frauen bestellt hatten. Es gab Toast und Croissants, Körnerbrötchen, weiße Brötchen und selbst gebackenes Brot. Dazu verschiedene Marmeladensorten und Honig, Rührei mit Schinken, kleine Pfannkuchen, die vor Ahornsirup glänzten, Quark mit frischen Früchten und eine Platte mit Lachs, Aufschnitt und Käse. Eine Frau mit einem geflochtenen schwarzen Zopf, der ihr bis auf den

Rücken fiel, trat lächelnd an unseren Tisch und stellte ein Glas Orangensanft vor jeden Platz.

»Das sieht alles ganz fantastisch aus«, sagte ich, nachdem sie sich zurückgezogen hatte, und lächelte in die Runde.

»Greifen Sie zu«, sagte Elisabeth. »Sie sind selbstverständlich unser Gast.«

Rita, die mir gegenübersaß, biss von ihrem Croissant ab und sah mich neugierig an. »Sagen Sie, Anna, wo steckt Benjo eigentlich?«

Ich unterdrückte ein Stöhnen. So sympathisch mir Rita war, ich wollte nicht mehr über Benjo reden. Es machte mich traurig, und es führte zu nichts. Woher nahm sie überhaupt die Gewissheit, dass ich seinen Aufenthaltsort kannte? Schließlich hatten wir seit zwanzig Jahren keinen Kontakt mehr. Ich musterte sie aufmerksam. Ahnte sie etwa, dass ich von Zeit zu Zeit meinen Laptop hochklappte und mit angehaltenem Atem und klammen Händen seinen Namen eingab? Dass ich mich danach fühlte, als hätte ich etwas Anrüchiges getan? Als hätte ich kein Recht darauf zu erfahren, was Benjo mit seinem Leben angestellt hatte, nachdem er es ohne mich weitergelebt hatte?

»Anna?«

Ich fuhr auf und blickte in ein amüsiert blitzendes, lavendelfarbenes Augenpaar. »Haben Sie geträumt?«, fragte die alte Dame und lächelte mich an.

Verlegen griff ich nach der Teekanne und goss mir eine Tasse ein. »Benjo ist Reisebuchautor und ständig unterwegs«, antwortete ich, ohne aufzusehen. »Überall, auf der ganzen Welt. Er arbeitet für *Backpacker's*. Das sind diese dicken grünen Wälzer für Rucksacktouristen. Haben Sie vielleicht schon einmal gesehen.«

Elisabeth nickte aufgeregt. »Meine Enkelin hat sich von mir den Australienband zum Geburtstag gewünscht.« Sie nahm einen Schluck von ihrem Kaffee und sah mich über ihre Tasse an. »Anfang der Achtzigerjahre haben James und ich eine Zeit lang in Canberra gewohnt. Von daher habe ich ein bisschen darin herumgeblättert. Ich wollte sehen, ob ich etwas wiedererkenne.«

Ein verklärter Ausdruck glitt über ihr Gesicht.

»Den hat Benjo geschrieben«, sagte ich mit einer Spur von Stolz in der Stimme.

»Tatsächlich?« Elisabeth wirkte beeindruckt. »Ihr Benjo hat Talent.«

Jetzt war er schon *mein* Benjo. Seufzend schnitt ich ein Stück von meinem Pfannkuchen ab und spießte es mit der Gabel auf. »Über Weihnachten ist er übrigens in Berlin«, sagte ich. Rita und Elisabeth sahen mich verdattert an.

»Das ist doch wunderbar«, meinte die alte Dame und klatschte in die Hände. »Das Schicksal meint es gut mit Ihnen.«

Ich beschloss, dass die Unterhaltung ins Absurde abdriftete und es an der Zeit war, der Sache ein Ende zu bereiten. »Das hat mit Schicksal wenig zu tun. Ich habe seine Mutter im KaDeWe getroffen. Benjos aktueller Job ist bald zu Ende, und der nächste beginnt erst im Januar.« Dank seiner Mutter wusste ich auch, dass Benjo für die Übergangszeit bei seinen Eltern in Grunewald wohnte. Deren Grundstück wiederum an das meiner Eltern grenzte. Als ich das erfuhr, war mir das Herz in die Hose gerutscht, doch dann hatte ich mich damit getröstet, dass ich ihm wohl kaum über den Weg laufen würde. Schließlich war er nur ein paar Tage da, und das Letzte, was ich vorhatte, war, Weihnachten bei meinen Eltern zu verbringen.

»Wie auch immer«, sagte Rita und fegte einen Krümel von ihrer weißen Leinenbluse. Ihre Haare hatte sie heute unter einem kobaltblauen Tuch versteckt, das ihre Augen zum Strahlen brachte. »Jetzt müssen wir dafür sorgen, dass er wieder mit Ihnen redet.« Plötzlich huschte ein spitzbübisches Grinsen über ihr Gesicht. »Warum behaupten wir nicht einfach, dass Sie todkrank sind? Da wird er Ihnen wohl kaum die Tür vor der Nase zuschlagen, wenn Sie sich mit ihm vertragen wollen.«

Ich verschluckte mich an meinem Orangensaft und begann zu husten. »Ist das Ihr Ernst?«, fragte ich, nachdem ich wieder sprechen konnte.

»Nein«, sagte Elisabeth. »Das ist *nicht* ihr Ernst.« Sie warf ihrer Freundin einen strengen Blick zu. Die lächelte nur und nahm sich eine Scheibe Toast aus dem Brotkorb. »Hast du vielleicht eine bessere Idee?«

Die nächsten zehn Minuten wechselten sich Elisabeth und Rita mit Vorschlägen ab, von denen einer so skurril war wie der andere. Einmal sollte ich Benjo *zufällig* in einer Riesenradgondel auf dem Weihnachtsmarkt vor dem Roten Rathaus wiedertreffen, die dann ebenso zufällig am höchsten Punkt zum Stillstand kam, während unter uns die Lichter der Stadt funkelten. Ein anderes Mal sollte ich ihn entführen und erst wieder in die Freiheit entlassen, wenn er sich in mich verliebt hatte. Die alte Dame und ich quittierten jede Idee mit Kopfschütteln und leisem Lachen. Als Rita vorschlug, ich sollte Benjo mit Plastikhandschellen an mich fesseln und den Schlüssel hinunterschlucken, musste ich mir den Bauch halten. Ich konnte mich nicht erinnern, wann ich zum letzten Mal so viel gelacht hatte. Doch bevor ich mich zu sehr daran gewöhnen konnte, legte ich mein Besteck auf den

Teller. Ich wischte mir die Lachtränen aus den Augenwinkeln und sah von einer zur anderen. »Es war sehr schön mit Ihnen, aber ich muss mich jetzt wirklich verabschieden. Ich weiß gar nicht, was ich sagen soll. Vielen Dank für alles. Für das Frühstück und dafür, dass Sie mir zugehört haben. Es war toll, Sie alle kennenzulernen!« Ich stand auf.

Mein Blick blieb an der alten Dame hängen, die einen enttäuschten Eindruck machte. Ein warmes Gefühl breitete sich in meinem Bauch aus. Ob ich sie bitten konnte, in den nächsten Tagen einen Kaffee mit mir zu trinken, bevor sie zurück nach Hause fuhr?

»Aber was ist denn jetzt mit Ihnen und Benjo?«, fragte Rita.

Ich tat so, als verstünde ich sie nicht. »Was soll mit uns sein?«

Rita runzelte die Stirn. »Ja, worüber reden wir denn die ganze Zeit?«

»Hören Sie«, sagte ich und lächelte, »Sie alle haben mir sehr geholfen, und dafür danke ich Ihnen sehr. Ich hatte gestern einen schlimmen Tag, ich war müde und erschöpft und traurig, und ich wusste nicht, wohin mit mir. *Natürlich* wäre es wundervoll, Benjo wieder zum Freund zu haben. Aber die Zeit lässt sich nicht so einfach zurückdrehen. Und dass ich kein glückliches und erfülltes Leben führe, liegt nicht daran, dass ich Timo geküsst habe. Es liegt an mir. Weil ich bin, wie ich bin.« Ich sah die alte Dame an, die meinen Blick betroffen erwiderte. »Ich könnte ja rausgehen und Leute treffen. Ich könnte flirten, Freundschaften schließen, verreisen, die Welt entdecken, aufregende Dinge erleben – Männer kennenlernen, von denen sich vielleicht einer als der Richtige entpuppt.« Ich zuckte mit den Schultern. »Aber die Wahrheit ist, dass ich ein Feigling bin. Ich habe Angst, dass ich noch einmal an jemanden wie Gregor gerate.«

Ich schob meinen Stuhl zurück. »Jetzt schauen Sie bitte nicht so«, sagte ich mehr aus dem Bedürfnis heraus, die drei zu trösten, als dass ich es wirklich so meinte, »das wird bestimmt nicht immer so bleiben. Nur im Moment bin ich einfach nicht so weit, um der Liebe noch eine Chance zu geben.«

7

Der Schnee knirschte unter meinen Schritten, als ich mich zu Fuß auf den Weg nach Hause machte. Die Luft war kalt und klar, und die Umgebung ringsherum hatte ihre scharfen Konturen verloren. Die sonst so winterkahlen Bäume und Sträucher wirkten wie mit Puderzucker bestäubt, und die parkenden Autos entlang der Straßen waren unter einer fluffigen weißen Decke verschwunden. Der Bürgersteig glitzerte, als hätte jemand Diamantensplitter darübergestreut.

Mein Kopf fühlte sich seltsam schwer an. Obwohl ich mich erst vor fünf Minuten verabschiedet hatte, kam mir die Zeit, die ich mit der alten Dame und ihren Freundinnen verbracht hatte, schon jetzt unendlich weit weg vor. Mit der Hand in der Tasche tastete ich nach dem Zettel, auf den mir die alte Dame ihre Anschrift und Telefonnummer aufgeschrieben hatte. »Sie sind jederzeit willkommen«, hatte sie mir zugeflüstert, als sie mich zum Abschied umarmt hatte. Meine Finger glitten über das Papier, wie um mich zu vergewissern, dass ich das Ganze nicht nur geträumt hatte.

Mein Handy, das ich in die Innentasche meines Mantels gesteckt hatte, begann zu vibrieren. Ich zog es heraus und starrte auf das Display. Ich atmete tief durch und zählte in Gedanken bis fünf, bevor ich das Gespräch entgegennahm.

»Warum gehst du nicht ans Telefon?« Die Stimme meiner Mutter klang wie immer ungehalten.

»Ich habe es nicht gehört, ich mache einen Spaziergang. Was gibt es denn? Ist etwas mit Vater?«

»Darf ich nur mit meiner Tochter telefonieren, wenn einer von uns im Sterben liegt?«

»Nein«, antwortete ich ruhig, »natürlich nicht.«

»Gut.« Meine Mutter klang nun etwas entgegenkommender. »Ich wollte mich nur erkundigen, wann du heute kommst?«

Verblüfft schwieg ich einen Moment. »Waren wir verabredet?« Stille trat ein. »Mutter?«

»Nein«, sagte sie mit schnippischem Tonfall, »wir geben nur unseren Adventsempfang. Wie jedes Jahr.«

Ich schloss die Augen. Der Adventsempfang meiner Eltern war ein gesellschaftliches Ereignis in Grunewald. Wer eine Einladung erhielt, verlor keine Zeit. Nachdem jeder noch so flüchtige Bekannte informiert worden war, eilte man in Richtung Kurfürstendamm und Friedrichstraße davon, um sich dem Anlass entsprechend einzukleiden. Ich hasste es wie die Pest. Nicht zuletzt, weil jeder meinte, mich nach meinem Privatleben befragen zu müssen. *Ach Anna, wie ich höre, läuft Ihre Agentur hervorragend. Wann ist es denn bei Ihnen so weit? Ich konnte gar nicht glauben, als ich gehört habe, dass Sie immer noch nicht unter der Haube sind …*

Ich schüttelte mich. »Ich komme nicht. Tut mir leid, dass ich dir nicht eher Bescheid gesagt habe.« Ich versuchte gar nicht erst, eine Ausrede zu erfinden, denn ich wusste, dass meine Mutter meine Entschuldigung nicht einmal dann akzeptieren würde, wenn ich sie mit dem Kopf unter dem Arm vortrug. Auf dem Adventsempfang der Kronenbergs zu fehlen kam in ihrer Welt nicht vor. Schon gar nicht, wenn man das einzige Kind der Gastgeber war. Ich biss die Zähne zusammen und machte mich auf den Tornado gefasst, der gleich über mich hinwegfegen würde. Doch nichts dergleichen passierte.

»Schön«, sagte meine Mutter verdächtig gelassen, »dann erklärst du das aber bitte Louise. Ich hole sie dir eben ans Telefon.«

Mein Herz machte einen kleinen Hüpfer. »Louise ist bei euch?«, stotterte ich in den Hörer.

»Überraschung!«, tönte eine fröhliche Stimme aus der Leitung. »Was habe ich da gerade gehört? Du willst nicht kommen? Du brichst deiner Mutter das Herz!«

»Welches Herz?«, fragte ich und grinste. Es tat so gut, ihre Stimme zu hören. Ich hatte mich nicht mehr bei ihr gemeldet, obwohl ich es versprochen hatte, und was tat sie? Ließ alles stehen und liegen und kam nach Berlin.

Louise kicherte. »Das habe ich nicht gehört, du freches Kind. Also, wann kommst du?«

Ich sah auf meine Uhr. »Gib mir eine Stunde.«

Um Punkt dreizehn Uhr bog ich mit dem Auto in die breite Auffahrt ein, die zum Anwesen meiner Eltern führte. Mächtige Eichen säumten den Weg, eingebettet in schneebedeckte Wiesenflächen, die in der Sonne glitzerten. Der Anblick war wunderschön, doch wie immer versetzte er mir einen Stich in die Magengegend. Ich parkte auf dem Vorhof vor dem Marmorbrunnen. Ein Duplikat des Märchenbrunnens, der seit über hundert Jahren die Spaziergänger im Düsseldorfer Hofgarten bezauberte. Er zeigte drei eng aneinandergeschmiegte

Kinder, versunken in dem Anblick dreier Frösche. Früher hatte ich mir vorgestellt, er wäre das Tor zu einer anderen Welt, einer Welt voller Sommerwiesen, in der die ganze Zeit die Sonne schien und die Vögel zwitscherten und man wegen nichts Angst zu haben brauchte. Einer Welt, in der Großmutter noch lebte.

Ich verstaute meine Sonnenbrille im Handschuhfach und stieg aus. Einen Moment lang betrachtete ich das Haus meiner Eltern. Eine Freitreppe aus Sandstein führte zum Eingangsbereich, der von vier mächtigen Säulen gestützt wurde. Darüber, mit dem repräsentativen Balkon, lag das Arbeitszimmer meines Vaters, das ich als Kind nur hatte betreten dürfen, wenn ich mein Zeugnis präsentieren musste oder eine Strafpredigt zu erwarten hatte. Unbehaglich blickte ich zu den Holzfenstern mit den Sprossenverglasungen hoch und atmete ein letztes Mal tief durch. Dann schritt ich entschlossen die Stufen hinauf und klingelte.

Im nächsten Moment fand ich mich in Louises vertrauter, nach Kindheit duftender Umarmung wieder. Nachdem wir ein paar Sekunden einfach nur dagestanden und die Nähe der anderen genossen hatten, machte sie sich los und schob mich eine Armlänge von sich weg. »Lass dich anschauen, Kleines. Wie lange ist das jetzt her?«

Ich blinzelte. »Etwas über ein Jahr. An meinem Geburtstag.«

»Das weiß ich doch.« Louises grüne Augen funkelten. »Hast du inzwischen die Umzugskartons ausgepackt?«

Ohne auf meine Antwort zu warten, fasste sie mich am Arm und zog mich durch die Eingangshalle in den Salon. Dort bauten vier junge Frauen, alle mit schwarzen Hosen und Tuniken bekleidet, das Büfett auf. Auf ihrer Brust prangte das Logo eines bekannten Edelcaterers. Sie wuselten geschäftig umher und nickten nur flüchtig, als wir den Raum betraten. Die bodentiefen Fenster ließen den Blick auf den parkähnlichen Garten frei. Wo sonst schnurgerade Kieswege an gepflegten Beeten, Rabatten und Buchsbäumen vorbeiführten, war heute nur pudriger Neuschnee zu erkennen, durch den sich hier und da eine Spur winziger Fußabdrücke zog. Auf der Terrasse, die mit Lampions geschmückt war, waren Stehtische und Heizpilze aufgestellt.

»Deine Mutter musste noch mal weg«, drang Louises Stimme an mein Ohr. »Irgendetwas ist mit der Blumenlieferung schiefgelaufen. Und dein Vater hat noch einen Termin. Er kommt erst kurz bevor die Gäste eintreffen.« Louise stupste mich in die Seite, und wir grinsten einander verschwörerisch zu. »Komm«, sagte sie, »lass uns ins Kaminzimmer gehen, da ist es gemütlicher.«

Nach einer Stunde war es so, als wären Louise und ich nie getrennt gewesen. Obwohl es erst früher Nachmittag war, hatten wir zur Feier unseres Wiedersehens eine Flasche Champagner aufgemacht und bereits zu zwei Dritteln geleert. Genau wie früher hatten wir die Schuhe ausgezogen und es uns auf dem Sofa gemütlich gemacht. Zwischen uns stand eine Silberplatte mit winzigen Sandwiches, belegt mit kaltem Roastbeef und Thunfischcreme, die wir aus der Küche stibitzt hatten.

»Wie geht es deinen Schützlingen?«, erkundigte ich mich, bereits träge vom Alkohol.

»Sehr gut!«, lachte Louise. »Die Zwillinge kommen im Sommer in die Schule. Kaum zu glauben, wie die Zeit vergeht. Ich hatte mich schon darauf gefreut, dass es jetzt ein bisschen ruhiger wird, schließlich bin ich auch nicht mehr die Jüngste. Aber weit gefehlt, Frau Martin ist wieder schwanger. Das Baby kommt im März.« Sie zuckte vergnügt mit den Schultern.

Lächelnd sah ich sie an. Von wegen nicht mehr die Jüngste. Louise war zweiundfünfzig, und abgesehen davon, dass sie mit ihren kurzen, kastanienfarbenen Locken, den meergrünen Augen und dem verschmitzten Lächeln keinen Tag älter aussah als vierzig, hatte sie die Energie einer Achtzehnjährigen. Die brauchte man vermutlich auch, wenn man als Kindermädchen bei den Martins arbeitete. Louise hatte mir die Familie schon häufiger als liebenswert, aber absolut chaotisch beschrieben.

»Dir gefällt es in Zürich, habe ich recht?«

»Die Stadt ist wundervoll. Alles ist so gepflegt, und die Berge direkt vor der Haustür sind toll. Ich finde es nur schade, dass wir beide uns so selten sehen.« Sie musterte mich aufmerksam. »Du hast abgenommen, nicht wahr? Wie viel wiegst du? Noch zweistellig?«

Ich griff nach einem Kissen und warf es in ihre Richtung. Sie fing es mit einer geschickten Handbewegung auf und grinste. »Okay, ich habe verstanden. Reden wir über etwas anderes. Was machen die Männer?«

Ich verdrehte die Augen. »Und bei dir?«

»Dasselbe.« Sie seufzte. »Aber ich gebe die Hoffnung nicht auf. Irgendwann wird dir die Gabe unsere Traumprinzen zeigen, und dann werden wir glücklich sein bis zum Ende unseres Lebens.« Louise hatte den Satz ohne rechte Überzeugung geäußert. Zum einen, weil sie, wie ich insgeheim vermutete, ganz zufrieden war mit ihrem Singledasein. Zum anderen, weil sie mich seit meiner Geburt kannte und mit jedem Jahr, das verstrich, stärker zu der Überzeugung gelangte, dass wir uns zu nahe standen, als dass die Gabe bei ihr wirken konnte. *Genau wie bei Benjo,* schoss es mir durch den Kopf. Auch von seiner Liebe hatte ich nie ein Bild gesehen … Unwillkürlich musste ich an das denken, was die alte Dame zu mir gesagt hatte. *Haben Sie mal darüber nachgedacht, dass es der Kuss war, der den Stein ins Rollen brachte? Weil er dem Falschen galt? Weil er den Richtigen vertrieben hat?*

»Glaubst du, dass sich das Schicksal aufhalten lässt?«, fragte ich nachdenklich. »Von einem einzigen, unbedachten Moment?«

Louise sah mich aufmerksam an. »Warum fragst du das?«

Ich kaute auf meiner Unterlippe herum. Dann nahm ich einen Schluck Champagner und begann von meiner Begegnung mit der alten Dame zu berichten. Louises Augen wurden größer und größer. Als ich geendet hatte, schaute sie mich mit offenem Mund an.

»Ich fasse noch mal zusammen. Du bist mit einer wildfremden alten Dame mitten in der Nacht durch Charlottenburg gelaufen, hast ihr deine intimsten Geheimnisse erzählt, bist in das Wiedersehen mit ihren Schulfreundinnen geplatzt, die jetzt auch alles über dich wissen, und am nächsten Morgen hast du mit ihnen gefrühstückt? Ich glaube, ich brauche noch mehr zu trinken.« Sie griff nach der Champagnerflasche und goss sich großzügig ein. Sie prostete mir zu und nahm einen tiefen Zug. Danach wischte sie sich mit dem Handrücken über den Mund. »Ernsthaft?«

Verlegen zuckte ich mit den Schultern.

Louise fing an zu lachen. »Wer bist du, und was hast du mit meiner Anna gemacht?« Sie lehnte sich zurück in die Kissen und schaute mich liebevoll an. »Ich meine, es gibt niemanden auf dieser Welt, der zurückhaltender ist als du. Das alles sieht dir so überhaupt nicht ähnlich.« Auf einmal schien ihr ein Gedanke zu kommen. Sie wurde schlagartig ernst und richtete sich auf. »Es ist wegen Gregor, stimmt's? Du bist immer noch nicht über ihn hinweg.« Sie griff nach meiner Hand. »Du hättest mit *mir* reden können. Ich weiß, Zürich ist nicht gerade um die Ecke, aber ich hätte mich sofort in den nächsten Flieger gesetzt und wäre zu dir gekommen.«

Ich drückte kurz ihre Finger, bevor ich meine Hand zurückzog. »Das ist es nicht. Bis gestern hatte ich überhaupt nicht das Bedürfnis, über Gregor zu reden. Oder über Benjo und Timo. Es ist einfach so passiert. Ich kann es mir selbst nicht erklären.« Ich zog meine Knie an die Brust und umschlang sie mit den Armen. Obwohl draußen die Sonne schien, war es im Kaminzimmer düster. Die Fenster waren nach Norden ausgerichtet, und die schweren, moosgrünen Vorhänge taten ihr Übriges, um das Licht draußen zu halten. »Aber darum geht es auch gar nicht«, fuhr ich fort. »Was ist mit dem, was die alte Dame gesagt hat? Über Benjo und mich? Hältst du das für möglich?«

»Du meinst, dass du nur deshalb alleine bist, weil du nicht mit *ihm* zusammen bist?«

Ich nickte. Louise sah mich lange an. Dann wandte sie den Blick ab und fuhr mit dem Zeigefinger über den Rand ihres Glases.

»Hältst du es denn für möglich?«, fragte sie.

»Ich? Nein.«

»Siehst du. Dann ist es müßig, darüber zu reden.«

Sie sah auf ihre Armbanduhr. »Ich fürchte, deine Mutter kommt jeden Moment zurück. Sie bringt uns um, wenn sie uns hier entdeckt. Angeschickert und ohne eine sinnvolle Aufgabe.« Sie erhob sich. »Komm, wir holen uns noch eine Flasche Champagner und gehen nach oben.«

Kichernd schlichen wir die gewundene Treppe hinauf, wo mein altes Kinderzimmer am Ende der Galerie lag. Wir legten uns auf das Himmelbett, verschränkten die Arme hinter dem Kopf und schauten zu der Decke mit den schweren Holzbalken, während wir uns weiter unterhielten. So fand uns schließlich meine Mutter, als sie ohne anzuklopfen den Raum betrat. »Hier seid ihr.« Sie schüttelte missbilligend den Kopf. »Die Gäste kommen gleich. Wann wolltest du deiner Mutter Guten Tag sagen?«

Ich unterdrückte ein Stöhnen, kletterte aus dem Bett und ging zu ihr. Sie hielt mir ihr Gesicht hin, und ich drückte pflichtschuldig einen Kuss auf ihre kühle Wange. Sie hob eine Augenbraue. »Hast du etwas getrunken?«

Ich machte eine Geste mit Daumen und Zeigefinger. »Nur ein klitzekleines bisschen.«

Hinter meinem Rücken erklang ein Glucksen, das augenblicklich in ein schlecht getarntes Hüsteln überging. Meine Mutter warf mir einen strengen Blick zu.

»Ich möchte, dass du in zehn Minuten unten bist.« Ihre stahlgrauen Augen glitten an mir hinunter, fixierten meinen cremefarbenen Rollkragenpullover und die mokkabraunen Jeans. »Und zieh dir etwas anderes an.«

8

Eine Viertelstunde später stand ich neben meinen Eltern in der Eingangshalle, um die Gäste in Empfang zu nehmen. Die Begrüßung zwischen meinem Vater und mir war gewohnt unterkühlt ausgefallen. Wir hatten nie ein gutes Verhältnis, aber nach der Sache mit Gregor hatten wir uns so weit voneinander entfernt, dass wir genauso gut auf zwei unterschiedlichen Planeten hätten leben können. Ich war damals wie selbstverständlich davon ausgegangen, dass mein Vater ihm kündigen würde, doch er hatte sich geweigert. Gregor sei zu wichtig für die Bank, hatte er gesagt, und damit war die Unterhaltung für ihn beendet gewesen. Eine Entscheidung, die ich ihm bis heute nicht verziehen hatte. Doch wie sich zeigte, besaß Gregor noch ein letztes bisschen Restanstand und kündigte von sich aus. Welche Ironie des Schicksals. Hätte er mir nicht die unsterbliche Liebe vorgegaukelt, hätte ihn Vater vermutlich längst zu seinem Nachfolger ernannt …

»Hallo, Anna, wie schön, dich zu sehen. Geht es dir gut?« Vor mir stand Rosalie, Benjos Mutter, und strahlte mich an. Ich nickte stumm. Ich hatte vergessen, dass seine Eltern auch da sein würden.

Benjos Vater gab mir die Hand und klopfte mir mit der anderen auf den Rücken. »Geben sie dir nicht genug zu essen, Mädchen?«, raunte er in mein Ohr, und ich lächelte gequält.

Nachdem die Gäste vollständig eingetroffen waren, folgte ich meinen Eltern in den Salon. In der Ecke neben dem prächtigen Weihnachtsbaum war ein Flügel aufgestellt. Der Pianist, ein älterer Herr mit schwarzem Frack und silbernem Haar, spielte Bach. Attraktive junge Frauen mit hochgesteckten Haaren und Tabletts in den Händen wuselten zwischen den Gästen umher und boten Champagner und kleine Häppchen an. Draußen war es bereits dunkel. Im offenen Kamin knisterte ein Feuer, und in den schweren, silbernen Kandelabern, die überall im Raum verteilt standen, brannten zimtfarbene Kerzen.

Ich nahm mir ein Glas Wasser und gesellte mich zu Louise an einen der weiß eingedeckten Stehtische. Mein Vater hielt eine kurze Rede, meine Mutter sagte ein paar Dankesworte und das Büfett war eröffnet. »Da drüben sind die Strothmanns. Ich sollte rübergehen und ein paar Worte mit ihnen wechseln. Kommst du mit?« Louise sah mich fragend an.

Ich winkte ab. »Nein, geh du nur, ich warte hier auf dich.«

Louise nickte und schlenderte zu dem Ehepaar, dessen Kinder sie aufgezogen hatte, nachdem ich mit vierzehn aufs Internat gegangen war und ihre liebevolle Fürsorge nicht länger benötigt hatte. Mein Blick wanderte durch den Raum. Überall standen die Gäste in kleinen Grüppchen zusammen, unterhielten sich und lachten. Auf einmal fühlte ich mich sehr alleine. Ich nahm noch einen Schluck Wasser und schloss die Augen. Als ich sie wieder öffnete, stand meine Mutter neben mir. Sie musterte mich mit vorwurfsvoller Miene. »Hatten wir nicht vereinbart, dass du dich umziehst?«

»Ich …«

Mutter hob abwehrend die Hand. »Schon gut, ich will nichts hören. Wir haben jetzt Wichtigeres zu besprechen.«

Ich schluckte die pampige Entgegnung hinunter, die mir auf der Zunge lag, und sah sie misstrauisch an. Meine Mutter und ich hatten *nie* wichtige Dinge zu besprechen. Mutter senkte die Stimme. »Margrit hat nach dir gefragt. Du weißt schon, Margrit Bechtel, meine Bridgefreundin.« Sie warf einen Blick über ihre Schultern, als wollte sie sichergehen, dass uns niemand belauschte. Gegen meinen Willen wurde ich neugierig. »Sie würde sich gerne mit dir unterhalten«, fuhr Mutter fort. Ihre Stimme war jetzt nur noch ein Flüstern. »Ihr Mann ist vor zwei Jahren gestorben, ihre Kinder leben im Ausland, und sie ...«, sie schürzte die dünnen Lippen, »nun ja, sie fühlt sich einsam.« Mutter holte tief Luft. »Sei so nett und rede mit ihr.« Verdattert schaute ich sie an. Gewöhnlich zog meine Mutter es vor, meinen Beruf mit keiner Silbe zu erwähnen. In ihren Augen haftete ihm etwas Anrüchiges, ja Halbseidenes an. Dass ausgerechnet sie mich bat, einer Freundin zu helfen, kam einer Revolution gleich.

»Wann denn ... jetzt?«, stotterte ich.

»Wann denn sonst?«, versetzte meine Mutter, jetzt wieder die Alte. »Sie wartet in der Eingangshalle auf dich.« Ein übergewichtiger, grauhaariger Mann mit Seehundschnauzer kam an unseren Tisch. »Lothar ... welch eine Freude.« Mutter setzte ein strahlendes Lächeln auf und hauchte neben seinen Wangen links und rechts Küsse in die Luft. Ich war entlassen.

Beim Gehen bemerkte ich, dass mein Schwips stärker war, als ich gedacht hatte. Der Boden unter meinen Füßen schwankte, als ich die Eingangshalle betrat. Frau Bechtel lehnte am Treppengeländer und wirkte sichtlich nervös. Als sie mich erblickte, hob sich ihr dezent geschminkter Mund zu einem zaghaften Lächeln. Sie war eine der wenigen Bekannten meiner Mutter, die ich mochte. Deswegen, und weil Mutter mir sonst bis zum Sankt-Nimmerleins-Tag in den Ohren gelegen hätte, entschuldigte ich mich in Gedanken bei Sabine und gab ihr für Anfang Januar einen Termin. Frau Bechtel schüttelte mir überschwänglich die Hand und eilte zurück in den Salon, vermutlich, um meiner Mutter die frohe Botschaft zu verkünden.

Ich sank auf die Treppenstufe und stützte meinen Kopf mit beiden Händen. Mir war schwindelig, und ich hatte keine Lust, länger zu bleiben. Warum hatte ich nur so viel getrunken? Jetzt blieb mir nichts anderes übrig, als meinen Wagen stehen zu lassen und mit dem Taxi nach Hause zu fahren. Mühsam erhob ich mich, als es an der Tür klingelte. Ein verspäteter Gast? Ich sah auf meine Uhr. Es war neunzehn Uhr. Es klingelte erneut. Mein Blick huschte zu der Flügeltür, die zum Salon führte, doch niemand machte Anstalten hindurchzukommen, um den Neuankömmling in Empfang zu nehmen. Seufzend ging ich zum Eingang und drückte die schwere Klinke herunter.

Mit einem dramatischen Knirschen schwang die Tür auf, und plötzlich blieb die Zeit stehen. Mein Herz hörte auf zu schlagen. In meinen Ohren begann es zu rauschen, und ich bekam keine Luft mehr. Und dann knickten meine Beine unter mir ein.

»Vorsicht!« Benjo erwachte als Erster aus seiner Erstarrung und griff nach meinem Arm, um mich zu stützen. Meine Kehle war staubtrocken, und ich brachte keinen Ton hervor. Sprachlos starrte ich ihn an, während meine Gedanken Achterbahn fuhren. »Geht's wieder?«, fragte er, und als ich hilflos nickte, ließ er meinen Arm los. Er steckte die Hände in die Taschen seiner Jacke und trat von einem Bein aufs andere. Die Situation schien ihn genauso zu überfordern wie mich. Sein Atem bildete weiße Wölkchen in der klirrend kalten Luft. Ich musterte ihn mit großen Augen. Er sah aus wie damals und doch wieder nicht. Er war größer, und, soweit ich das unter seiner Winterjacke erkennen konnte, nicht so schlaksig wie früher. Seine Haare waren unter einer grauen Wollmütze verborgen, und ich fragte mich unwillkürlich, ob sie noch genauso hellblond und zerzaust aussahen.

»Darf ich reinkommen?«, riss mich Benjo aus meinen Gedanken. »Hier draußen ist es saukalt.« Ich spürte, wie ich rot wurde, und trat einen Schritt zurück, damit er eintreten konnte. Er schloss die Tür hinter sich und drehte sich zu mir um.

»Was machst du hier?«, brachte ich schließlich hervor und biss mir im selben Moment auf die Lippen. Die ersten Worte nach zwanzig Jahren – an Bedeutungslosigkeit nicht zu überbieten.

»Ich wollte nur schnell den Schlüssel von meinen Eltern holen.« Er wies mit dem Daumen hinter sich. »Ich bin gerade erst gelandet.«

Wieder starrte ich ihn an. Seine Augen waren noch genau so, wie ich sie in Erinnerung hatte. Ein warmes, helles Braun mit winzigen goldenen Flecken darin. Nur die Fältchen darum waren neu.

»Könntest du vielleicht …?« Benjo zog die Schultern hoch und lächelte verkrampft. Seine schweren Stiefel hinterließen schmutzige Pfützen auf dem Parkett.

»Was? Ach so, ja, natürlich.« Meine Stimme klang holprig. »Ich sag deinen Eltern Bescheid, dass du da bist.«

»Danke«, sagte Benjo sichtlich erleichtert. »Eigentlich

wollte mir meine Mutter den Schlüssel rausbringen. Keine Ahnung, wo sie steckt.« Er zuckte verlegen mit den Schultern.

Ich schluckte schwer. Die Botschaft war klar. Er konnte mich nicht mehr so einfach ignorieren, wie er es früher getan hatte. Auflegen, wenn ich anrief oder die Straßenseite wechseln, wenn wir uns zufällig begegneten. Seinen Platz in der Schule mit Annika tauschen, weil er nicht länger neben mir sitzen wollte. Wir waren erwachsen, die Spielregeln hatten sich geändert, doch begegnen wollte er mir immer noch nicht. »Dann … gehe ich mal.«

Heilfroh, der Situation entkommen zu können, drehte ich mich um. In dem Moment öffnete sich die Flügeltür, und mein Vater kam mit festen Schritten auf uns zu. Die Flammen der Kerzen in den Halterungen an der Wand flackerten. »Benedikt!«, dröhnte seine tiefe Stimme durch den Raum. Er blieb vor Benjo stehen und klopfte ihm auf den Rücken. »Deine Mutter hat mir gesagt, dass du zurück bist. Warum hast du denn immer noch deine Jacke an?« Er drehte sich zu mir und sah mich missbilligend an. »Anna?«

Benjo hob abwehrend die Arme. »Das ist nett von Ihnen, Herr Kronenberg, aber ich bleibe nicht. Ich will nur den Schlüssel holen und ins Bett. Ich bin seit dreißig Stunden auf den Beinen.« Er warf mir einen entschuldigenden Blick zu, den ich vorgab zu ignorieren.

»Papperlapapp. Du kommst mit rein und isst etwas. Schlafen kannst du immer noch.« Und bevor Benjo etwas entgegnen konnte, wandte sich mein Vater um und setzte sich mit der Selbstsicherheit eines Mannes, dem niemand etwas abzuschlagen wagte, in Bewegung. »Anna, du kümmerst dich darum, dass der Junge etwas in den Magen bekommt«, warf er mir über seine Schulter zu.

Ungläubig starrte ich ihm hinterher. Konnte es sein, dass er nicht mitbekommen hatte, dass Benjo und ich keine Freunde mehr waren? Dass er mit vierzehn aufgehört hatte in unserem Haus ein und aus zu gehen, genauso wie ich bei ihm? *Selbst wenn, es wäre ihm egal,* antwortete eine nüchterne Stimme in meinem Kopf. Ich spürte heißen Ärger in mir aufsteigen.

»Na, dann komm«, sagte ich. »Wir wollen ja nicht, dass du verhungerst.« Benjo warf mir einen gequälten Seitenblick zu. Ein Gutes hatte sein Auftauchen wenigstens. Es hatte mich schlagartig wieder nüchtern gemacht.

Seite an Seite betraten wir den Salon. Auf einmal hatte ich das unbehagliche Gefühl, von fünfzig Augenpaaren gleichzeitig beobachtet zu werden. Bildete ich es mir ein, oder verstummten die Gespräche für einige Sekunden? Ich warf Benjo einen unauffälligen Blick zu. Er blickte stur geradeaus, doch an seinem angespannten Kiefer konnte ich sehen, dass er es ebenfalls wahrgenommen hatte.

»Da bist du ja endlich, mein Schatz.« Benjos Mutter Rosalie eilte mit einem glücklichen Lächeln auf ihn zu. Dicht gefolgt von seinem Vater, der sich ebenfalls sichtlich freute, ihn zu sehen. Wenn sie verwundert waren, uns beide zusammen zu sehen, ließen sie es sich jedenfalls nicht anmerken.

Den Blick auf meine Fußspitzen gerichtet, wartete ich ab, bis die drei sich voneinander gelöst hatten. »Ich weiß, ich wollte dir den Ersatzschlüssel eigentlich hinausbringen, aber dann habe ich die Zeit vergessen«, entschuldigte sich Rosalie bei ihrem Sohn. Sie lächelte, und mich beschlich der Verdacht, dass es sich bei dem angeblichen Versehen um pure Absicht gehandelt hatte. Ich wusste, wie gern sie ihre Söhne um sich hatte, und nun hatte sie erreicht, dass Benjo hereingekommen war, anstatt auf direktem Weg nach Hause zu fahren.

»Jetzt setz doch mal deine Mütze ab und lass dich anschauen.« Rosalie strich ihrem Sohn zärtlich über die Wange. Mit einem verlegenen Grinsen zog sich Benjo die Mütze vom Kopf und fuhr sich durch die Haare. Der Anblick versetzte mir einen Stich. Seine Haare *waren* noch genauso weizenblond wie früher … und ebenso zerzaust. Ich biss mir auf die Lippen und sah woandershin. Dabei begegnete ich Louises Blick, die mich quer durch den Raum anstarrte. Als sie bemerkte, dass ich ihren Blick erwiderte, machte sie eine fragende Geste mit den Händen. Ich zuckte mit den Schultern. Später.

Mein Vater gesellte sich zu uns. Er drohte Benjo spielerisch mit dem Zeigefinger. »Der Junge wollte sofort wieder los. Das konnte ich natürlich nicht zulassen. Was sollen wir sonst mit den ganzen Sachen anstellen?« Er wies auf das Büfett, von dem noch immer genug da war, um ein ganzes Fußballstadion durchzufüttern. Es gab Hummer und Garnelen, Rinderfilet und kaltes Roastbeef, kleine Häppchen mit Fleisch, Fisch oder vegetarisch, in silbernen Löffeln angerichtet, dazu unzählige verschiedene Salate, Backwaren und raffinierte Süßspeisen.

»Ich wollte gerade gehen«, sagte ich in Richtung meines Vaters, bevor er seine Aufforderung, Benjo etwas zu essen zu holen, vor dessen Eltern wiederholen konnte.

»Ich komme mit«, sagte Benjo zu meiner Überraschung. Zusammen gingen wir zum Büfett und häuften uns von allem ein bisschen auf die Teller. »Schau mal, wollen wir uns da drüben hinsetzen?« Mein Blick folgte seinem Zeigefinger, und ich nickte.

Die Situation wurde immer skurriler. Benjo hatte damals den Kontakt zu mir abgebrochen. Nicht schleichend, sondern von einer Sekunde auf die nächste und mit einer grausamen Entschlossenheit, die ich niemals für möglich gehalten hätte. Wochenlang hatte ich gelitten wie ein Hund, während mich der Kummer von innen aufgefressen hatte, bis ich nur noch ein Schatten meiner selbst war. Es war erst besser geworden, als ich aufs Internat wechselte. Und jetzt kam er daher, tat so, als wäre nichts gewesen, saß neben mir auf dem Sofa und verschlang sein Essen mit einem Appetit, als wäre es seit Tagen die erste Mahlzeit.

»Hast du im Flugzeug nichts bekommen?«, fragte ich in einem so verletzten Tonfall, dass ich vor Schreck zusammenzuckte.

Benjo ließ die Gabel sinken und wandte sich mir zu. »Hör mal, Anna, für mich ist die Situation auch nicht leicht.« Er sah auf seine Hände, die kräftig und braun gebrannt waren. »Ich habe mich damals ziemlich kindisch verhalten. Ich war wütend und verletzt, aber ich hätte mit dir *reden* müssen. Ich hätte dich nicht so links liegen lassen dürfen.« Er sah auf. Seine braunen Augen glitzerten. »Als ich dann endlich so weit war, das zu begreifen, warst du verschwunden.« Er fuhr sich mit der Hand durchs Haar. »Nicht einmal in den Ferien habe ich dich gesehen.«

Täuschte ich mich, oder schwang in seiner Stimme ein leiser Vorwurf mit? »Ich habe Freunde besucht«, sagte ich tonlos. Oder hatte die Ferien im Internat verbracht. Warum hätte ich auch nach Hause kommen sollen, wenn niemand da war, der sich darüber gefreut hätte?

Benjo starrte mich an. Dann nickte er langsam. »Ich verstehe.« Er schluckte. »Hör zu, mir ist klar, dass der Augenblick hierfür längst vorbei ist, aber ich möchte trotzdem, dass du weißt, dass … es mir leidtut.« Seine Augen suchten meinen Blick und hielten ihn fest. Ein schiefes Lächeln umspielte seine Lippen.

Mir wurde schwindelig. »Es tut *dir* leid?«, fragte ich heiser.

»Ich kann dir nicht sagen, wie sehr«, sagte Benjo.

Ich blickte auf meinen Teller. Krampfhaft versuchte ich die Tränen zurückzuhalten, die mir in die Augen schossen. Plötzlich war ich wieder das vierzehnjährige Mädchen, das sich nichts sehnlicher wünschte, als dass sein bester Freund sich wieder mit ihm vertrug. »Mir tut es auch leid«, flüsterte ich.

Aus den Augenwinkeln konnte ich sehen, dass Benjo lächelte.

Es war geradezu lächerlich, wie mühelos wir zu unserem alten Geplänkel und den alten Neckereien zurückfanden. Irgendwann kam Louise herüber und setzte sich zu uns. Längst vergessen geglaubte Geschichten und Anekdoten flogen hin und her, begleitet von lautem Gelächter und wehmütigen Seufzern.

Stunden später, Louise war längst zu Bett gegangen, ließ ich meinen Blick durch den Raum schweifen. Wann hatte der Pianist aufgehört zu spielen? Ich war so vertieft in meine Unterhaltung mit Benjo gewesen, dass ich gar nicht mitbekommen hatte, wie sich der Empfang nach und nach aufgelöst hatte. Die Angestellten vom Cateringservice waren bereits dabei, die leeren Platten und Schüsseln in großen Boxen zu verstauen. »Wo sind denn deine Eltern?«, fragte ich verwundert und sah mich nach allen Seiten um. Meine waren ebenfalls verschwunden.

Benjo zog einen Schlüssel aus seiner Hosentasche und hielt ihn mir hin. »Sind gegangen, als du Nachtisch geholt hast. Den Ersatzschlüssel haben sie mir hiergelassen. Damit ich sie später nicht aufwecken muss.«

Ich lächelte. Seine Eltern waren also schon seit einer halben Ewigkeit weg, und er war lieber bei mir geblieben. »Und meine Eltern?«

»Die haben soeben die letzten Gäste verabschiedet«, tönte Mutters Stimme von der Tür. »Was ist mit euch beiden, seid ihr hier festgewachsen?«

Ich unterdrückte den Impuls, die Augen zu verdrehen. Meine Eltern wirkten viel nahbarer, sobald Benjo in der Nähe war. Das war schon so gewesen, als wir noch Kinder waren. Meine Mutter fing sogar an zu scherzen. Ich erinnerte mich, dass Benjo diese Wirkung auf viele Menschen hatte, aber dass meine stocksteifen Eltern dazugehörten, hatte mich immer verblüfft.

Benjo sprang auf und griff nach seiner Jacke, die er achtlos über die Sofalehne geworfen hatte. Jedem anderen hätte meine Mutter hierfür das Fell über die Ohren gezogen, aber bei Benjo machte sie eine Ausnahme. »Vielen Dank für den netten Abend, Frau Kronenberg. Herr Kronenberg.« Er gab meinen Eltern die Hand. »Das war eine tolle Feier.«

Mutter lächelte. »Wir danken dir, dass du da warst.« Sie legte mir eine schmale Hand auf die Schulter. »Anna bringt dich noch zur Tür.«

»Wir danken dir, dass du da warst«, flötete ich in sein Ohr, als wir die Eingangshalle erreicht hatten.

»Nicht so frech, Murmel.« Er drehte mich zu sich, sodass ich ihm in die Augen sehen musste. Mein Mund war mit einem Mal ganz trocken. *Murmel*, das war sein Spitzname für mich gewesen. Damals, als wir noch Kinder und beste Freunde waren. Ich schluckte. »Ich gebe mir Mühe, Benjo«, stotterte ich.

»Benjo …« Er sah mich nachdenklich an. »Weißt du, dass mich seit einer Ewigkeit niemand mehr so genannt hat?« Ein verletzlicher Ausdruck trat in seine Augen, der so schnell wieder verschwand, dass ich mich fragte, ob ich ihn mir nur eingebildet hatte. Er räusperte sich. »Ja, dann. Es war schön, dich wiederzusehen.« Er zog den Reißverschluss seiner Winterjacke zu.

»Das fand ich auch.«

Verlegen lächelten wir einander an. Ich streckte ihm meine Hand entgegen, doch Benjo ignorierte sie und zog mich stattdessen in eine Umarmung. Ich schnappte nach Luft. Er roch so vertraut … *nach Sonne und Regen und frischer Wäsche, die im Wind trocknete.*

Die Empfindungen, die mich in diesem Moment überrollten, waren so überwältigend, dass mir erneut die Tränen in die Augen schossen. »Also dann«, murmelte ich nach einer Weile und machte mich los.

Benjo nickte. »Also dann.« Er drehte sich um und öffnete die Tür. Eiskalte Luft strömte herein. Auf der Schwelle zögerte er. Schließlich wandte er sich noch einmal um. »Anna, bitte sag mir, wenn du das nicht möchtest, aber ich würde dich gerne wiedersehen. Ich bin noch ein bisschen hier. Wir könnten essen gehen. Reden. Den Schlüssel der Wagners unter der Fußmatte austauschen. So was in der Art.«

Ein warmes Gefühl breitete sich in meinem Bauch aus, und mein Mund verzog sich wie von selbst zu einem Lächeln. »Wie könnte ich diesen Aussichten widerstehen?«

9

»Ich will alles wissen. Jedes Detail.«

Louise und ich saßen uns in der *Stulle* gegenüber, einem entzückenden kleinen Café in der Carmerstraße, das mit seinen weißen Holztischen und -stühlen, den gemütlichen Sesseln und liebevollen Details die behagliche Atmosphäre eines Wohnzimmers verströmte. Normalerweise frühstückte ich selten auswärts, höchstens mit Klienten, doch heute war es das zweite Mal innerhalb von zwei Tagen, und ich fühlte mich rundum wohl dabei. Ich nahm einen Schluck von meinem Milchkaffee und leckte mir mit der Zungenspitze den Schaum aus den Mundwinkeln. »Da gibt es nichts zu erzählen. Wie es ausschaut, haben wir uns wieder vertragen.« Ich unterdrückte ein Lächeln. Ich wollte nicht gar so offensichtlich zeigen, wie sehr ich mich darüber freute.

»Also seid ihr jetzt wieder Freunde?« Louise hatte ihre Ellenbogen auf dem Tisch aufgestützt und das Kinn auf ihre gefalteten Hände gelegt.

»So weit würde ich nicht gehen. Aber wir reden miteinander. Und wir wollen uns noch mal treffen.« Ich schielte unauffällig auf mein Handy, das neben meinem Teller lag. Keine neue Nachricht. Seufzend schnitt ich ein Stück von meinem warmen Haferflockenbrot ab, das üppig mit Kräuterquark, Rührei, Salsiccia, Feta und jungem Spinat belegt war. Einer ungewöhnlichen Kombination, die absolut köstlich schmeckte. Louise ließ nicht locker. »Findest du nicht, dass das alles ein ziemlich großer Zufall ist?«

Ratlos schaute ich sie an. »Was meinst du?«

»Na, erst die alte Dame und dann Benjo. Das Ganze kommt mir schon ein bisschen komisch vor.« Sie griff nach ihrem Löffel und begann in ihrem Müsli zu rühren. »Zwanzig Jahre lang habt ihr keinen Kontakt. Dann kommt die alte Dame, erzählt etwas von dir und Benjo, und peng – steht er vor deiner Tür.« Sie beugte sich zu mir herüber. »Fast wie im Märchen.«

Ich lachte. »Seit wann glaubst du an Märchen?«

Die freundliche Bedienung kam an unseren Tisch und brachte frisch gepressten Orangensaft, der in kleinen Glasflaschen mit Strohhalm serviert wurde. Am Nachbartisch brach plötzlich lautes Gelächter aus. Ein dünner Teenager mit blondem Bartflaum, der beim Rumtippen auf seinem Smartphone mit dem Stuhl gekippelt hatte, war krachend auf dem Fußboden gelandet. Mit hochrotem Kopf rappelte er sich hoch, stellte seinen Stuhl wieder auf und setzte sich darauf. Eine ältere Dame, offensichtlich seine Großmutter, zog ihn liebevoll am Ohr, was er mit zusammengekniffenen Lippen über sich ergehen ließ.

»Du glaubst also immer noch nicht, dass da was dran sein könnte?«, fragte Louise.

»Du meinst an der Theorie, dass Benjo der Mann meines Lebens ist?« Ich schnitt ein weiteres Stück von meinem Brot ab. »Nein«, sagte ich, nachdem ich den Bissen hinuntergeschluckt hatte. »Ich habe gestern jede Sekunde genossen. Es war ein bisschen so wie früher. Aber die Vorstellung, Benjo zu küssen ...« Ich schüttelte den Kopf. »Das wäre so, als würde ich meinen Bruder küssen.«

»Du hast keinen Bruder.«

Ich verdrehte die Augen. »Du weißt, was ich meine.«

Louise sah mich einen Augenblick skeptisch an, dann zuckte sie mit den Schultern und griff nach ihrem Orangensaft.

Nach dem Frühstück begleitete ich sie mit der Buslinie 109 zum Flughafen Tegel. »Es ist so schön, dich wieder lächeln zu sehen«, sagte sie zum Abschied. Sie drückte mich an sich, und ich winkte ihr zu, bis sie durch den Eingang zur Sicherheitskontrolle verschwunden war.

Draußen vor der Tür blieb ich einen Moment stehen und atmete die kalte, klare Luft ein. Der Tag war genauso schön wie gestern, mit einem strahlend blauen Himmel, an dem keine Wolke zu sehen war. Ich überlegte, ob ich Sabine anrufen sollte. Seit der Trennung von Gregor hatte sie mich ein paarmal gefragt, ob ich etwas mit ihr unternehmen wollte, doch ich hatte immer abgeblockt. Der Gedanke an zu viel Nähe hatte mir Angst gemacht. Vermutlich würde sie einen Herzinfarkt bekommen, wenn ich jetzt die Initiative ergriff. Während ich unschlüssig auf mein Handy blickte, kündigte ein Piepen den Eingang einer neuen Nachricht an.

»Du entscheidest: Den Hausschlüssel der Wagners austauschen oder ein Spaziergang im Britzer Garten und danach essen?«

Ich grinste und begann zu tippen. *»Erst Spaziergang, dann essen, dann Schlüssel.«*

Es piepte erneut. *»Wann und wo?«*

Ich sah auf meine Uhr. *»Um 15 Uhr am Eingang Mohriner Allee?«*

»Ich sehe dich als Erster.«

***

»Das Schaf hat mich gebissen.« Mit vorwurfsvoller Miene streckte mir Benjo seinen Zeigefinger entgegen.

Ich warf einen prüfenden Blick darauf, konnte jedoch nichts erkennen. »Vielleicht solltest du deine Hände zur Abwechslung mal waschen. Sie haben die gleiche Farbe wie das Tierfutter.«

»Na warte …« Benjo griff sich ein Stück aus seiner Schachtel und bewarf mich damit. Kreischend ergriff ich die Flucht. Doch ich kam nicht weit. Nach wenigen Metern hatte er mich eingeholt. »Hab ich dich«, lachte er und schlang von hinten seine Arme um mich, wie er es früher so oft getan hatte. Einen Moment lang verharrte ich wie erstarrt. Dann lockerte sich sein Griff, und ich drehte mich langsam zu ihm um. Sein vertrauter Geruch nach Sonne und Regen und frischer Wäsche stieg mir in die Nase und machte mich benommen. Unsere Blicke trafen sich, und seine Miene wurde ernst. Auf einmal schien ihm bewusst zu werden, dass er mich noch immer in seinen Armen hielt. Abrupt ließ er mich los und vergrub die Hände in den Taschen seiner Jacke. »Ist das kalt«, murmelte er. »Komm, wir gehen weiter.« Ohne mich noch einmal anzusehen, setzte er sich wieder in Bewegung.

Ich blinzelte ein paarmal, dann schloss ich zu ihm auf. Einige Sekunden lang stapften wir schweigend nebeneinander durch den Schnee. Die Hände immer noch in den Taschen und den Blick unverwandt geradeaus gerichtet, versetzte mir

Benjo einen Stups mit der Seite. Ich brauchte einen kurzen Moment, dann stupste ich zurück. Etwas kräftiger, als er es getan hatte. Aus den Augenwinkeln sah ich ihn lächeln.

Wir durchquerten den Rhododendronhain, wo der Pfad so schmal war, dass wir hintereinander laufen mussten, und erreichten schließlich den Weg, der einmal um das Wasser herumführte, sich aber über Brücken und Stege verkürzen ließ. Ich war noch ganz klein, als der Britzer Garten für die Bundesgartenschau angelegt worden war. Mit seiner Seenlandschaft, seinen Bachläufen und Quellen, seinen weitläufigen Wiesen, den Blumenhainen und Themengärten gehörte er für mich zu den schönsten Parkanlagen in Berlin. War er bis in den Spätsommer und Herbst hinein ein leuchtendes Farbenmeer, so verwandelte er sich mit dem ersten Schnee in eine weiß glitzernde Märchenlandschaft.

»Schade, dass die Parkbahn im Winter nicht fährt«, sagte Benjo unvermittelt. »Weißt du noch, früher? Wir haben immer ganz hinten gesessen und gespielt, wir wären Forscher. Auf Expedition in Gebieten, die noch nie ein Mensch vor uns betreten hat.« Er lächelte verschmitzt.

Ich hob eine Augenbraue. »Dann hast du kein Bahnverbot mehr?«

Benjo warf mir einen überraschten Blick zu. »Das ist hundert Jahre her, Murmel. Welcher Mensch ist denn so nachtragend?« Sein Lächeln vertiefte sich. »Außerdem ist der Lokführer bestimmt nicht mehr im Dienst. Er war doch damals schon uralt.«

»Das kam uns nur so vor.« Ich grinste, als ich daran dachte, wie sein gepflegter Schnauzbart vor Empörung gezittert hatte. »Sich so aufzuregen, nur weil du *auf* dem Dach gefahren bist …«

»Ehrlich.« Sein Blick wanderte zum See, der von einer dicken Eisschicht überzogen war. »Was meinst du? Sollen wir es wagen?«

Ich sah mich um. »Auf keinen Fall«, entfuhr es mir. »Das ist bestimmt auch gar nicht erlaubt«, fügte ich hinzu, um über mein Erschrecken hinwegzutäuschen. Benjo stieß einen tiefen Seufzer aus.

Ich kniff die Augen zusammen. »Warum tust du das?«

»Was denn?« Seine Stimme klang unschuldig.

»Na, das.« Ich ahmte seinen langen Seufzer nach. »Willst du damit sagen, dass ich ein Feigling bin?«

Er versuchte erfolglos, ein Lächeln zu unterdrücken. »Das würde ich niemals wagen.«

Ich stemmte die Hände in die Hüften. »Ich glaube aber doch.« Ohne ein weiteres Wort ließ ich ihn stehen, schlingerte den kleinen Abhang hinunter und trippelte vorsichtig auf das Eis. »Siehst du!«, rief ich ihm über meine Schulter zu. »Ich bin nicht feige. Nicht mal ein kleines bisschen.« Plötzlich ertönte ein leises Knacken unter meinen Füßen. Ich stieß einen spitzen Schrei aus und rettete mich mit einem Sprung ans Ufer.

Benjo sah von oben zu mir herunter. Seine Mundwinkel zuckten.

»Ein Wort«, sagte ich würdevoll, »und du bist tot.«

Später saßen wir nebeneinander auf der Schaukel. Die Ketten quietschten leise, während wir sachte vor- und zurückpendelten. Noch glühte die Sonne als oranger Feuerball am Himmel, doch die Dämmerung setzte bereits ein. Bald würde es stockfinster sein. »Wann genau beginnt denn jetzt dein nächster Job?«, fragte ich in die Stille hinein.

»Im Juni«, antwortete Benjo.

Meine Wangen fingen vor Freude an zu brennen. »Und du bist noch so lange in Berlin?«

Er sah mich belustigt an. »Willst du mich loswerden?«

Ich schüttelte heftig den Kopf. »Nein, aber deine Mutter hatte mir erzählt, dass du nur ein paar Tage da seist. Über Weihnachten.«

Benjo nickte. »So war es auch geplant. Aber dann hat sich der Zeitplan für den Auftrag verschoben.« Er verdrehte die Augen. »Ich verschon dich mit den Details.«

Eine Weile schaukelten wir schweigend nebeneinanderher. »Wo wirst du wohnen?«, fragte ich. »Bei deinen Eltern?«

»Ich dachte, bei dir.«

Ich schnappte erschrocken nach Luft, und Benjo brach in lautes Lachen aus.

»Idiot!«, murmelte ich lächelnd.

Benjo stieß sich mit den Füßen vom Boden ab. »Nein, ich wohne bei dem Vater eines Freundes, der mit seiner Verlobten auf Weltreise ist. Er hat ein Cottage hier ganz in der Nähe und ist heilfroh, dass jemand danach schaut, solange er weg ist. Morgen siedle ich um.« Er streckte seine langen Beine aus und zog sie wieder ein, bis seine Schaukel an Fahrt aufgenommen hatte.

»Und was hast du vor?«, fragte ich. »Sechs Monate sind eine lange Zeit.«

Benjo sprang mit einem Satz von der Schaukel und landete federnd auf dem Boden. Schwungvoll drehte er sich zu mir um. »Ich werde ein Buch schreiben.«

»Du?« Verdattert starrte ich ihn an.

Er schmunzelte. »Ja, ich. Schon vergessen? Schreiben ist mein Beruf.«

Ich hob die Hände zum Zeichen, dass es mir leidtat. »Es ist nur, du *magst* keine Bücher. Du hast *nie* gelesen.«

»Das musste ich ja auch nicht. Erinnerst du dich? Du hast sie mir immer vorgelesen.«

Ein Sonntagnachmittag im Herbst kam mir in den Sinn. Es hatte gestürmt und gehagelt, und es war den ganzen Tag nicht richtig hell geworden. Benjo war wie ein Tiger in einem viel zu engen Käfig durchs Haus gestrichen. Schließlich verkrochen wir uns in sein Zimmer. Wir kuschelten uns auf den weichen, grauen Teppich, er legte seinen Kopf auf meinen Bauch, und ich las ihm ›Der Graf von Monte Christo‹ vor, während Hagelkörner so groß wie Walnüsse gegen das Dachfenster trommelten.

»Das Buch hatte bestimmt tausend Seiten«, sagte ich. »In eurem Garten haben schon die Osterglocken geblüht, als wir endlich fertig waren.«

Benjo lächelte und hielt mir die Hand hin. »Komm, es wird gleich dunkel, und ich komme um vor Hunger.«

Es war kurz nach sechs, als wir mit vor Kälte geröteten Wangen das *NENI* betraten. Das Restaurant lag im zehnten Stock und bot, zumindest im Hellen, einen atemberaubenden Blick über den Zoo. Bis auf einen kleinen Tisch am Fenster, an dem gerade ein Paar bezahlt hatte, waren alle Plätze belegt. Nachdem wir hoch und heilig versprochen hatten, bis um zwanzig Uhr fertig zu sein, durften wir bleiben. Wir bestellten Falafel und Rote Bete aus dem Ofen zur Vorspeise, den Jerusalem-Teller für Benjo und Burger mit Süßkartoffelpommes für mich und dazu eine Flasche Grauburgunder.

»Jetzt erzähl mal«, sagte ich, nachdem ein lässiger junger

Mann in Chinos und Jeanshemd die Getränke serviert hatte. »Was für ein Buch willst du schreiben?«

Benjo warf mir einen amüsierten Blick zu. »Interessiert dich das wirklich?«

Ich nahm einen Schluck von meinem Wein und nickte.

Die Lachfältchen um seinen Mund vertieften sich. »Es geht um Liebe.« Für einen Moment sah er wieder aus wie vierzehn. »Jetzt bist du sprachlos, stimmt's?«

Ertappt zuckte ich mit den Schultern. »Ich gebe zu, ich hätte mit etwas anderem gerechnet.« Mit der flachen Hand beschrieb ich einen Buchtitel in die Luft. »So etwas wie *1000 Dinge, die du besser nicht machen solltest – aber seit wann hörst du auf das, was deine Mutter dir sagt?*« Ich kicherte.

Benjo lachte. »Du übertreibst. So schlimm bin ich nicht. Ich bin älter geworden. Vernünftiger.« Er fuhr mit dem Zeigefinger durch die Flamme der Kerze.

»Es geht also um Liebe«, nahm ich das Thema wieder auf, als die Vorspeisen vor uns hingestellt wurden.

Benjo führte die Gabel an den Mund und schloss für einen Moment genießerisch die Augen. »Das schmeckt fantastisch. Probier mal.« Gespannt sah er zu, wie ich den ersten Bissen nahm. »Und?«

»Hervorragend!«, sagte ich, und Benjo nickte zufrieden. Ich schluckte die rote Bete herunter, die mit Räucherlachs, Schmand und Meerrettich angerichtet war, und nippte an meinem Wein. »Aber jetzt lass dir nicht alles aus der Nase ziehen. Erzähl mir von deinem Projekt.«

»*Projekt* ist ein bisschen hoch gegriffen. Bis jetzt ist es nur eine Idee.« Seine Augen fixierten einen Punkt hinter meinem Kopf. »Weißt du, Anna, ich schreibe Reiseführer für Menschen, die sich nichts Schöneres vorstellen können, als mit dem Rucksack durch staubige Wüsten und Geröllllandschaften zu stapfen. Sie nehmen das Buch überall mit hin, machen Knicke in die Seiten, unterstreichen jeden zweiten Satz, doch meinst du, sie wüssten, wer es geschrieben hat?«

Überrascht sah ich ihn an. »Ich hätte nicht gedacht, dass dir das wichtig ist.« Auf einmal wurde mir bewusst, dass ich im Grunde genommen keine Ahnung hatte, wer da vor mir saß. Er sah aus wie der Benjo, den ich von früher kannte, lächelte wie er. Doch dem Jungen von damals wäre es egal gewesen, ob jemand seinen Namen kannte.

Benjo schien mit den Gedanken sehr weit weg zu sein. Ich schnipste mit den Fingern vor seiner Nase, um seine Aufmerksamkeit wieder auf mich zu lenken. Er blinzelte ein paarmal. Dann sah er mich an. »Entschuldige, was hast du gesagt?«

»War nicht so wichtig.«

»Jedenfalls«, sagte Benjo, »bin ich es leid, durch die Welt zu touren und in Zelten zu schlafen. Ich meine, ich bin vierunddreißig. Ich bin langsam zu alt dafür. Dass sich mein nächster Auftrag verschiebt, ist wie ein Wink des Schicksals. Wenn ich es jetzt nicht versuche, dann tue ich es womöglich nie.« Er lehnte sich ein Stück zurück, damit der Kellner seinen Teller abräumen konnte.

»Und warum gerade ein Buch über die Liebe?«, fragte ich neugierig. Als wir noch befreundet waren, hatte Benjo alles Mögliche im Kopf, aber sicher keine Mädchen. Es sei denn, ihre Knie waren so wund und aufgeschürft wie meine …

»Das war nicht meine Idee.« Er lachte leise. Da war er wieder, der alte Benjo. »Mein Verlag hat einen Wettbewerb ausgeschrieben.« Er goss uns Wein nach. »Wer die beste Kurzgeschichte über die Liebe einreicht, erhält den Auftrag für ein ganzes Buch.« Er sah mich treuherzig an. »Tja, wie es aussieht, brauche ich jetzt nur noch eine gute Story. Und das ziemlich schnell, der Abgabetermin ist schon in zehn Tagen.«

Während ich ihm zuhörte, kam mir der Anruf der Verlegerin in den Sinn, von der Sabine erzählt hatte. Die mich für ihr Buch gewinnen wollte. Noch mehr Liebesgeschichten … Der Markt schien wirklich groß zu sein. Aber wer wusste das besser als ich.

Der Kellner kam mit den Hauptspeisen an unseren Tisch. Unter seinen aufgerollten Ärmeln blitzten kunstvolle Tätowierungen hervor. »Lasst es euch schmecken«, sagte er. Während wir aßen, durchfuhr mich plötzlich ein Gedanke. Er war unerhört, absolut unmöglich, aber dennoch … Ich hob den Kopf und sah Benjo an. »Dir ist es ernst damit, oder? Mit der Schriftstellerei, meine ich?«

Benjo, der gerade sein Weinglas zum Mund führte, hielt inne. »Warum fragst du das?«

Ich winkte ab. »Nur so. Vielleicht, weil ich immer dachte, dass dir dein Job Spaß macht.«

Er zuckte mit den Schultern. »Das war auch so. Und jetzt ist es eben anders.« Er beugte sich zu mir herüber, bis seine Nase beinahe meine berührte. »Murmel?«, fragte er leise. Seine Augen leuchteten im Kerzenschein wie flüssiges Bernstein.

»Ja?«, fragte ich ein wenig atemlos.

Er grinste. »Darf ich deine Pommes aufessen?«

»Dann willst du den Schlüssel der Wagners heute nicht mehr vertauschen?« Benjo und ich standen auf dem Bürgersteig vor meiner Wohnung. Lächelnd schüttelte ich den Kopf. Ich musste alleine sein, um in Ruhe nachzudenken.

»Was ist mit morgen?« Sein Atem stand weiß in der Luft.

»Ich weiß nicht«, sagte ich, in Gedanken meilenweit entfernt, »dafür müsste ich extra raus nach Grunewald. Und findest du nicht, dass wir inzwischen aus dem Alter raus sind?«

Benjo sah mich einen Moment lang erstaunt an. Dann lachte er laut auf. »Ich meine doch nicht den Schlüssel. Ich wollte wissen, ob wir uns morgen sehen.«

Oh. Ich spürte, wie meine Ohren anfingen zu glühen. »Zwei Abendessen bei Kerzenschein hintereinander?«, fragte ich, um meine Verlegenheit zu überspielen. »Ich weiß nicht, ob ich so viel Romantik verkrafte.«

Benjo lächelte verschmitzt. »Um ehrlich zu sein, hatte ich gehofft, du könntest mir helfen, meine Sachen zu schleppen. Ich ziehe doch morgen um. Ich habe hier sonst nicht so viele Freunde.«

Freunde. Ich ließ mir das Wort auf der Zunge zergehen. Versuchte den Moment auszukosten. Für immer festzuhalten. »Okay«, sagte ich und grinste wie ein Honigkuchenpferd.

10

»Ist etwas mit Ihnen? Sie sind heute so anders.«

Es war der nächste Morgen. Sabine saß neben mir in der Sitzecke in meinem Büro und schaute mich prüfend an.

»Nein, alles gut«, sagte ich abwesend. »Sind wir fertig?«

Sabine nickte und klappte ihren Kalender zu. Mit einem letzten nachdenklichen Blick stand sie auf und ging zur Tür.

»Sabine?«, rief ich ihr hinterher.

Sie drehte sich zu mir um. »Ja?«

»Wie hieß noch mal der Verlag, der dieses Buch mit uns machen wollte?«

Sie blieb wie angewurzelt stehen. Ihre rechte Augenbraue schoss in die Höhe. »Milford & Behrends.«

»Könnten Sie mir bitte die Nummer heraussuchen?«

Sie kam zurück, baute sich vor mir auf, und ihr Mund verzog sich zu einem breiten Grinsen. »Was ist mit *meine Klienten vertrauen mir. Sie kommen zu mir, weil ich diskret bin*?«

Ich betrachtete meine Hände. »Sagten Sie nicht, die Geschichten würden so verfremdet, dass niemand Rückschlüsse auf die wahren Personen ziehen kann?«

Sabine lachte. »Das stimmt. Aber woher kommt der plötzliche Stimmungsumschwung?« Auf einmal weiteten sich ihre

Augen. »Steckt da etwa ein Mann dahinter? Sind Sie deshalb so merkwürdig?«

Ich hob abwehrend die Arme. »Nicht, was Sie denken. Bitte, Sabine, seien Sie so lieb und geben Sie mir einfach die Nummer.«

***

Ich legte den Telefonhörer auf und lehnte mich zurück in meinen Sessel. Frau Richter hatte begeistert reagiert, als ich ihr sagte, dass ich es mir anders überlegt hätte. Sie hatte nicht nach den Gründen gefragt, sie wollte nur wissen, wie schnell ich vorbeikommen konnte, um den Vertrag zu unterschreiben und den Autor kennenzulernen, der meine Geschichten zu Papier bringen sollte. In Gedanken ließ ich das Gespräch Revue passieren.

»Ich muss den Autor nicht kennenlernen, Frau Richter. Ich kenne ihn bereits.«

»Ich verstehe nicht …«

»Sagt Ihnen der Name Benedikt Kürten etwas?«

»Ich kenne einen Benedikt Kürten, er ist bei uns unter Vertrag. Aber den werden Sie nicht meinen, der schreibt Reiseführer.«

»Doch, den meine ich. Ich möchte, dass *er* das Buch schreibt.«

Frau Richter schwieg einen Moment. »Hören Sie, wir haben hier jede Menge ausgezeichnete, sehr talentierte Autoren mit viel Erfahrung, die …«

»Es tut mir sehr leid, aber ich muss darauf bestehen. Entweder Herr Kürten schreibt das Buch, oder wir vergessen die Sache.«

Am Ende hatten wir uns auf einen Kompromiss verständigt. Benjo sollte ein Exposé ausarbeiten und eine Leseprobe abliefern. War beides gut, oder zumindest nicht so schlecht, dass ihre Lektoren darüber verzweifelten, würde er den Auftrag bekommen. Wenn nicht, würde ich mit einem Autor ihrer Wahl zusammenarbeiten. Das Angebot erschien mir fair – wer kaufte schon gerne die Katze im Sack? Und mithilfe meines Repertoires würde ich schon dafür sorgen, dass Benjos Geschichte alle Zweifler verstummen ließ. Und dann würde er das Buch schreiben und ein erfolgreicher Schriftsteller werden. Genau, wie er es sich erträumt hatte. Bei dem Gedanken an die freudige Überraschung auf seinem Gesicht wurde mir ganz warm ums Herz.

Mit einem zufriedenen Lächeln auf den Lippen drückte ich auf den Knopf der Freisprechanlage. »Sabine, verschieben Sie bitte sämtliche Termine.« Ich warf einen schnellen Blick auf meinen Tischkalender. »Sagen wir, ab übermorgen. Wir gehen dieses Jahr eher in die Weihnachtsferien.«

Zehn Sekunden später stand Sabine vor meinem Schreibtisch. Ihre sonst so rosige Gesichtshaut war ungewöhnlich blass. »Ich will jetzt sofort wissen, was mit Ihnen los ist! Muss ich mir Sorgen machen?«

»Wollen Sie nicht wie üblich mit mir schimpfen, weil ich Ihre Planung durcheinanderbringe?«, fragte ich belustigt.

»Sagen Sie mir erst, dass Sie nicht krank sind und sterben müssen.«

Ich machte große Augen. »Ich bin nicht krank, und ich muss auch nicht sterben.«

»Gut.« Sabine atmete erleichtert aus. »Na schön – wie kommen Sie dazu, meine Pläne durcheinanderzubringen?«

Ich lachte laut auf, und nach zwei Sekunden stimmte meine

Assistentin mit ein. »Frau Kronenberg, seit Jahren liege ich Ihnen damit in den Ohren, dass Sie Urlaub machen sollen.« Ihre Stimme klang ein wenig belegt. »Und jetzt, wo Sie es wirklich tun, weiß ich gar nicht, was ich sagen soll.« Sie lächelte mich an. »Wo fahren Sie denn hin?«

»Oh, ich fahre nicht weg«, sagte ich. »Ich helfe nur … einem Freund.«

»Wirklich? Wobei denn?«

»Sabine«, sagte ich mit gespielter Strenge, »wann sind Sie eigentlich so neugierig geworden? Das waren Sie doch früher nicht.«

Sie klimperte mit ihren langen Wimpern. »Was bleibt mir anderes übrig? Sie erzählen mir ja nichts.«

Ich schmunzelte. »Also schön. Ich erzähle es Ihnen. Aber nicht heute«, fügte ich schnell hinzu, als ich ihren erwartungsvollen Gesichtsausdruck sah. Sabine schien mit sich zu ringen, ob sie sich damit zufriedengeben sollte. Dann gab sie auf.

»Versprochen?«, fragte sie.

Ich hob Zeige- und Mittelfinger meiner rechten Hand in die Höhe. »Großes Indianerehrenwort«, verkündete ich feierlich.

11

Das Cottage lag versteckt in einem kleinen Tal, umgeben von schneebedeckten Kiefern- und Eichenwäldern. Mit seinen verwitterten Steinmauern und der von Geißblatt überwucherten Tür schien es geradewegs aus den Cotswolds zu stammen. Aus dem Schornstein stieg Rauch in den Abendhimmel, und zwischen blau geblümten Vorhängen schimmerte weiches Licht hervor. Hier also würde Benjo die nächsten sechs Monate leben. Ich lächelte. Gab es einen wundervolleren Ort, um über die Liebe zu schreiben?

Zwei Stunden später hatte sich meine Euphorie beträchtlich gelegt. Während ich auf der gepolsterten Bank in der Küche saß und meinen schmerzenden Nacken rieb, fragte ich mich insgeheim, warum ich nicht auf ein Umzugsunternehmen bestanden hatte. Ich streckte meinen Rücken durch und warf Benjo einen vorwurfsvollen Blick zu. »Wie kommt es, dass du so viele Sachen hast, wenn du *nie* da bist?«

Benjo, der in seinen uralten Jeans und dem verwaschenen grauen T-Shirt immer noch unverschämt munter wirkte, lehnte sich gegen den Kühlschrank und lachte. »Hättest du mir geholfen, wenn ich es dir gesagt hätte?«

Vorsichtig drehte ich den Kopf von links nach rechts,

wobei mir ein leises Wimmern entfuhr. Die Lachfältchen um seinen Mund vertieften sich. »Jetzt komm schon, Anna, sei nicht böse auf mich. Möchtest du ein Glas Wein?« Ohne meine Antwort abzuwarten, drehte er sich um und holte eine Flasche des australischen *Shiraz* aus dem Regal, den wir zuvor kistenweise ins Haus geschleppt hatten.

Besänftigt von der Aussicht auf ein Glas Rotwein, ließ ich meinen Blick durch den Raum schweifen, der genauso heimelig wirkte wie alles, was ich bisher von dem Cottage gesehen hatte. Es gab einen blank gebohnerten Tisch aus Kiefernholz, an dem eine Großfamilie Platz gefunden hätte, einen altmodischen Gasherd, über dem gusseiserne Töpfe und Pfannen hingen, und eine Tür, die nach draußen in einen kleinen, ummauerten Garten führte. In der Luft lag der Geruch von Basilikum und Rosmarin, die in Blumentöpfen auf der Fensterbank wuchsen.

»Warst du schon einmal hier?«, erkundigte ich mich, während ich beobachtete, wie sich Benjo mit schlafwandlerischer Sicherheit zwischen den Küchenschränken hin- und herbewegte und einen Flaschenöffner, zwei Weingläser und mehrere bunt glasierte Teller zum Vorschein brachte.

»Schon oft«, warf er mir über seine Schulter zu. »Das erste Mal, als Christian seinen achtzehnten Geburtstag gefeiert hat.« Er lachte leise. »Siehst du das Brandloch in der Tischplatte? Das stammt von ihm.«

Mit dem Zeigefinger tastete ich über die runde Kerbe. Jemand hatte sich mit einigem Geschick daran zu schaffen gemacht, doch die Vertiefung war immer noch deutlich sichtbar. Ich versuchte mir vorzustellen, wie meine Mutter reagiert hätte, wenn *ich* versehentlich ein Loch in *ihren* Küchentisch gebrannt hätte.

»Und? Hat er die Sache überlebt?«, war alles, was mir dazu einfiel. Benjo kam mit einem Tablett an den Tisch und grinste. »Das schon. Allerdings war es der letzte Geburtstag, den wir hier feiern durften. Hast du Hunger?« Er stellte einen Teller mit Parmaschinken und getrüffelter Salami vor mich hin, dazu einen Korb mit knusprigem Baguette, gesalzene Butter und eine offene Flasche Olivenöl, aus der ein fruchtig-aromatischer Duft stieg, gefolgt von Schälchen mit Paprika, die mit Frischkäse gefüllt waren, eingelegten Champignons und getrockneten Tomaten. Erst jetzt wurde mir bewusst, dass ich seit Stunden nichts mehr gegessen hatte, und ich nickte so heftig, wie es mein geschundener Nacken zuließ. Benjo lächelte zufrieden. Er drückte mir ein Glas in die Hand und nahm mir gegenüber Platz. Dann hob er mit einer feierlichen Geste sein Weinglas. »Auf dich, Anna! Schön, dass du da bist, und vielen Dank, dass du mir geholfen hast.« Sein Blick fixierte meinen rechten Oberarm. »Ich muss schon sagen, für einen Hungerhaken kannst du ganz schön mit anpacken.«

Ich schnaubte. »Ich nehme das mal als Kompliment«, sagte ich und trank einen Schluck von dem Wein, der nach reifen Johannisbeeren und einem Hauch von Schokolade schmeckte.

»Das war absolut köstlich.« Angenehm ermattet ließ ich mich zurücksinken und faltete die Hände vor meinem Bauch. Draußen hatte es angefangen zu schneien. Verträumt sah ich zu, wie die Flocken lautlos gegen die Gartentür stoben und dort zu kleinen, eisigen Rinnsalen schmolzen. Das Bild hatte etwas so Beruhigendes, dass ich unwillkürlich gähnen musste. Schnell hob ich eine Hand vor den Mund.

»Bist du müde?«, fragte Benjo besorgt. »Soll ich dir ein Taxi rufen?« Er zog ein Handy aus den Taschen seiner Jeans.

»Das ist lieb von dir.« Stöhnend rappelte ich mich hoch. »Aber vorher muss ich dir noch etwas sagen.«

Ein erschrockener Ausdruck huschte über sein Gesicht. Wie in Zeitlupe legte er das Handy auf den Tisch, dann atmete er tief durch und sah mich an. »Ja?«

»Es geht um deine Geschichte«, sagte ich und runzelte die Stirn. »Was hast du denn gedacht?«

Seine Augenlider flatterten. »Ich? Gar nichts.« Er setzte eine unschuldige Miene auf, doch seine Stimme klang eindeutig erleichtert. Ich betrachtete ihn genauer. Hatte er befürchtet, ich wollte an schmerzhaften Erinnerungen rühren? Mein Mund wurde trocken. Bislang hatten wir die Nacht am See, als er Timo und mir gefolgt war und unseren Kuss beobachtet hatte, mit keinem Wort erwähnt, und allein der Gedanke, dies jetzt nachzuholen, bereitete mir Herzrasen.

»Also? Was möchtest du mir sagen?«

Ich schluckte. Mit einem Mal war ich befangen und nervös und wusste nicht, wie ich anfangen sollte. *Hör zu Benjo, vergiss den Wettbewerb. Zufällig will mich dein Verlag als Ideengeberin für ein anderes Buch, und deshalb darfst du es jetzt schreiben. Ist das nicht fantastisch?*

Meine Finger trommelten gegen das Wasserglas. Plötzlich war ich mir nicht mehr sicher, ob meine Idee wirklich so gut war. Was, wenn er mir übel nahm, dass ich mich einmischte? Mich durchfuhr ein eisiger Schrecken. Was, wenn er mich bat zu gehen und ich nie wieder von ihm hörte?

Benjo beugte sich vor und stützte seine Ellenbogen auf die Tischplatte. »Anna?«, fragte er leise. Ich holte tief Luft. Es nützte nichts, ich musste es ihm sagen. Das Gespräch wurde nicht einfacher, indem ich es hinauszögerte. »Nun«, begann ich zögerlich, »du hast ja vielleicht gehört, dass ich eine Partneragentur besitze.«

Benjo verdrehte in gespielter Ungeduld die Augen. »Sei nicht albern, Anna, das weiß jeder. Worauf willst du hinaus?«

Ich unterzog den Brandfleck auf der Tischplatte einer näheren Untersuchung. »Nun, es gibt Menschen, die mich deswegen für eine Expertin in … ähm … Liebesangelegenheiten halten.«

Um Benjos Mundwinkel zuckte es, und ich spürte, wie ich rot wurde. »Ich wiederhole nur, was die Leute sagen«, verteidigte ich mich trotzig.

Benjo lachte laut auf. »Murmel, warum hörst du nicht auf rumzueiern und fragst mich einfach?«

Erschrocken hob ich das Kinn. »Was soll ich dich fragen?«

Benjo breitete die Arme aus. »Na, ob du mir helfen kannst.« Seine Stimme wurde weich. »Das ist es doch, was du fragen möchtest, oder?« Unvermittelt beugte er sich vor und strich mir eine Strähne hinter das Ohr.

Ich fühlte die Wärme seiner Hand auf meiner Haut, sog seinen sauberen, regenglitzernden Duft ein, den ich für immer verloren geglaubt hatte. Es waren zu viele Eindrücke auf einmal. Ein leichter Schwindel überfiel mich.

»Anna, was ist los?« Benjo studierte besorgt mein Gesicht. »Du siehst aus, als hättest du ein Gespenst gesehen. Hab ich dich überfahren? Wolltest du etwas anderes sagen?«

Anna, reiß dich zusammen.

Ich schüttelte den Kopf und räusperte mich. »Nein, nein. Ich möchte dir wirklich gerne helfen.«

Er biss sich auf die Unterlippe und lächelte. Die kleine Geste war mir so vertraut, dass sich mein Herz zusammenzog. Benjo lehnte sich zurück und sah mich voller Wärme an. »Dann erzähl mir von den Menschen, die zu dir kommen«, bat er. »Von den Momenten, die dich am meisten berührt haben.«

»Willst du sie aufschreiben?«, fragte ich von jäher Hoffnung erfüllt. Vielleicht hatte ich mir vollkommen umsonst Sorgen gemacht. Probleme heraufbeschworen, wo gar keine waren. Benjo schüttelte den Kopf. »Was denkst du von mir?«, fragte er aufrichtig erstaunt. »Nein. Ich könnte nur ein wenig Inspiration gebrauchen.«

Er sah aus dem Fenster. Sein Blick verschwamm. Ich wusste nicht, was er sah, aber es waren mit Sicherheit nicht die Schneeflocken, die wie Irrwische durch die Luft tanzten. »Ich muss meine eigene Geschichte finden«, sagte er wie zu sich selbst. »Ich muss herausfinden, was für ein Schriftsteller ich sein kann. Ob ich überhaupt ein Schriftsteller sein kann.« Seine letzten Worte waren so leise, dass ich mich anstrengen musste, um sie zu verstehen.

Ich betrachtete sein Profil, und meine Brust wurde eng vor Scham und schlechtem Gewissen und dem Gefühl, alles falsch gemacht zu haben. »Entschuldige«, sagte Benjo und wandte sich mir wieder zu. »Das alles muss dir ziemlich egoistisch vorkommen.« Er lächelte wie ein kleiner Junge. »Aber nicht halb so egoistisch wie das, was ich dich jetzt fragen werde.« Er räusperte sich. Sein Gesicht wurde ernst.

»Anna, kannst du dir vorstellen, mehr Zeit mit mir zu verbringen? Mir deine Geschichten zu erzählen, bis ich bereit bin, meine eigene zu schreiben? Würdest du das für mich tun?«, sagte er, und ich nickte stumm.

In dieser Nacht fand ich keinen Schlaf. Unruhig wälzte ich mich in meinem Bett hin und her, während ich wieder und wieder über das nachdachte, was Benjo gesagt hatte. Was war ich nur für ein Idiot. Nachdem wir im *NENI* zu Abend gegessen hatten, war ich felsenfest davon überzeugt gewesen, dass der Wettbewerb für Benjo nur Mittel zum Zweck war. Dass es ihm allein darum ging, als Autor wahrgenommen zu werden, ganz egal, wie es dazu kam. Jetzt war mir klar, dass ich die Situation vollkommen falsch eingeschätzt hatte. Benjo wollte keine Unterstützung. Er wollte etwas über sich herausfinden, etwas, das nur er alleine und aus eigener Kraft herausfinden konnte. Ich stöhnte laut auf, als mir mein Fehler bewusst wurde. Wie hatte ich nur eine Sekunde glauben können, Benjo würde die Vereinbarung gutheißen, die ich mit seinem Verlag getroffen hatte? Geschweige denn, er würde dankbar und glücklich sein …

Zum Glück war es noch nicht zu spät. Der Gedanke tröstete mich, und als die ersten Sonnenstrahlen durch die Vorhänge meines Schlafzimmers fielen, stand ich auf und kleidete mich an, um der Verlegerin einen Besuch abzustatten.

12

Der Verlag Milford & Behrends hatte seinen Sitz in einer zuckergussfarbenen Villa am Ufer der Spree. Ich war schon häufiger mit dem Fahrrad daran vorbeigefahren, ohne jedoch zu ahnen, dass sich hinter der hübschen Fassade Benjos Arbeitgeber verbarg. Jetzt, im Dezember, war die ausladende Tanne im Vorgarten mit Lichterketten geschmückt, und rund um das Gebäude war ein leuchtend rotes Band gewunden, das über der Tür in einer Schleife endete und der Villa das Aussehen eines überdimensionalen Weihnachtsgeschenkes verlieh.

Am Empfang wurde ich von einer mürrisch aussehenden jungen Dame begrüßt. Sie trug ein schwarz-weiß gepunktetes Kleid im Stil der Sechzigerjahre, dessen Verspieltheit nicht so recht zu ihren verkniffenen Zügen passen wollte.

»*Wen* wollen Sie sprechen?«, fragte sie ungläubig, nachdem ich ihr mein Anliegen genannt hatte.

»Frau Richter«, wiederholte ich so geduldig, wie es mir möglich war.

»Ohne Termin?« Sie musterte mich von oben bis unten, als wäre ich eine Geisteskranke, die im Nachthemd durch die Straßen irrte.

»Wenn es nicht zu viele Umstände macht«, sagte ich und presste die Lippen zusammen. Ihre unhöflich-arrogante Art begann mir zunehmend auf die Nerven zu gehen.

»Tut mir leid«, sagte sie in einem Ton, der das Gegenteil zum Ausdruck brachte. Sie lehnte sich zurück und verschränkte die Arme vor ihrer üppigen Brust. »Ohne Voranmeldung ist da nichts zu machen.«

In meinem Magen begann es zu rumoren. »Ich sag Ihnen jetzt mal was«, sagte ich, den gefährlich leisen Tonfall meines Vaters imitierend. »Sie nehmen jetzt *sofort* diesen Hörer in die Hand und sagen Frau Richter, dass ich hier bin.« Ich wies auf die Telefonanlage vor ihr.

»Oder was?«, fragte sie süffisant. In diesem Moment kündigte ein silberner Glockenton das Eintreffen des Fahrstuhls an und enthob mich einer Antwort. Die Türen glitten auseinander, und eine überaus attraktive Frau Anfang vierzig in einem weißen Wollmantel, die Chanel-Sonnenbrille lässig ins dunkelbraune Haar geschoben, trat heraus und kam mit selbstbewussten Schritten auf uns zu. Die Empfangsdame nahm augenblicklich Haltung an.

»Hallo, Anja«, begrüßte die Frau sie mit warmer, ein wenig heiser klingender Stimme. Sie nickte mir flüchtig zu und legte eine schmale weiße Hand auf den Empfangstresen. »Seien Sie bitte so reizend und bestellen Sie mir ein Taxi.« Sie sah auf ihre Armbanduhr, deren Ziffernblatt von kleinen Brillanten eingefasst war. »Danach rufen Sie bitte Herrn Dr. Roth an und sagen ihm, dass ich zehn Minuten später ins Adlon komme.«

»Selbstverständlich«, sagte Anja beflissen und warf mir unter ihren falschen Wimpern einen schadenfrohen Blick zu.

Es dauerte ein paar Sekunden, bis der Groschen fiel.

Schnell wandte ich mich nach der Frau um, die bereits dem Ausgang zustrebte. »Frau Richter?«, rief ich so aufgeregt, dass sich meine Stimme beinahe überschlug. »Warten Sie bitte, ich muss etwas Dringendes mit Ihnen besprechen.«

Die Frau drehte sich zu mir um und sah mich überrascht an. »Kennen wir uns denn?«, fragte sie und hob eine elegant geschwungene Augenbraue.

»Wir haben telefoniert. Mein Name ist Anna Kronenberg.«

Frau Richter starrte mich eine Sekunde lang an. Dann hoben sich ihre kirschrot geschminkten Lippen zu einem strahlenden Lächeln. »Frau Kronenberg! Welch schöne Überraschung!«

Aus den Augenwinkeln bemerkte ich, wie der Empfangsdame die Gesichtszüge entglitten. Ich unterdrückte das kindische Verlangen, ihr die Zunge herauszustrecken, und reichte Frau Richter die Hand, die sie mit beiden Händen ergriff und herzlich schüttelte. »Anja«, sagte sie, ohne ihren leuchtenden Blick von mir abzuwenden, »sagen Sie meinen Termin ab. Sie haben es gehört, Frau Kronenberg und ich haben etwas Wichtiges zu besprechen.«

Frau Richter führte mich in ein Eckbüro im obersten Stock, das in etwa die Größe meines Wohnzimmers hatte. Durch die breite Fensterfront bot sich ein atemberaubender Blick auf die Spree, die in der Morgensonne glitzerte wie flüssiges Silber. Die schweren Möbel ringsherum erinnerten an einen vornehmen englischen Herrenclub. Wie um die Ähnlichkeit zu unterstreichen, hing ein schwacher Geruch nach Leder und teuren Zigarren in der Luft. »Ich habe das Büro von meinem Vorgänger übernommen«, erklärte Frau Richter. Sie strich mit der Hand über einen dunkelbraunen Lehnsessel.

»Mir gefällt die Atmosphäre. Sie hat so etwas herrlich Verstaubtes, finden Sie nicht?«

Es klopfte an der Tür, und ein junger Mann betrat das Zimmer. Nachdem Frau Richter eine Kanne Oolongtee und dazu Gebäck bestellt hatte, nahmen wir Platz und plauderten über das Wetter, bis der junge Mann das Gewünschte gebracht und sich zurückgezogen hatte.

»Also?«, fragte sie, nachdem die lederbezogene Tür mit einem satten Schlürfen ins Schloss gefallen war. »Was kann ich für Sie tun?« Plötzlich schien ihr ein Gedanke zu kommen. »Bringen Sie mir den Vertrag zurück?« Lächelnd beugte sie sich vor und schenkte Tee in zwei zierliche Porzellantassen ein. »Sie sind schnell, der Kurier hat ihn doch gestern erst zugestellt.«

Mit dem Anflug eines schlechten Gewissens schüttelte ich den Kopf. »Leider nein. Ich bin hier, um Ihnen zu sagen, dass wir die Sache abblasen müssen.«

Frau Richter hielt einen Moment inne. Dann stellte sie die Kanne zurück auf das Stövchen und sah mich an. »Warum erzählen Sie mir nicht in Ruhe, was passiert ist?«, sagte sie.

Ich verspürte nicht das geringste Verlangen dazu, doch ich wusste, dass ich es ihr schuldig war, und so erklärte ich ihr in knappen Worten, worum es ging. »Benedikt Kürten ist ein Freund von mir. Er hat mir erzählt, dass er sich beruflich verändern möchte. Ich dachte, ich tue ihm einen Gefallen, wenn ich ihm zu dem Auftrag für ›Liebe‹ verhelfe. Doch das Gegenteil ist der Fall, er würde das Buch niemals schreiben. Nicht unter diesen Umständen. Er hat mir deutlich zu verstehen gegeben, dass er seine eigenen Geschichten schreiben will. Dass er wissen möchte, ob ein Schriftsteller in ihm steckt. Um das herauszufinden, will er an Ihrem Wettbewerb teilnehmen. Verstehen Sie? Er *braucht* diesen Wettbewerb.«

»Mhm«, sagte Frau Richter nachdenklich und trank einen Schluck von ihrem Tee, »ich kenne Herrn Kürten nicht besonders gut, aber nach allem, was ich über ihn gehört habe, befürchte ich, dass Sie recht haben.« Ihr Blick wanderte zum Fenster. »Die Sache hat nur einen Haken … es gibt keinen Wettbewerb.«

»Was?« Mir wurde eiskalt.

Frau Richter seufzte. »Na, was glauben Sie denn, warum ich Sie angesprochen habe? Denken Sie, wir machen zwei Bücher?« Sie zog ihre Sonnenbrille aus dem Haar und musterte die Gläser. »Sie können sich nicht vorstellen, was für Einsendungen wir erhalten haben.« Sie schüttelte den Kopf. »Das Ganze war von vornherein eine Schnapsidee. Ein so wichtiges Projekt wie ›Liebe‹ von einem *Wettbewerb* abhängig zu machen … Wenn ich damals schon an Bord gewesen wäre, wäre das nicht passiert.« Mit einer energischen Bewegung legte sie ihre Brille auf dem Couchtisch ab und nahm sich stattdessen ein Cantuccino.

»Sie haben den Wettbewerb abgesagt?«, fragte ich und schluckte, als ich mir die Enttäuschung auf Benjos Gesicht ausmalte.

»Nicht direkt«, sagte Frau Richter und hüstelte. »Irgendeinen *Sieger* wird es schon geben. Der Preis wird nur sehr viel kleiner ausfallen als ursprünglich geplant. Wir arbeiten gerade an der Kommunikation nach außen.« Sie lächelte schief. »Ich weiß gar nicht, warum ich Ihnen das alles erzähle«, setzte sie hinzu und knabberte weiter an ihrem Gebäck.

Eine Weile herrschte Stille, in der ich versuchte, das Gehörte zu verarbeiten. Benjo versprach sich so viel von diesem

Wettbewerb. Wie würde er reagieren, wenn er erfuhr, dass er keine Bedeutung mehr hatte, für niemanden?

Plötzlich sah Frau Richter auf. »Natürlich«, sagte sie leise. »Warum bin ich nicht eher daraufgekommen!«

»Worauf?«, erkundigte ich mich vorsichtig.

Sie lächelte mich an. »Na, darauf, dass Herr Kürten den Wettbewerb gewinnt. Wir lassen einfach alles beim Alten und tun so, als würde der Wettbewerb weiterhin existieren.« Sie zwinkerte mir zu. »Benedikt Kürten gewinnt und erhält den Auftrag für das Buch. Genial. Was sagen Sie dazu?«

Ich sagte gar nichts, denn ich war sprachlos. Ich tastete nach meiner Tasse und nahm einen tiefen Schluck, wobei ich mir die Zunge verbrannte.

Frau Richter redete munter weiter. »Der Einsendeschluss ist nächste Woche.« Sie sprang auf, ging zu ihrem Schreibtisch, auf dem sich die Manuskripte stapelten, und zog einen ledergebundenen Kalender hervor. Sie befeuchtete ihren rechten Zeigefinger mit der Zungenspitze und fing an zu blättern. »Im Januar geben wir den Sieger bekannt.« Sie sah kurz auf, um mir ein verschwörerisches Lächeln zuzuwerfen, und vertiefte sich wieder in den Kalender. »Das fertige Manuskript für ›Liebe‹ erwarten wir im April. Das schaffen Sie doch mit links, oder?«

Endlich fand ich meine Sprache wieder. »Herr Kürten ist derjenige, um den es hier geht.«

Frau Richter hielt inne und ließ den Kalender sinken. Ein mitfühlender Ausdruck trat auf ihr Gesicht. »Ich verstehe, dass Herr Kürten Ihr Freund ist. Glauben Sie mir, ich halte viel von ihm, er ist ein großartiger Reisebuchautor, aber bei diesem Projekt geht es um Ihre Geschichten, Frau Kronenberg. Um nichts anderes. Das muss Ihnen doch klar sein.«

Ich sah auf meine Hände. Frau Richter legte den Kalender zurück auf den Schreibtisch. Sie zog einen Fußhocker zu mir heran, setzte sich darauf und berührte meinen Arm. Ich biss mir auf die Innenseiten der Wangen, dann machte ich mich los und erhob mich. »Ich sollte jetzt gehen.«

Frau Richter sah mich an. »Ich bitte Sie, überlegen Sie es sich doch noch mal.« Sie stand ebenfalls auf. Wir waren in etwa gleich groß. Erst jetzt fiel mir auf, dass ihr rechtes Auge eine Spur dunkler war als das linke. »Sie haben selbst gesagt, dass Herr Kürten rausmöchte aus der Reisesparte. Dass er als Schriftsteller arbeiten möchte.« Ihr warmer, nach Mandelplätzchen duftender Atem strich über meine Wange. »Dies ist *seine* Chance. Ich verspreche Ihnen, Frau Kronenberg, wenn wir das hier durchziehen, wird nächstes Jahr jeder seinen Namen kennen. Und dann kann er seine eigenen Geschichten schreiben.« Sie hob die Schultern. »Er ist doch erst, wie alt, Mitte dreißig? Er hat noch ein halbes Leben vor sich, um seine Spuren zu hinterlassen.«

»Trotzdem«, sagte ich und schüttelte den Kopf. »Es geht nicht. Ich habe es Ihnen doch erklärt. Herr Kürten würde sich niemals darauf einlassen.«

»Deshalb dürfen Sie es ihm ja auch nicht sagen.«

Ungläubig starrte ich sie an.

»Ich weiß, was Sie jetzt denken«, sagte sie schnell, »aber vertrauen Sie mir. Lassen Sie ihn in dem Glauben, dass er es alleine geschafft hat, und das nächste Mal wird er es auch alleine schaffen.« Sie legte ihre Hände auf meine Schultern. »Hören Sie auf Ihr Herz«, sagte sie leise. »Lassen Sie nicht zu, dass er diese Chance verpasst.«

Ich schloss die Augen und schluckte. Ihre Worte brannten wie Feuer unter meiner Haut. Plötzlich wusste ich nicht mehr, was richtig war und was falsch. Wann war ich die Freundin, die ich ihm sein wollte? Wenn ich ablehnte und seine Hoffnungen zerstörte? Oder wenn ich ihm zu einem Start verhalf, zu der Möglichkeit, über sich hinauszuwachsen, zu einer Stimme, die gehört werden würde?

»Ich würde ihn hintergehen«, murmelte ich, und meine Stimme klang in meinen Ohren genauso verunsichert, wie ich mich fühlte.

Frau Richter lachte laut auf. »Hintergehen? Ich bitte Sie. Sie tun ihm den größten Gefallen, den man sich vorstellen kann.« Sie hielt mir ihre rechte Hand hin. »Was sagen Sie? Haben wir eine Vereinbarung?«

Ich knetete meine Hände. »Über das Wichtigste haben wir noch gar nicht gesprochen«, sagte ich, um Zeit zu gewinnen. »Wie soll ich ihn dazu bekommen, *meine* Geschichten aufzuschreiben?«

Frau Richter lächelte. »Überzeugen Sie ihn. Erzählen Sie ihm Ihre Geschichten. Wenn wirklich ein Schriftsteller in ihm steckt, wird er nicht widerstehen können.«

»Und wenn die Story nicht gut ist, die er einreicht? Was ist dann?«

Frau Richter seufzte. »Wenn Herr Kürten wirklich nicht schreiben kann, wovon ich nicht ausgehe, tun wir ihm und uns keinen Gefallen, wenn wir ihn *gewinnen* lassen. Dann werden wir einen anderen Autor finden müssen.« Sie streckte mir erneut die Hand hin. »Was haben Sie zu verlieren? Im besten Fall wird Herr Kürten seinen Traum leben. Im schlechtesten Fall denkt er, er hätte bei einem Schreibwettbewerb verloren. Wissen Sie, wie viele Menschen bei einem solchen Wettbewerb mitmachen? Das wäre nun wirklich keine Schande.«

Ich zögerte noch einen Moment, dann schlug ich ein.

13

»Was schleppst du denn da mit dir herum?« Neugierig betrachtete Benjo die kleine, mit Efeuranken verzierte Holzkiste, die ich schützend vor meine Brust gepresst hatte.

»Willst du mich nicht erst mal hereinbitten?«, fragte ich, während meine Zähne vor Kälte aufeinanderschlugen.

»Natürlich. Entschuldige.« Benjo trat einen Schritt zur Seite, sodass ich hineinschlüpfen konnte. Im Inneren des Cottages war es angenehm warm, und es duftete nach Tomaten und italienischen Kräutern. »Komm, stell die Kiste ab und gib mir deinen Mantel, und dann ab mit dir vor den Kamin. Ich hab uns etwas zu essen gemacht.«

Dankbar ließ ich mich in das Wohnzimmer zu der gemütlichen, blau-weiß gemusterten Sitzecke führen, die um das knisternde Feuer herum gruppiert war. Ich stellte die Holzkiste vor mich auf den Boden, zog den Mantel aus und sank in die weichen Kissen. Wortlos nahm Benjo eine Decke von einem Fußhocker und breitete sie über mich. Dann lächelte er mir zu und verschwand mit meinem Mantel über den Arm in Richtung Küche.

Erschöpft schloss ich die Augen. Der Tag war anstrengend gewesen. Nach dem Besuch bei Frau Richter war ich zurück in die Agentur geeilt, um die letzten Termine für dieses Jahr hinter mich zu bringen. Doch sosehr ich mich auch bemüht hatte, den Ausführungen meiner Klienten zu lauschen, waren meine Gedanken immer wieder zu dem Gespräch mit der Verlegerin zurückgekehrt. Zu der Vereinbarung, die wir getroffen hatten. Auch wenn mein Kopf sagte, dass ich das Richtige tat, änderte das nichts an dem unguten Gefühl, das seitdem an mir nagte. Ich hatte Benjo gerade erst wiedergefunden, und schon hütete ich ein Geheimnis, das er mir um die Ohren fegen würde, wenn er je davon erfuhr. *Wenn* er je davon erfuhr, dachte ich und presste entschlossen die Lippen zusammen.

»Alles klar bei dir? Du wirkst so nachdenklich«, holte mich Benjos Stimme zurück in die Realität.

Ertappt fuhr ich zusammen. »Ich hab dich gar nicht kommen hören.«

»Das kann nicht daran liegen, dass ich so leise war«, sagte Benjo und grinste. Er stellte ein Tablett auf den Sofatisch und reichte mir einen Teller und eine leuchtend rote Papierservierte, die mit goldenen Rentieren bedruckt war. »Hier, selbst gemacht, also sei gnädig mit mir.«

Staunend betrachtete ich die Pizza, auf der sich Rucola, Parmaschinken und Parmesan zu einem raffinierten Kunstwerk türmten. Vorsichtig nahm ich ein Stück in die Hand und biss hinein. »Die schmeckt fantastisch!«, rief ich und leckte mir den heißen, geschmolzenen Käse von den Lippen. »Was ist das Süße?«

»Das ist Feigensenf«, entgegnete Benjo stolz. Nachdem er sich davon überzeugt hatte, dass mir sein Essen schmeckte, nahm er sich selbst einen Teller und gesellte sich zu mir auf die Couch.

»Seit wann interessierst du dich fürs Kochen?«, erkundigte ich mich zwischen zwei Bissen. Früher hatte er sich nur so lange in der Küche aufgehalten, wie es brauchte, um eine riesige Menge an Fleisch, Kartoffeln und Soße in sich hineinzuschaufeln oder einen Keks zu stibitzen, bevor es ihn wieder nach draußen gezogen hatte.

Benjo machte eine unbestimmte Geste mit der Hand. »Ach, ich bin viel herumgekommen. Da probiert man schon mal hier und da was aus.«

Eine Weile aßen wir schweigend. Benjo hatte eine Flasche Rotwein aufgemacht, mit dem wir die Pizza hinunterspülten, und den herrlich altmodischen Plattenspieler angestellt. Ich wusste nicht, was es war: das Essen, der Wein, die knisternden Gitarrenklänge, das Prasseln des Feuers, das urige Cottage – jedenfalls wich mit jeder Minute, die verging, die Beklommenheit, die mich seit heute Morgen erfüllt hatte, und schließlich fühlte ich mich rundum zufrieden. *Es gibt keinen Ort auf dieser Welt, wo ich gerade lieber wäre,* dachte ich und räkelte mich.

»Möchtest du noch irgendetwas? Eis oder Schokolade oder vielleicht beides?« Benjo machte Anstalten aufzustehen.

»Auf keinen Fall!«, rief ich in gespieltem Entsetzen und strich über meinen Bauch.

Benjo schmunzelte und ließ sich wieder zurücksinken. »Freut mich, dass ich dich satt bekommen habe.« Er streckte sich und gähnte. Das Kaminfeuer spiegelte sich in seinen Augen, die die Farbe von flüssigem Karamell angenommen hatten. Ich brauchte eine Sekunde, um mich daran zu erinnern, warum ich hergekommen war. Dann fiel es mir wieder ein, und ich richtete mich abrupt auf und griff nach der Holzkiste, die zu meinen Füßen stand.

»Ah«, sagte Benjo. »Die mysteriöse Truhe. Verrätst du mir jetzt, was es damit auf sich hat?« Er beugte sich näher zu mir, sodass mir sein Geruch in die Nase stieg. Sofort überkam mich eine wohlige Gänsehaut. Wann würde ich mich je daran gewöhnen?

Ich setzte ein geheimnisvolles Lächeln auf und strich mit den Fingern über die glatte, kühle Oberfläche. »Hier drin«, sagte ich und senkte meine Stimme zu einem Flüstern, »befindet sich das Wunder der wahren Liebe.«

Benjo schaute so verdutzt drein, dass ich lachen musste. »Okay, eigentlich sind es nur Briefe«, sagte ich und zuckte mit den Schultern. Ich drehte an dem messingfarbenen Schlüssel und hob den Deckel, der sich mit einem leisen Knarren öffnete.

»Ist das Lavendel?«, fragte Benjo und schnupperte an dem blassblauen Couvert, das ich herausgezogen hatte. Plötzlich wurde seine Miene abwehrend. »Sind das etwa Liebesbriefe an dich? Hör mal, Anna, ich glaube nicht, dass die mich etwas angehen …«

»Du bist doch wohl nicht eifersüchtig?«, sagte ich und lächelte. Seine Gesichtszüge wurden noch finsterer. Ich hob die Arme, um ihm zu zeigen, dass ich ihn nur aufgezogen hatte. »Jetzt schau nicht so böse. Sieh mal.« Ich griff mit der Hand in die Kiste und förderte Dutzende Briefe zutage, in verschiedenen Farben und Formen, einige davon parfümiert. »Die sind alle von ehemaligen Klienten. Ich weiß nicht, warum, aber sie alle scheinen das Bedürfnis gehabt zu haben, mir zu schildern, was sich in ihrem Leben ereignet hat, nachdem ich ihnen das Foto ihrer Liebe in die Hand gedrückt habe.«

Ein überraschter Ausdruck huschte über Benjos Gesicht.

»Wieso gibst du ihnen ein Foto?«, fragte er. »Machst du sie nicht mit dem Menschen bekannt, den dir die Gabe zeigt?«

Wie vom Donner gerührt, schaute ich ihn an. Natürlich wusste er von der Gabe. Ich hatte ihm selbst davon erzählt. Großmutter war kaum abgereist, da war ich zum ihm hinübergerannt, um ihm alles zu berichten. Trotzdem war es merkwürdig, ihn jetzt darüber sprechen zu hören. So unbefangen, so selbstverständlich, als wäre es gestern gewesen anstatt vor siebenundzwanzig Jahren. »Nein«, sagte ich, nachdem ich mich wieder gefangen hatte. »Ich bin nicht dabei, wenn sie sich zum ersten Mal begegnen. Ich gebe ihnen nur das Foto und den Namen.«

Benjo nahm einen Schluck Wein und sah mich über den Rand seines Glases hinweg an. »Und warum?«

In dem Moment fuhr ein kalter Luftzug durch den Kamin. Ein Heulen ertönte, das Feuer loderte auf, und glühende Funken wirbelten umher. Mit einem leisen Fluch sprang ich auf und griff ungeschickt nach der Kaminschaufel, um die Funken daran zu hindern auf den Dielenboden zu springen.

»Komm, lass mich das machen«, sagte Benjo und nahm mir das Werkzeug aus der Hand.

»Darf ich mal«, murmelte ich reflexartig, nachdem er sich wieder neben mich gesetzt hatte. Ich beugte mich vor und rieb mit dem rechten Daumen über seine Wange. Seine Haut fühlte sich so angenehm warm an, dass ich meine Hand einen Augenblick länger dort ruhen ließ, als es notwendig gewesen wäre. Als ich es bemerkte, zog ich verlegen die Hand zurück und betrachtete meinen Daumen, der schwarz vor Ruß war.

Benjo versuchte ein Lächeln zu unterdrücken, was ihm gründlich misslang.

»Wir waren bei den Briefen stehen geblieben«, sagte er und reichte mir eine Serviette.

»Richtig, die Briefe«, antwortete ich und wischte mir die Hand sauber. Dann räusperte ich mich und setzte eine feierliche Miene auf. »Du wolltest, dass ich dir meine Geschichten erzähle. Die Momente, die mich am meisten berührt haben.« Ich zog die Kiste wieder auf meine Knie und legte die Hand darauf. »Sie sind alle hier drin.«

Benjos Augen folgten meiner Bewegung. »Und du willst sie wirklich mit mir teilen?«, fragte er leise.

»Ja«, sagte ich. »Das will ich.«

Während es draußen wieder anfing zu schneien, sprachen wir darüber, wie wir die nächsten Tage gestalten wollten. Es war nicht mehr viel Zeit bis zum Abgabetermin, und bislang hatte Benjo nicht eine Zeile zu Papier gebracht. Doch das schien ihn nicht weiter zu beunruhigen. »Jetzt habe ich ja dich. Sobald es dunkel wird, koche ich für uns, wir essen zusammen, und dann machen wir es uns vor dem Kaminfeuer gemütlich, und du liest mir aus den Briefen vor«, sagte er. »Du hast so eine schöne Stimme, und ich kann die Augen schließen und die Worte auf mich wirken lassen.«

»Und was machen wir tagsüber?«

»Wir?«, fragte Benjo und grinste so breit, dass meine Wangen erneut anfingen zu brennen.

»Ich habe die Agentur ein paar Tage eher geschlossen«, gestand ich ihm. »Damit ich mehr Zeit habe, dir zu helfen.«

Benjo wurde augenblicklich wieder ernst. »Wirklich?«

Ich nickte und schlug die Augen nieder. Er tastete nach meiner Hand und berührte sie. Seine Haut fühlte sich kühl an und ein bisschen rau. Wie bei jemandem, der die meiste Zeit draußen verbrachte, der gerne mit seinen Händen arbeitete. Unvermittelt sprang er auf. »Es ist warm hier drin, oder? Stört es dich, wenn ich für einen Moment das Fenster aufmache?« Ohne meine Antwort abzuwarten, stürmte er zum Fenster und riss es auf. Eiskalte Luft strömte herein. Ich kuschelte mich unter die Decke und betrachtete seinen Rücken in dem schwarzen T-Shirt. Die breiten Schultern, den sonnenverbrannten Nacken. Wieder fiel mir auf, dass von seiner früheren Schlaksigkeit nichts übrig geblieben war. So vertraut mir seine Augen waren, so fremd war mir sein Körper. Der Gedanke irritierte mich, und ich versuchte schnell an etwas anderes zu denken.

Benjo stützte sich mit den Händen auf die Fensterbank und atmete ein paarmal tief durch. Dann schloss er das Fenster, kam zurück zum Sofa und blieb vor mir stehen.

»Ich habe nachgedacht«, sagte er und sah zu mir herunter. »Warum ziehst du nicht hier ein, bis ich die Geschichte geschrieben habe?« Er machte eine ausholende Geste mit dem Arm. »Du hast frei, es gibt ein Gästezimmer, und die Umgebung ist wunderschön. Wie gemacht für einen Urlaub.« Er grinste schief. »Im Ernst, es gibt traumhafte Wanderwege. Wir gehen spazieren, reden über die Briefe. Ich erzähle dir, was mir durch den Kopf geht, welche Ideen ich für meine Geschichte habe, und du sagst mir, was du davon hältst. Und wenn ich schreibe, machst du es dir auf der Couch gemütlich und liest, oder du tust einfach das, worauf du Lust hast. Wir können Rotwein vor dem Kamin trinken, ohne dass du jedes Mal ein Taxi bestellen musst. Was meinst du?« Er fuhr sich mit beiden Händen durch das weizenblonde Haar, bis es in alle Richtung abstand, und sah mich an wie ein kleiner Junge. Aufgeregt und ein bisschen verlegen, als rechnete er insgeheim mit einer abschlägigen Antwort.

Ich musste nicht eine Sekunde nachdenken. Mein Herz fing an zu klopfen. So viel Zeit, um alles wiedergutzumachen, was wir unserer Freundschaft angetan hatten. Benjo würde eine Geschichte schreiben, bei der Frau Richter Hören und Sehen verging. Dafür würde ich sorgen.

»Okay«, sagte ich und lächelte.

»Okay.« Benjo atmete geräuschvoll aus, und mir gefiel der Gedanke, dass er die Luft angehalten hatte, während er auf meine Antwort wartete.

14

Als ich am nächsten Morgen die Augen öffnete, war es noch früh. Dennoch hielt ich es keine Sekunde länger im Bett aus. Mit einem Satz sprang ich auf und zog die Vorhänge zurück. Die Sonne ging gerade auf und tauchte den Himmel über Berlin in ein Meer aus leuchtenden Farben – Purpurrot, Gelb und Orange, Blau und Malvenfarben. Einen Moment lang stand ich einfach nur da und nahm das Bild in mich auf.

Dann öffnete ich das Fenster so weit es ging, stützte mich mit meinen Händen auf der Fensterbank ab und atmete die frische, kalte Luft ein. *Was für ein Morgen*, dachte ich und lächelte. Es würde für die nächsten Tage der letzte sein, den ich in meiner Wohnung erlebte. Benjo und ich hatten vereinbart, uns um siebzehn Uhr im Cottage zu treffen. Er müsse vorher noch etwas erledigen, hatte er mir erklärt, und so nutzte ich die Zeit, um meine Wohnung zu putzen, bis sie blitzte. Zuletzt warf ich die verschrumpelte Zitrone weg, die noch immer im Kühlschrank vor sich hin gammelte, und wischte ihn sauber. Dann sortierte ich die Post, die in den letzten Tagen liegen geblieben war. Aus einem mit Knöpfen verzierten Umschlag, der so reizend aussah, dass er nur von der Papeterie *Luiban* aus der Rosa-Luxemburg-Straße stammen konnte, zog ich eine Karte hervor. Auf der Vorderseite war ein Dackelwelpe zu sehen, der das Köpfchen auf die Vorderpfoten gelegt hatte und mit großen braunen Augen zum Fotografen hochblickte. *Entschuldigung*, stand in goldenen Lettern darüber. Neugierig klappte ich die Karte auf. Heraus fiel ein Foto. Es zeigte zwei Menschen in einem Lokal. Die beiden saßen an einem Tisch mit einer rot-weiß karierten Tischdecke, vor ihnen stand ein Teller Spaghetti. In einer bauchigen, mit Bast umhüllten Weinflasche steckte eine Kerze, die schon zur Hälfte heruntergebrannt war. Der Mann schaute verschämt nach links, die Frau nach rechts, während sie durch die Lippen das Ende derselben Nudel einsogen. Lächelnd legte ich das Foto beiseite und las den kurzen handschriftlichen Text, der in der Innenseite der Karte stand.

Liebe Frau Kronenberg,
ich war ein alter Narr. Beinahe hätte ich die Liebe verpasst. Ich danke Ihnen, dass Sie mir die Leviten gelesen haben. Auch im Namen von Christina.
Sollte ich irgendwann einmal etwas für Sie tun können, lassen Sie es mich wissen.
Ihr Richard van Eyk

Gerührt klappte ich die Karte zu und stellte sie auf meinen Schreibtisch. Wer hätte das gedacht …

Und auf einmal hatte ich keine Ruhe mehr, drinnen zu hocken. Ich musste an Nora Rittbach denken, die sich so sehr danach sehnte, wieder glücklich zu sein.

Kurz entschlossen lief ich in den Flur, streifte meinen Mantel über und griff nach Mütze und Schal. Fünfzehn Minuten später stieg ich am Savignyplatz aus der S-Bahn. Es war inzwischen kurz nach eins. Nachdem ich an der *Hasenecke* eine Currywurst gegessen hatte, ging ich über das Kopfsteinpflaster zum *Bücherbogen*. Die Fachbuchhandlung mit ihren Schwerpunkten Architektur, Kunst und Fotografie war der Ort, an dem ich mit meiner Suche nach Nora Rittbachs großer Liebe beginnen wollte. In unserem Gespräch hatte sie mir verraten, dass sie hier Trost und Zuflucht gefunden hatte, nachdem der Skandal um sie seinen Höhepunkt erreicht hatte. Ich schlenderte von Bogen zu Bogen und blätterte in wunderschönen Bildbänden, während ich unauffällig die Menschen in meiner Umgebung beobachtete. Dabei fiel mein Blick auf einen schlanken Herrn im dunkelblauen Wintermantel, der mit dem Rücken zu mir die Monografien berühmter Schauspieler betrachtete. Ich stellte mich neben ihn und nahm ein Buch zur Hand, dessen Cover das Gesicht von Natalie Wood zierte. Dabei streifte ich wie zufällig seinen Arm. »Pardon«, entschuldigte ich mich.

Der Mann drehte sich zu mir. »Nichts passiert«, sagte er freundlich und fuhr fort, die Titel auf den Einbänden zu studieren. Fehlanzeige. Ich stellte das Buch zurück an seinen Platz und schlenderte weiter. Zwei Stunden später, in denen ich die Gesichter Dutzender Menschen gemustert hatte, stellte ich meine Suche ein. Weil ich das Geschäft nicht verlassen wollte, ohne etwas zu kaufen, griff ich nach einem Buch über Fotografie, von dem ich hoffte, dass es Sabine gefallen würde, und ging zur Kasse. Über meinem Kopf donnerte eine S-Bahn vorüber. So laut, dass der Boden unter meinen Füßen zu vibrieren schien. Erschrocken ließ ich das Buch fallen. Ich bückte mich, um es aufzuheben. Dabei stieß ich mit dem Kopf gegen etwas Hartes. »Aua«, sagte ich und richtete mich auf. Der Mann, der wie aus dem Nichts aufgetaucht war und sich ebenfalls nach dem Buch gebückt hatte, rieb sich die Stirn. »Das hat wehgetan«, sagte er und lächelte schief. »Ich hoffe, Sie verzeihen mir. Ich hatte die allerbesten Absichten, das müssen Sie mir glauben.«

Mein Blick wanderte von einem anziehenden Lächeln zu einem Paar grauer Augen, in denen ein belustigtes Funkeln glomm. Ich setzte zu einer Erwiderung an, doch die Worte wollten nicht über meine Lippen. Stattdessen begann ich zu taumeln.

»Hoppla«, hörte ich die Stimme des Mannes wie aus weiter Ferne. Hinter meiner Stirn begann es zu pochen. Ich sah Millionen schwarzer Punkte, die sich langsam zu einem Bild zusammenfügten. Da war ein Strand, einsam und endlos lang, donnernde Wellen, auf denen Schaumkronen tanzten, davor zwei Menschen in Winterjacken, die sich so eng umschlungen hielten, als hätten sie Sorge, der Wind könnte sie auseinanderreißen. Der Schwindel ließ nach.

»Geht es wieder?«, fragte der Mann besorgt. »Versprechen Sie mir, dass Sie nicht umfallen, wenn ich Sie loslasse?«

Ich nickte. Mit einem Mal fühlte ich eine solche Freude in mir, dass ich gar nicht anders konnte, als zu lachen. Ich hielt mir die Hand vor den Mund, doch es nützte nicht. Der Mann runzelte die Stirn. »Sind Sie sicher, dass es Ihnen gut geht? Sie klingen ein wenig …«, er brach ab und lächelte verlegen.

»Hysterisch?«, kicherte ich.

»Außer Atem«, beendete er den Satz. Ich gluckste erneut, dann holte ich ein paarmal tief Luft und wischte mir mit dem Handrücken die Lachtränen aus den Augen.

»Dürfte ich Ihren Namen erfahren?«, fragte ich mit kieksender Stimme. »Und ein Foto von Ihnen machen?«

»Bitte?«, fragte er überrascht. »Hören Sie«, sagte er, nachdem er sich wieder gefangen hatte, »Sie sind eine reizende junge Dame, aber wie wir die Sache auch drehen und wenden: Sie sind jung und ich bin ein älterer Herr. Ich könnte Ihr Vater sein.«

»Das Foto ist nicht für mich«, gestand ich und lächelte, was seine Irritation noch verstärkte. Ich griff in die Innentasche meines Mantels und holte eine Visitenkarte hervor.

Er sah mich an, dann senkte er den Blick und studierte die Inschrift. *»Schicksalsagentur«*, murmelte er. Auf einmal trat ein Ausdruck des Erkennens auf sein Gesicht. »Ich habe von Ihnen gelesen«, sagte er und wedelte mit der Karte. »Julina Winter und Leo Demmler, das waren Sie, oder?« Ich nickte. Ein Lächeln glitt über seine Züge. »Und was wollen Sie jetzt von mir?«, fragte er.

***

Als ich eine Stunde später in meine Wohnung zurückkehrte, war ich bester Laune. Es kam nicht oft vor, dass meine Suche so schnell zum Erfolg führte. Auch nicht, dass ich mich mit dem Menschen unterhielt, den ich für meinen Klienten gefunden hatte. Seit Gregors Verrat wählte ich dafür andere Wege. Schmunzelnd musste ich an meine erste Observation zurückdenken. Damals war es alles andere als komisch gewesen, aber heute entbehrte es nicht einer gewissen Komik, wie ich mich im Versuch, unsichtbar zu sein, an Mauern gedrückt oder in Schaufensterauslagen gestarrt hatte. Aufgeflogen war ich trotzdem.

Ich war im Ägyptischen Museum, als mir die Gabe ein Bild von einem Klienten zeigte, vereint in einem innigen Kuss mit der jungen Frau, die gerade neben mir die Büste der Nofretete bewunderte. Mein Handy umklammernd und auf den richtigen Augenblick für eine heimliche Aufnahme wartend, folgte ich ihr durch die Ausstellung und später durch die halbe Stadt. Ich hoffte, sie würde mich zu ihrer Wohnung führen, damit ich auf diese Weise ihre Kontaktdaten herausfinden konnte. Plötzlich überholte mich eine Gruppe Jugendlicher. In dem Gemenge verlor ich die Frau für einen Moment aus den Augen. Erschrocken beschleunigte ich meine Schritte. Da trat sie so unvermittelt aus einem Hauseingang, dass ich beinahe in sie hineingestürmt wäre.

»Warum folgen Sie mir?«, erkundigte sie sich mit zusammengekniffenen Augen. Ich wollte gerade ansetzen zu leugnen, als sie mich mit so strengem Gesichtsausdruck anblickte, dass ich nicht anders konnte, als ihr die Wahrheit zu sagen. Während ich ihr stotternd von meiner Agentur und dem Klienten berichtete, der die Liebe ihres Lebens war, spiegelte ihre Miene die unterschiedlichsten Emotionen wider. Ärger, Misstrauen, Staunen und schließlich Aufregung und Freude.

»Sie sind das!«, rief sie atemlos. »Und Ihr Klient ist wirklich der *Eine* für mich?«, Dann schien sie sich daran zu erinnern, unter welchen Umständen wir uns begegnet waren, und ihre Stimme bekam einen ratlosen Unterton. »Aber warum folgen Sie mir? Warum sprechen Sie mich nicht einfach an?«

»Ich bin nicht gut darin, auf Menschen zuzugehen«, gab ich kleinlaut zu. Das war ich auch vor der Trennung von Gregor nicht gewesen, nur dass meine Verliebtheit und der Wunsch, den Menschen das gleiche Glück zu schenken, das ich empfand, stärker gewesen waren als meine Schüchternheit und meine Vorbehalte.

Sie sah mich mitfühlend an. »Leider sind Sie auch nicht gut darin, Menschen zu observieren.«

»Ich weiß«, antwortete ich und ließ betrübt die Schultern hängen. »Aber irgendwie muss ich ja zu einem Namen kommen, den ich meinen Klienten geben kann.«

Die Frau überlegte einen Moment. »Wenn das so ist, warum beauftragen Sie dann keinen Ermittler, der Ihnen die unangenehmen Dinge abnimmt?« Sie zuckte mit den Schultern. »Für einen Profi sollte das doch kein Problem sein.«

Verblüfft schaute ich sie an. *Einen Ermittler?* Auf die Idee war ich noch gar nicht gekommen. Doch je länger ich darüber nachdachte, desto besser gefiel mir der Gedanke.

Gleich am nächsten Morgen beauftragte ich Sabine mit der Suche. Sie fand schließlich Maria. Eine ehemalige Polizistin, die in Friedrichshain ein erfolgreiches Ermittlungsbüro betrieb.

Aber vielleicht, so schoss es mir durch den Kopf, *brauche ich Marias Dienste jetzt nicht mehr länger*. Im *Bücherbogen* war ich schließlich auch alleine zurechtgekommen …

Der Gedanke an die Begegnung mit dem netten Herrn brachte mich wieder auf Frau Rittbach zurück. Ich überlegte kurz, ob ich Sabine bitten sollte, einen Termin mit ihr im neuen Jahr zu vereinbaren, so, wie ich es normalerweise bei meinen Klienten handhabte. Doch da wir bereits im Weihnachtsurlaub waren und ich Frau Rittbach sofort informieren wollte, nahm ich mein Handy selbst zur Hand und schrieb eilig eine E-Mail. Ich hängte das Foto an, das der Mann mir erlaubt hatte zu machen, und verschickte die Nachricht.

Nachdem das erledigt war, holte ich meine alte, dunkelblaue Reisetasche aus dem Keller und begann zu packen. Innerhalb einer halben Stunde hatte ich alles verstaut, was ich für die nächsten Tage brauchte. Meinen Kulturbeutel, Wollsocken und robuste Stiefel, mehrere Strumpfhosen, Jeans und dicke Pullover. Und zwei Romane, die ich mir schon lange vorgenommen hatte zu lesen. Im letzten Moment warf ich noch mein Lieblingskleid dazu. Ich war aufgeregt und voller kribbeliger Erwartung. Genau wie früher, wenn Benjos Vater uns übers Wochenende zum Zelten mitgenommen hatte.

Mit der Reisetasche über der Schulter sah ich mich in meiner stillen, sauberen Wohnung um. Dabei fiel mein Blick auf die Umzugskartons neben dem Sideboard. Ich zögerte einen Moment. Überlegte. Dann ließ ich die Tasche sinken und ging langsam darauf zu. Ich nahm den obersten herunter, kniete mich daneben und atmete ein paarmal tief durch. Schließlich streckte ich die Hände aus und berührte ihn. Ganz vorsichtig, als könnte er bei der kleinsten Berührung in Flammen aufgehen. Wie in Zeitlupe klappte ich den Deckel auf, kniff die Augen zusammen und spähte hinein. Ein trockener, leicht staubiger Geruch schlug mir entgegen. Mit klopfendem Herzen nahm ich einen Gegenstand nach dem anderen heraus und betrachtete ihn. Das lustige kleine Aquarell, das ich bei einem Wochenendtrip in Barth erstanden hatte. Den Strauß weißer Rosen, den ich auf einer Hochzeit gefangen und anschließend getrocknet hatte. Das mit Muscheln besetzte Schmuckkästchen, das mir Louise aus einem Urlaub in der Bretagne mitgebracht hatte. Ich blätterte durch ein schön gestaltetes Kochbuch, dessen Existenz ich längst vergessen hatte, und schmunzelte über das flauschige Paar Hausschuhe, das unter einer kleinen Schiefertafel zum Vorschein kam, auf der noch Kreidereste zu sehen waren. Als ich die Schneekugel mit dem silbernen Reh entdeckte, die

Großmutter mir geschenkt hatte, entfuhr mir ein wehmütiger Seufzer.

Schließlich stand ich auf, klopfte ein paar Flusen von meiner Hose und machte mich daran, für jedes der Stücke einen Platz in meiner Wohnung zu finden. So, wie sie einen gehabt hatten, bevor Gregor mein Herz in den Staub trat und ich die Fröhlichkeit nicht länger ertrug, die sie ausstrahlten. Als ich fertig war, faltete ich den Karton auseinander und stellte ihn in die Abstellkammer. »Keine Angst, ihr kommt auch noch dran«, ließ ich die übrigen Kisten wissen. Ich hievte meine Reisetasche wieder über die Schulter und sah mich ein letztes Mal um. Dann schloss ich leise die Tür hinter mir.

Als ich aus dem Haus trat, wartete eine Überraschung auf mich. Auf dem Bürgersteig stand Benjo, mit dem Rücken gegen einen dunkelgrünen Jaguar gelehnt, die Hände in den Taschen, das weizenblonde Haar unter einer Mütze aus grober Wolle verborgen. Bei seinem Anblick machte mein Herz einen kleinen Hüpfer. »Was machst du denn hier?«, rief ich ihm zu. »Wollten wir uns nicht im Cottage treffen?«

Benjo richtete sich auf und kam auf mich zu, ein breites Lächeln auf den Lippen. Statt einer Antwort griff er nach meiner Reisetasche. »Du hast dir ganz schön Zeit gelassen, Murmel. Ist das alles, was du mitnimmst?« Er zog eine Augenbraue hoch. »Wie lange willst du bleiben, einen Tag?«

Ich kicherte wie ein kleines Mädchen. Benjo stellte meine Tasche in den Kofferraum des Jaguars und hielt mir die Beifahrertür auf. »Gnädige Frau.«

Mein Blick fiel auf die cognacfarbenen Ledersitze mit den

geschwungenen Initialen. Ungläubig starrte ich ihn an. »Was machst du mit Vaters Wagen?«

Benjo grinste. »Er hat ihn mir förmlich aufgedrängt.« Er drückte mich sanft auf den Sitz, schloss die Tür, ging um den Wagen herum und stieg ein. »Nur geliehen, versteht sich«, sagte er, während er sich festschnallte. »Bis mein nächster Job losgeht. Ich habe ihn gerade abgeholt.«

»Wann ... wie ...?«, stotterte ich. Mehr brachte ich nicht heraus.

»Auf dem Empfang«, sagte Benjo fröhlich und startete den Motor. »Du brauchst etwas Anständiges, Junge, hat er gesagt, nicht so einen *Mietwagen*. Komm die Tage vorbei, dann gehen wir in die Garage und suchen dir einen aus.«

Ich stieß geräuschvoll die Luft aus. Es hätte mich nicht gewundert, wenn sie als Rauchschwaden aus meinem Mund gekommen wäre. Benjo warf mir einen Seitenblick zu. Ich konnte sehen, wie er in sich hineinschmunzelte.

»Wenn du lieb bist«, sagte er, »lass ich dich eine Macke hineinfahren.«

Ich schüttelte den Kopf und schnaubte. »Manchmal glaube ich, deine Mutter und mein Vater hatten etwas miteinander. Und zwar ziemlich genau neun Monate, bevor *du* auf die Welt gekommen bist.«

Benjo lachte schallend. »Ludwig Kronenberg mein Vater? Nie im Leben! Es ist schon ein Wunder, dass er die Zeit gefunden hat, dich zu zeugen.«

Ohne es zu wollen, musste ich ebenfalls lachen. »Weißt du was?«, sagte ich nach einer Weile.

»Hm?« Benjo drehte den Kopf zu mir, und ich kuschelte mich tiefer in meinen Sitz. »Ich hätte dich gerne zum Bruder gehabt.«

Benjo sah mich einen Augenblick an, dann murmelte er etwas Unverständliches und richtete seinen Blick wieder auf die Straße.

Weil wir keine Lust hatten zu kochen, beschlossen wir, uns auf dem Weg etwas zum Abendessen zu besorgen. Ich blieb im Wagen sitzen, während Benjo über die Straße zu dem kleinen japanischen Restaurant lief, das in meinen Augen die leckersten Nudelsuppen der Stadt anbot. Wie immer war eine lange Schlange vor der Tür. Die Leute saßen dicht an dicht auf den beheizten Bänken, die das Restaurant auf dem Bürgersteig bereitgestellt hatte. Ich verdrehte die Augen. Das würde ewig dauern. Seufzend löste ich meinen Gurt, um Benjo Gesellschaft zu leisten. Doch was war das? Ich traute meinen Augen kaum, als Benjo lächelnd an den Wartenden vorbeilief, ein paar Worte mit dem kleinen, bebrillten Mann ganz vorne wechselte und im Restaurant verschwand. Ich hielt den Atem an. Gleich würde eine junge Japanerin ihn höflich, aber bestimmt nach draußen geleiten.

Als er nach dreißig Sekunden nicht wieder auftauchte, entspannte ich mich und begann zu lächeln. Wie machte er das nur immer? Schließlich kam Benjo mit einer großen Papiertüte zurück, aus der köstliche Gerüche emporstiegen. »Und nach dem Essen lesen wir den ersten Brief«, sagte er und reichte mir die Tüte. Ich nahm sie auf den Schoß, und wir fuhren weiter.

15

»Das ist die traurigste Geschichte, die ich je gehört habe.« Benjo, der sich auf der Couch mir gegenüber ausgestreckt hatte, öffnete die Augen und richtete sich auf. »Ich meine, er *wusste*, dass sie krank war. Er hat es *gesehen*. Warum hat er sie überhaupt angesprochen? Warum hat er zugelassen, dass sie sich ineinander verliebten?« Seine Stimme klang aufgebracht. Ich ließ den Brief sinken, den ich ihm gerade vorgelesen hatte. Obwohl ich die Geschichte kannte, musste ich schlucken, bevor ich antworten konnte.

»Weil er wissen wollte, wie sich die wahre Liebe anfühlt. Und wenn auch nur für ein paar Augenblicke.«

Benjo schüttelte den Kopf und schnaubte. »Aber er war vorher doch auch zufrieden. Alles war gut. Und jetzt leidet er wie ein Hund.« Benjo stand auf und setzte sich neben mich. Er nahm den Brief von meinen Schoß und blätterte die in schöner, ausdrucksstarker Schrift verfassten Seiten durch, bis er die Stelle gefunden hatte. »Da … *der Schmerz über ihren Tod riss mich zu Boden und presste alle Luft aus mir heraus. Ich krümmte mich zusammen, ich schrie und wimmerte abwechselnd wie ein kleiner Junge, und ich wusste, das war erst der Anfang.*« Benjo tippte auf das Papier und sah mich an. An seinem Hals pochte eine Ader, und ich fragte mich unwillkürlich, ob es nur das Mitgefühl war, das ihn so heftig reagieren ließ.

»Ja, aber er schreibt auch, dass er dankbar ist. Dass er keinen Tag missen möchte, den er mit ihr verbringen durfte.«

»Blödsinn.« Benjo sprang erneut auf und begann erregt auf und ab zu gehen. Draußen war es bereits dunkel, und die Schatten des Kaminfeuers spielten auf seinem Gesicht. »So langsam verstehe ich, warum du deinen Klienten nur das Foto gibst. Du willst nicht dafür verantwortlich sein, welchen Schaden du anrichtest.« Sein beißender Ton traf mich mitten ins Herz, und ich sog scharf die Luft ein.

Als Benjo begriff, was er gerade gesagt hatte, kam er zu mir herüber. »Verzeih mir, das war blöd.« Er sah mich zerknirscht an. »Ich weiß, dass du keine Wahl hast. Trotzdem, es erscheint mir manchmal so wahnsinnig ungerecht.«

Ich legte kurz meine Hand auf seine, um ihm zu zeigen, dass ich ihm nichts nachtrug. Er hatte ja recht. Es *war* ungerecht.

»Wie auch immer«, sagte er. »*Meine* Geschichte soll fröhlich sein. Das weiß ich jetzt. Fröhlich und romantisch und mit einem Happy End. Meinst du, du könntest nur noch die Briefe vorlesen, die in diese Richtung gehen?« Benjo sah mich so flehentlich an, dass ich lächeln musste.

»Ich denke, das lässt sich einrichten«, sagte ich und erzählte ihm von der Karte, die ich heute bekommen hatte, und von der Begegnung im Bücherbogen. Er schmunzelte. »Das ist doch schon mal ein guter Anfang«, stellte er fest.

***

Später führte mich Benjo die Holztreppe hinauf in den ersten Stock, wo das Gästezimmer lag. Er ging vor mir her, meine Reisetasche über die Schulter geworfen, als würde sie nur ein paar Gramm wiegen. Ich gähnte herzhaft. Ich war so müde, dass ich kaum noch geradeaus schauen konnte.

»Hier ist es.« Benjo öffnete eine Tür in dem schmalen, niedrigen Flur und ließ mich eintreten. Mir entfuhr ein Laut des Entzückens. Das Zimmer war geräumiger, als ich erwartet hatte, mit gemütlichen Schrägen ringsherum und dicken Holzbalken an der Decke. Es gab ein Kingsize-Bett mit duftiger, weißer Baumwollwäsche, die so kuschelig aussah, dass ich mich am liebsten direkt hineingestürzt hätte. Unter einer Schräge stand eine gebeizte Kommode mit einem ovalen Spiegel, daneben ein alter, handbemalter Bauernschrank. Auf dem Parkettboden lag ein dicker, flauschiger Teppich. Ich trat zu dem Schaukelstuhl am Fenster, tippte ihn an und lauschte hingerissen, wie er sich knarzend in Bewegung setzte. Dann zog ich die blauen Vorhänge zur Seite, presste meine Stirn gegen die kalte Fensterscheibe und kniff angestrengt die Augen zusammen.

»Der Blick geht in den Garten.« Ich drehte mich um und sah zu Benjo, der gegen den Türrahmen lehnte, die Arme vor der Brust verschränkt. Ein amüsiertes Lächeln spielte um seinen Mund. »Es ist stockdunkel, du wirst es mir einfach glauben müssen.«

Ich erwiderte sein Lächeln und ließ mich auf das Bett fallen. Es *war* himmlisch weich, und die Wäsche duftete frisch gewaschen.

»Das Badezimmer ist nebenan«, fuhr Benjo fort. »Wenn irgendwas ist, ruf einfach. Ich schlafe gegenüber.« Er wies mit dem Daumen hinter sich. Ich rappelte mich hoch, bis ich aufrecht saß und hob den Kopf. »Vielen Dank, für alles.«

Er nickte langsam. »Also dann …«, sagte er, ohne sich von der Stelle zu rühren.

»Also dann …«, erwiderte ich. Wir sahen einander an und mussten beide grinsen.

In seine Augen trat ein mutwilliges Funkeln. »Weißt du noch, als du früher bei mir übernachtet hast? Wir haben in einem Bett geschlafen.«

Ich lachte. »Na ja, *geschlafen* haben wir eigentlich nicht.« Erst als ich die Worte ausgesprochen hatte, wurde mir ihre Doppeldeutigkeit bewusst. Ich spürte, wie meine Ohren anfingen zu glühen. »Ich meine, weil wir die ganze Nacht geredet haben …«, fügte ich kläglich hinzu.

Benjo biss sich auf die Unterlippe und lächelte. »Wie auch immer, wenn du Sehnsucht nach mir bekommst, weißt du ja jetzt, wo du mich findest.« Seine Stimme hatte den liebevoll-trockenen Tonfall angenommen, der mich früher schon wahnsinnig gemacht hatte.

»Ja, danke«, erwiderte ich so würdevoll, wie es mir möglich war.

***

Am nächsten Morgen wurde ich von einem lauten Klopfen an der Tür geweckt. Im nächsten Moment stand Benjo im Raum, barfuß, in alten Jeans und einem dunkelblauen Pullover. »Entschuldige, Murmel, ich wollte nur nachschauen, ob du noch lebst.«

Ich rieb mir die Augen und gähnte. »Wieso? Wie spät ist es denn?«

»Kurz nach elf«, kam es schmunzelnd zurück.

Ich fuhr senkrecht auf. Das war doch nicht möglich. Ich hatte über zwölf Stunden geschlafen. Das letzte Mal, dass ich so lange geschlafen hatte, war … ich konnte mich nicht erinnern, überhaupt einmal so lange geschlafen zu haben. Plötzlich wurde mir bewusst, dass Benjo mich immer noch anschaute und ich ein uraltes, rosafarbenes T-Shirt trug, auf dessen Brust ein glitzernder Paulchen Panther prangte. Schnell raffte ich die Bettdecke vor meinem Oberkörper zusammen, doch sein belustigter Blick sagte mir, dass es dafür zu spät war. Nein, dachte ich grimmig, ich werde *nicht* rot, das ist nur Benjo, und es muss ja wohl mal *einen* Tag ohne gehen.

»Wenn du runterkommst, frühstücken wir«, sagte Benjo gut gelaunt und wandte sich zum Gehen. »Ich habe Pfannkuchen mit Blaubeeren gemacht. Und Anna?«

»Ja?«

»Lass das T-Shirt ruhig an. Es gefällt mir.« Das Kopfkissen prallte an der Tür ab, die er lachend hinter sich geschlossen hatte.

Nach dem Frühstück zeigte mir Benjo das Arbeitszimmer, in dem er an seiner Geschichte schreiben würde. Es war ebenfalls im ersten Stock, sehr hell und zweckmäßig-funktional eingerichtet, mit einem großen, modernen Schreibtisch, einer nougatfarbenen Ledercouch und zahlreichen Bücherregalen, in denen sorgfältig beschriftete Aktenordner standen.

Langsam ging ich an den Schränken vorbei und studierte die Inschriften auf den Ordnerrücken. »Versicherungen, Steuern, Haus, Buchführung«, las ich laut vor. »Was hast du noch gleich gesagt, was Christians Vater macht?«

Benjo lachte leise. »Hannes war Partner in einem großen Wirtschaftsprüfungsunternehmen.« Er trat zum Schreibtisch und nahm ein gerahmtes Foto in die Hand. »Aber er hat sich schon vor Jahren zur Ruhe gesetzt, sein Stadthaus verkauft und ist in das Cottage gezogen. Hier, das ist er.« Er winkte mich zu sich herüber. »Zusammen mit Winnie, mit der er gerade auf Weltreise ist.«

Ich ging zu ihm und sah über seine Schulter. Winnie war eine gertenschlanke, teuer gekleidete und sehr attraktive Blondine um die vierzig. Mein Blick glitt zu dem Mann an ihrer Seite, einem groß gewachsenen, schlanken Herrn mit silbergrauen Schläfen und einem jugendlichen Lächeln.

Und plötzlich überschlug sich alles. Ich erstarrte. Mir wurde schwindelig, und ich musste mich an Benjo abstützen, damit ich nicht fiel. Die Ränder meines Blickfeldes verschwammen, und das vertraute Ziehen hinter meiner Stirn setzte ein.

»Ach, du lieber Himmel«, stöhnte ich, als das Bild in meinem Kopf Gestalt annahm. Erst jetzt bemerkte ich, dass Benjo immer wieder meinen Namen rief. Er hob mich hoch, als wäre ich leicht wie eine Feder, und trug mich zu der Couch unter dem Fenster. Sanft legte er mich darauf ab und strich über meine Stirn.

»Anna, ist alles in Ordnung mit dir?«, fragte er besorgt.

Ich nickte matt. »Es war nur … die Gabe. Sie hat mir ein Bild gezeigt.« Hilflos zuckte ich mit den Schultern.

Benjo sah mich an. »Von Hannes?«

Ich nickte wieder.

Er fuhr sich mit der Hand über das Gesicht. »Und ich nehme an, dass die andere Person nicht Winnie war.« Seine Worte waren nicht als Frage formuliert.

»Nein.«

»Ach, du lieber Himmel.«

Eine Weile sagte keiner ein Wort. Doch irgendwann brach ich das Schweigen. »Wann soll die Hochzeit denn stattfinden?«

»In einer Woche«, sagte Benjo tonlos. »In London.« Er reichte mir seine Hand. »Komm, ich brauche frische Luft.«

Wir wanderten drauflos, entlang an knorrigen Kiefern, bis wir einen gewundenen Weg erreichten, der uns an einsamen Wiesen und Feldern vorbeiführte. Es war kalt und sonnig und unglaublich still. Der Schnee hatte sich wie eine weiße Daunendecke über die Landschaft gelegt und verschluckte jedes Geräusch. Die Hände in den Manteltaschen vergraben, dachte ich über das Bild nach, das in meinem Kopf entstanden war. Auch jetzt sah ich es so deutlich vor mir, als hielte ich einen Abzug davon in der Hand. Ich wusste nicht, was mich mehr erschreckt hatte: den Vater von Benjos Freund zu sehen oder *sie*. Ich schluckte. Von *ihr* hatte ich Benjo noch gar nichts erzählt …

»Und was machen wir jetzt?«, riss mich Benjo aus meinen Gedanken.

Ich sah ihn an, ohne meine Schritte zu verlangsamen. »Was sollen wir schon machen? Wir müssen es ihm sagen.«

Benjo presste die Lippen zusammen und kickte einen Tannenzapfen weg, der vor uns auf dem Weg lag. Dann nickte er. »Du hast recht. Wenn wir nach Hause kommen, rufe ich ihn an.« Er holte tief Luft. Sein Atem bildete weiße Dampfwölkchen. »Er wird mir kein Wort glauben«, murmelte er vor sich hin, »er wird mich für verrückt halten.«

Weil ich nicht wusste, was ich darauf sagen sollte, sagte

ich einfach gar nichts. Unvermittelt griff Benjo nach meinem Arm und blieb stehen. Er drehte mich zu sich und sah mir in die Augen. »Was ist mit der Frau?«, fragte er leise. »Kennst du sie?«

Ich nickte. »Ja. Und du kennst sie auch. Es ist Louise.«

Seine Augen weiteten sich. »Louise? Deine Louise? Die Louise, die jetzt in Zürich lebt?«

»Es wird nicht besser, indem du ihren Namen ständig wiederholst.«

Benjo schüttelte den Kopf. »Wow. Dazu fällt mir nichts mehr ein.«

Zwei Stunden später saßen wir mit einem Becher heißen Kakao vor dem offenen Kamin im Wohnzimmer. Vor uns auf dem Tisch stand ein leerer Teller. Nur die Krümel verrieten, dass er randvoll mit Sandwiches belegt gewesen war. Sosehr uns die Neuigkeit um Hannes und Louise schockiert hatte, den Appetit hatte sie uns nicht verdorben.

Benjo hustete. Er stellte seinen Becher auf dem Sofatisch ab und erhob sich. »Ich geh dann mal telefonieren«, sagte er. Ich drückte seine Hand zur Ermutigung. Er warf mir einen letzten gequälten Blick zu und verschwand in Richtung Arbeitszimmer.

Rastlos tigerte ich zwischen Wohnzimmer, Flur und Küche hin und her, während ich darauf wartete, dass Benjo zurückkehrte. Meine Gedanken überschlugen sich. Was würde Hannes sagen? Und viel wichtiger, wie würde Louise reagieren? Seit ich mich erinnern konnte, hatte sie die eine oder andere

Beziehung gehabt, aber nie etwas Ernsthaftes, nie etwas von Dauer. Ich hatte immer den Eindruck gehabt, dass sie es auch gar nicht anders wollte. Sie liebte ihren Beruf, die Familien, in denen sie lebte, die Kinder, die sie großzog. Ein Mann würde da nur stören. Oder etwa nicht?

Ich blieb einen Moment stehen, weil ich glaubte, von oben ein Geräusch gehört zu haben. Ich lauschte angestrengt. Nichts. Seufzend setzte ich mich wieder in Bewegung. Mit jeder Minute, die verstrich, wurde ich nervöser. Was war, wenn Hannes Benjo nicht glaubte? Eine Möglichkeit, die durchaus in Betracht zu ziehen war. Was, wenn er Winnie trotzdem heiratete und ignorierte, dass in Zürich die Liebe seines Lebens wartete? Mich durchlief ein Schauer. Egal, was Hannes sagen oder tun würde, ich konnte das Geheimnis nicht für mich behalten. Ich musste Louise davon erzählen. Aber erst würde ich abwarten, wie Benjos Gespräch verlief.

Ich hörte, wie oben eine Tür zuschlug. Im nächsten Moment kam Benjo die Treffe heruntergestapft. Ich öffnete den Mund, doch ehe ich etwas sagen konnte, war er schon an mir vorbeigestürmt. Im Laufen schnappte er sich seine Winterjacke, die an einem Haken im Flur hing.

Ich fand ihn im Garten, wo er mit einer Axt auf ein Stück Holz einschlug. Eine Weile beobachtete ich, wie er immer neue Scheite aus einem Korb nahm, den er weiß Gott wo aufgetrieben hatte, und sie zu Kleinholz verarbeitete. Schneeflocken landeten in seinem Haar und auf seinen Schultern. »Das Gespräch ist wohl nicht so gut gelaufen?«, erkundigte ich mich vorsichtig.

»Hmpf.«

Die Kälte drang durch meinen Wintermantel. Ich stellte den Kragen hoch und begann von einem Bein aufs andere zu hüpfen, um mich aufzuwärmen.

Benjo hielt inne und funkelte mich an. »Kannst du bitte damit aufhören?«

»Erst wenn du aufhörst, auf das arme Stück Holz einzuhacken. Es kann nun wirklich nichts dafür.«

Benjo sah mich einen Augenblick lang finster an. Dann nickte er und ließ die Axt sinken. »Du hast recht.«

Ich atmete erleichtert auf. »Was ist denn passiert? Willst du drüber reden?«, fragte ich ihn.

Benjo sah auf seine Fußspitzen. »Hannes hat gelacht und gesagt, ich solle aufhören, seinen Cognac zu trinken.«

Ich verkniff mir ein Lächeln. »Und dann?«

»Und dann hat er gesagt, ich solle auf sein Haus aufpassen und mich ansonsten aus seinen Angelegenheiten raushalten. Nur nicht ganz so höflich.«

Ich versuchte angemessen ernst zu schauen.

»Findest du das lustig?«, fragte Benjo. Seine Stimme klang eher verwundert als wütend.

Ich schüttelte heftig den Kopf und zog mir meinen Schal über den Mund.

Er sah zum Himmel. »Sie findet es lustig.« Dann lehnte er die Axt gegen die Hauswand und wandte sich mir zu. »Weißt du, was ich lustig finde?«

Sein Gesicht hatte einen Ausdruck angenommen, den ich von früher kannte. Hektisch sah ich mich nach einer Fluchtmöglichkeit um. Doch es war zu spät. Mit einem einzigen Satz war er bei mir und hielt mich fest. Im nächsten Moment spürte ich etwas unglaublich Kaltes, Nasses meinen Nacken hinunterlaufen. Ich kreischte auf und wand mich und versuchte mit aller Kraft zu entkommen. Benjo ließ mich los und trat einen Schritt beiseite. Während ich verzweifelt versuchte, mit der Hand an meinen Rücken zu gelangen, sah ich aus den Augenwinkeln, dass er sich vor Lachen kaum noch auf den Beinen halten konnte. Er keuchte, und Tränen liefen über sein Gesicht. Ich hielt inne. Ohne länger auf die eisige Kälte auf meiner Haut zu achten, bückte ich mich, nahm eine Handvoll Schnee hoch und formte eine Kugel.

Benjo beobachtete mich belustigt. »Das machst du eh nicht, Anna. So gut kenn ich dich.«

Selten hatte ich so viel Genugtuung verspürt, als sein überlegener Gesichtsausdruck unter einer Schicht aus pudrigem Neuschnee verschwand. Doch meine Freude währte nur kurz. Der nächste Schneeball traf mich seitlich an der Schläfe und riss mir die Mütze vom Kopf.

»Ha!«, rief Benjo und lachte. Seine Augen leuchteten.

Na warte, dachte ich und bückte mich nach meiner Mütze. Ich drehte mich ein wenig, damit er nicht sah, wie ich in Windeseile Schnee hineinschaufelte. Dann richtete ich mich auf und ging langsam auf ihn zu.

Sein Blick wanderte von meinem Gesicht zu meinen Händen und wieder zurück. »Denk nicht einmal dran«, sagte er mit einem gefährlichen Lächeln auf den Lippen. Ich tat so, als würde ich die Mütze sinken lassen. Doch schon im nächsten Moment riss ich mit einem Triumphschrei die Arme hoch und streckte mich, um sie ihm über den Kopf zu ziehen.

Und dann ging alles ganz schnell. Benjo umfasste meine Handgelenke, mein Griff lockerte sich, und die Mütze fiel zu Boden. Ich spürte seine Beine an meinen, und plötzlich fand ich mich der Länge nach im Schnee wieder. Benjo kniete über mir, sein Gesicht nur wenige Zentimeter von meinem entfernt. »Gibst du auf?«, grinste er.

Unbemerkt grub sich meine Hand in den Boden. »Niemals«, sagte ich ein wenig außer Atem, hob den Arm und ließ den Schnee durch sein zerzaustes, weizenblondes Haar rieseln.

Ein überraschter Ausdruck trat auf sein Gesicht. Dann lächelte er breit und gab mir einen Kuss auf die Nasenspitze. »Komm, Schneemädchen«, sagte er, sprang auf und reichte mir seine Hand. »Lass uns schauen, ob wir dich aufgetaut bekommen.«

16

Ich blies in einen Berg von duftendem Schaum und beobachtete, wie die glitzernden Seifenblasen durch die Luft des Badezimmers schwebten. Unten in der Küche hörte ich Benjo mit Töpfen und Tellern hantieren. Mein Magen begann zu knurren. Seit Benjo in meinem Leben aufgetaucht war, benahm ich mich nicht nur wie ein Kind, das sich kichernd im Schnee wälzte, ich futterte auch noch wie ein Scheunendrescher. Mit einem Grinsen auf dem Gesicht tauchte ich unter.

»Na? Ist dir wieder warm?« Benjo musterte mich lächelnd, als ich, bekleidet mit einer alten Jogginghose und einem dicken Pullover, die Küche betrat. An den Füßen trug ich zwei paar Socken. Er selbst hatte nur kurz geduscht. Seine Haare waren noch feucht und kringelten sich an den Seiten, was so niedlich aussah, dass mir ganz warm ums Herz wurde.

»Und ob. Ich fühle mich wie neugeboren.« Ich spähte in den Topf, der auf dem Gasherd munter vor sich hin blubberte.

Benjo nahm einen Löffel aus der Schublade und tauchte ihn in die Soße. Dann pustete er einmal und hielt ihn mir hin. »Bitte schön. Aber verbrenn dich nicht.«

Ich kostete und schluckte genießerisch. »Darf ich dich behalten?«

Ein seltsamer Ausdruck trat in seine Augen, allerdings nur für einen kurzen Moment. Dann drehte er sich schnell um, nahm zwei tiefe Teller aus dem Schrank und drückte sie mir in die Hand. »Hier«, brummte er, »mach dich lieber nützlich.«

Beim Essen nahmen wir das Thema Hannes und Louise wieder auf, das durch die Schneeballschlacht für einen Augenblick in den Hintergrund getreten war. Benjo war der Ansicht, dass wir nichts weiter tun konnten, als abzuwarten. Er war dagegen, Louise anzurufen. »Warum die Pferde scheu machen, Anna? Was hat Louise davon, wenn sie es erfährt? Ihr geht es doch gut, oder nicht? Warum willst du sie unglücklich machen? Hannes wird in einer Woche seine Verlobte heiraten.«

Als ich weiterhin zögerte, weil ich überzeugt war, dass Louise ein Recht auf die Wahrheit hatte, schlug er vor, die Entscheidung zu vertagen. Er hatte nur noch wenige Tage bis zum Abgabetermin seiner Geschichte, und ich sah ein, dass wir keine Energie mehr auf andere Dinge verschwenden durften. Außerdem wusste ich aus leidvoller Erfahrung, dass sich das Schicksal auch nicht von einer Ehe abhalten ließ, und so stimmte ich schließlich zu.

***

An diesem Abend las ich Benjo einen langen Brief vor. Er war sehr romantisch und hatte ein Happy End, genau so, wie er es sich gewünscht hatte. Die Seiten raschelten, als ich sie aus dem Kuvert nahm und zu lesen begann.

Liebe Anna,
ich habe nur die Adresse deiner Agentur, doch ich hoffe, mein Schreiben erreicht dich dennoch.
Denn ich bin so glücklich, dass ich die ganze Welt umarmen könnte, und das habe ich alleine dir zu verdanken. Ohne dich hätte ich niemals an meinem Traum festgehalten, der schließlich Wirklichkeit geworden ist.
Erinnerst du dich an jenen Abend, als wir »Herbstfunken« im Kino gesehen haben? Ich weiß nicht mehr, warum wir beide uns den Film zusammen angeschaut haben. Wir kannten uns ja nur flüchtig von der Uni und lebten zufällig im selben Haus. Wir waren nicht befreundet, und uns war beiden klar, dass wir es niemals sein würden. Dafür waren wir zu verschieden. Du warst immer freundlich, immer höflich, aber so unglaublich zurückhaltend, während mein Leben zu dem Zeitpunkt nur aus Partys zu bestehen schien.
Und trotzdem saßen wir an jenem Abend im Kino nebeneinander, tranken Bier aus Pappbechern und teilten uns Popcorn und Eiskonfekt.
Das Licht ging aus, das Gemurmel im Saal verstummte. Und dann erschien er auf der Leinwand. Leonard. Mir stockte der Atem. Es war das erste Mal, dass ich ihn sah, und ich hatte das Gefühl, als würde er nur für mich spielen. Mir wurde abwechselnd heiß und kalt. Schließlich beugte ich mich zu dir hinüber. Für einen Moment hatte ich vergessen, dass wir eigentlich Fremde waren. »Ich bin verliebt«, hauchte ich in dein Ohr. »Ich weiß«, sagtest du zu meiner grenzenlosen Überraschung. »Denn er ist die Liebe deines Lebens.« Die Liebe meines

Lebens … Erst dachte ich, du wolltest mich auf den Arm nehmen. Doch nachdem wir das Kino verlassen hatten, erzähltest du mir von deiner Gabe und davon, dass du uns als Paar gesehen hättest.
Und auch wenn ich dir nie davon berichtet habe: Am Anfang ließ ich nichts unversucht, Leonard kennenzulernen. Ich schrieb ihm Briefe, legte Fotos von mir dazu, doch ich bekam nie eine Antwort. Ich fand heraus, in welchen Hotels er wohnte, wenn er in Deutschland war, und wartete Stunde um Stunde und bei Wind und Regen vor dem Hoteleingang. Vergeblich.
Mit den Monaten, die vergingen, verschwand meine Euphorie. Stattdessen verzweifelte ich. Konnte es ein schlimmeres Schicksal geben, als den Mann seines Lebens zu kennen und gleichzeitig zu wissen, dass er unerreichbar war? Einen Mann zu lieben, der nach seinem Filmdebüt auf dem Sprung zu einer Weltkarriere war? Wie gerne hätte ich deinen Rat gehört, doch du hattest dein Studium in der Zwischenzeit beendet und warst fortgezogen, ohne dass wir Kontaktdaten ausgetauscht hätten.
Dann, an einem verregneten Sonntagabend, schmiedete ich unter sehr vielen Tränen und ermutigt durch eine Flasche Rotwein einen Plan.
Am nächsten Tag meldete ich mich zu einem Schreibkurs an. Tagsüber lernte ich für mein Studium, nachts schrieb ich an meiner Geschichte. Sie handelte von Leonard und mir, Emmie, nur dass ich unsere Namen in Lewis und Emma umbenannte. Das Schreiben ging mir leicht von der Hand, dennoch war ich nie zufrieden. Dutzende Male überarbeitete ich das Manuskript. Ich grübelte über

jedes Wort, feilte an jedem Satz, bis er in meinen Augen perfekt war.
So gingen die Jahre ins Land, ohne dass meine Sehnsucht nach Leonard nachließ. Und eines schönen Sommertages, als die Vögel in den Bäumen zwitscherten und die Kinder auf den Wiesen Fußball spielten, war es so weit. Mein Roman war fertig. Mit klopfendem Herzen steckte ich das Manuskript in einen Umschlag und schickte es an Dutzende Verlage.
Und das Wunder geschah: Ich bekam einen Vertrag und konnte mein Glück gar nicht fassen.
Ein Jahr später erschien meine Geschichte im Buchhandel. Sie wurde zu einem riesigen Erfolg. So groß, dass die Filmstudios sich um sie rissen. Ich versprach demjenigen die Rechte, der Leonard für die Hauptrolle gewann. Bis heute erscheint es mir völlig irreal, dass ich einen Bestseller geschrieben habe, der schließlich auch verfilmt wurde.
Ein paar Wochen später klingelte es abends an meiner Tür. Ich öffnete, und mein Herz hörte in jenem Moment kurz auf zu schlagen, als ich ihn leibhaftig vor mir sah.
»Wenn ich Lewis bin«, sagte er, »musst du Emma sein.«
Er sah mir in die Augen, und das neugierige Lächeln, das um seine Mundwinkel gespielt hatte, verschwand. Stattdessen trat ein verwirrter Ausdruck auf sein Gesicht. Er blinzelte, öffnete den Mund, um etwas zu sagen, und schloss ihn wieder. Seine Hand hob sich wie von selbst, um mich zu berühren. Als er es bemerkte, errötete er und ließ den Arm sinken.
Ich fand als Erste meine Sprache wieder.
»Da bist du ja«, sagte ich. »Endlich.«

Nachdem ich geendet hatte, hielt Benjo seine Augen noch eine Zeit lang geschlossen. Als er sie wieder öffnete, schimmerten sie wie pures Gold. In seine Stimme hatte sich ein wehmütiger Tonfall eingeschlichen, der mich aufhorchen ließ, als er sagte: »Die Liebe schreibt die schönsten Geschichten.«

Bislang hatte ich Benjo nicht nach den Frauen in seinem Leben gefragt. Vielleicht weil ich angenommen hatte, dass es keine gab. Schließlich hatte er nie jemanden erwähnt, und welche halbwegs normale Frau würde schon zulassen, dass ihr Mann Tage und Nächte mit einer anderen verbrachte, und sei es nur, um zu arbeiten? Doch jetzt war ich neugierig geworden. Ich legte den Brief beiseite und kuschelte mich in meine Decke. »Heißt das, du hast die Richtige noch nicht gefunden?«, fragte ich gespannt.

Benjo antwortete nicht sofort. »Doch«, sagte er schließlich.

Der Schlag kam aus dem Nichts und traf mich vollkommen unvorbereitet. Etwas wallte in meinem Bauch hoch. Ein wildes Gefühl, zornig und verletzt und traurig. Warum hatte er mir nicht von ihr erzählt?

»Nur stellte sich heraus, dass sie das anders sah.« Er zuckte mit den Schultern und lächelte ironisch.

»Das tut mir leid«, stotterte ich und wurde abermals überwältigt von den Empfindungen, die mich überrollten. Diesmal war es Erleichterung, gemischt mit Scham, dass ich so fühlte.

Ich trank einen Schluck Wein und ließ ihn in meinem Mund kreisen. Unter meinen Wimpern warf ich ihm einen verstohlenen Blick zu. Benjo sah genauso aus wie immer. Gut geschnittenes Gesicht, sinnlicher Mund, goldbraune Augen, zerzaustes, weizenblondes Haar. Doch mein Herz klopfte auf einmal wie verrückt.

Fast erwartete ich das vertraute Ziehen hinter meiner Stirn, das ein neues Bild ankündigte. Ein Bild von Benjo und mir, wie wir gemeinsam in den Sonnenuntergang spazierten. Doch die Sekunden verstrichen, ohne dass etwas passierte.

Ich atmete ein paarmal tief durch. Du bist übermüdet und siehst Gespenster, sagte ich zu mir. Benjo und ich. Das war lächerlich. Vor meinem inneren Auge erschien das Gesicht der alten Dame, die mir liebevoll zuzwinkerte. Schnell schüttelte ich den Kopf, um die Vorstellung zu vertreiben.

»Und? Wie sieht es bei dir aus?«, erkundigte sich Benjo. Von einem Moment auf den nächsten war ich ernüchtert.

»Bei mir?«, wiederholte ich, um Zeit zu gewinnen.

Er lächelte. »Sonst sehe ich hier niemanden.«

Ich begann auf meiner Unterlippe zu kauen. »Es gibt niemanden. Meine erste und einzige Beziehung ist fünf Jahre her. Sein Name war Gregor. Vielleicht hast du von ihm gehört.« Ich zog unwillkürlich die Decke enger um mich.

Als ich aufsah, meinte ich, ein kurzes Blitzen in seinen Augen gesehen zu haben. »Meine Mutter hat da was erwähnt«, räumte er ein. »Ein ganz schöner Idiot, dieser Gregor.«

Ich nickte. »Absolut. Ein richtiger Doofmann war das.«

Benjo lachte plötzlich schallend. »Komm schon, Murmel, das kannst du doch besser!«

Erstaunt sah ich ihn an. »Was meinst du?«

Er stand auf und setzte sich neben mich. »Du solltest ihn *richtig* beschimpfen. Glaub mir, das hilft. Versuch es mal.«

»Ich soll was?«

»Ihn beschimpfen. Du sollst ihm Schimpfnamen geben.«

»So wie Dödel, meinst du?«

Benjo verdrehte die Augen. »Ich seh schon, so wird das nichts. Na schön, ich fang an.« Er räusperte sich. »ARSCHLOCH!«, brüllte er dann so laut, dass ich vor Schreck zusammenzuckte. Er sah mich auffordernd an. »Und jetzt du!«

»Mistkerl«, sagte ich versuchsweise und schüttelte mich, als hätte ich auf eine Zitrone gebissen.

Benjo grinste. »Schon besser. Nur ein bisschen lauter.«

»Schwein!«

»Gut so. Weiter.«

»Pissnelke!«, rief ich. So langsam kam ich richtig in Fahrt. »Gregor, du miese Ratte! Du verlauster Schimpanse! Du elender Schuft!«

Ich sprang auf und boxte mit den Fäusten in der Luft herum. »Hörst du mich, Gregor?!«, schrie ich. »Stell die Ohren auf, ich habe eine Nachricht für dich. Sie lautet ARSCHGEIGE!«

»Anna?«

Mit glühenden Wangen schaute ich ihn an. »Ja?«

»Ich bin stolz auf dich.«

***

Am nächsten Nachmittag lag ich in eine Decke gekuschelt auf der Couch und las. Die Dämmerung hatte bereits eingesetzt, das Kaminfeuer knisterte, und Benjo war im Arbeitszimmer und schrieb. Immer wieder musste ich an gestern Abend zurückdenken, als ich unter seiner Anleitung Schimpfnamen für Gregor gesucht hatte, und dabei stahl sich ein breites Lächeln auf mein Gesicht.

»Jetzt hast du aber genug gefaulenzt, junge Dame.« Benjo,

der wie aus dem Nichts vor mir aufgetaucht war, nahm mir das Buch aus der Hand und klappte es zu.

»Hey!«, rief ich empört.

Doch Benjo war schon auf halbem Weg in die Küche. »Komm schon!«, rief er mir über seine Schulter zu. »Wir kochen zusammen. Du darfst die Kartoffeln schälen.«

»Wie großzügig«, murmelte ich, während ich ihm folgte.

Ich nahm den Sparschäler entgegen, den er mir reichte, und setzte mich an den Tisch, auf dem bereits ein Berg Kartoffeln auf mich wartete. Während ich mich an das Schälen machte, entzündete Benjo den Gasherd, stellte einen großen Topf auf die Flamme und gab einen großzügigen Schuss Olivenöl hinein. Als das Öl anfing zu brutzeln, legte er zwei Scheiben Bauchspeck hinein. Dann schnitt er mit geübten Handbewegungen Zwiebeln und Knoblauch und half mir anschließend mit den Kartoffeln. Nachdem er die Zutaten angedünstet, mit Meersalz gewürzt und mit Rindfleischbrühe aufgefüllt hatte, stellte Benjo den Herd klein.

»So«, sagte er, »das muss jetzt zwanzig Minuten köcheln.« Er holte eine Flasche Wasser aus dem Kühlschrank und setzte sich zu mir an den Tisch. »Warum laden wir nicht ein paar Freunde von dir ein?«, fragte er unvermittelt, während er nach meinem Glas griff und mir eingoss.

Überrascht riss ich die Augen auf. »Was? Jetzt?«

Er zuckte mit den Schultern. »Warum nicht? Die Suppe können wir niemals alleine aufessen.« Er nahm sich selbst von dem Wasser und sah mich über den Rand seines Glases aus an.

Ich schüttelte protestierend den Kopf. »Es ist Freitagabend, noch dazu zwei Wochen vor Weihnachten. Da haben doch alle was vor.«

»Woher willst du das wissen?«

Ich warf ihm einen gehetzten Blick zu. »Ehrlich gesagt wüsste ich gar nicht, wen ich anrufen sollte.«

Er hielt inne. Dann nickte er kaum merklich, als hätte er insgeheim mit der Antwort gerechnet. »Murmel«, sagte er und maß mich mit strengem Blick, »es kann nicht sein, dass du keine Freunde hast.«

Ich ließ den Kopf hängen. »Nach der Sache mit Gregor war mir eben nicht danach, unter Leute zu gehen.«

Er sah mich nachdenklich an. »Du bist hier bei mir.«

»Das ist etwas anderes.«

Seine Mundwinkel zuckten. »Ich fühle mich geschmeichelt. Trotzdem, denk nach. Es wird doch irgendjemanden geben, mit dem du gerne einen Abend verbringen möchtest.«

»Sabine«, fiel es mir plötzlich wie Schuppen von den Augen, und ich hob erleichtert den Kopf. »Meine Assistentin.«

Benjo lächelte. »Wen noch?«

Ich dachte nach. »Die alte Dame«, sagte ich dann. »Und Rita und Elisabeth.«

Er hob fragend die Augenbrauen. Also erzählte ich ihm von meiner Begegnung mit der alten Dame und ihren Freundinnen. Nur den Part, der ihn betraf, ließ ich aus.

Nachdem ich zum Ende gekommen war, sah er mich einen Augenblick lang belustigt an. »Anna«, sagte er, »du schaffst es immer wieder, mich zu überraschen.« Er räusperte sich. »Also schön, dann hätten wir Sabine, die alte Dame, Rita und Elisabeth. Ich schlage vor, du rufst sie an, und ich kümmere mich in der Zwischenzeit um die Suppe.«

Es war schier unglaublich – alle hatten Zeit und wollten kommen.

»Siehst du, das war doch gar nicht so schwer«, sagte Benjo zufrieden, nachdem ich mit leuchtenden Augen zurück in die Küche gestürmt war und ihm die frohe Botschaft verkündet hatte. Ich sah auf meine Armbanduhr. Es war halb sechs, nur noch eineinhalb Stunden, bis die vier eintrafen. Hektisch sah ich mich um. Was sollte ich als Erstes tun?

Benjo wischte sich seine Hände an der Jeans ab und lächelte mich an. »Den Rest schaffe ich auch alleine. Warum gehst du nicht nach oben und machst dich hübsch?«

Als ich in meinem fließenden, dunkelgrünen Seidenkleid zurückkehrte, war Benjo gerade damit beschäftigt, den großen Holztisch in der Küche zu decken. Er hielt abrupt inne. Langsam wanderte sein Blick an mir hoch, bis er meine Augen traf. »Du siehst ... wunderschön aus.« Seine Stimme klang ein wenig rau.

Bei seinem Kompliment klopfte mein Herz schneller vor Freude. »Danke schön«, antwortete ich und lächelte verlegen.

Die Gäste trafen alle kurz nacheinander ein. Zuerst kam Sabine in ihrem gelben Mantel und der Pandamütze auf dem Kopf.

»Was ist denn mit Ihnen passiert, Frau Kronenberg?«, fragte sie und drückte mir einen zerzausten Blumenstrauß in die Hand. »Sie sehen so strahlend aus, und dieses Kleid! Haben Sie zugenommen? Steht Ihnen fantastisch!«

Ich schnaubte. »Jetzt kommen Sie erst mal rein, Sabine.«

Sie folgte mir in den warmen Flur, wo Benjo bereits darauf wartete, ihren Mantel in Empfang zu nehmen. Bei seinem Anblick wurden ihre Augen noch größer.

Es schellte erneut, und mein Herz machte einen Satz. Ich

lief zur Tür und riss sie auf. »Mein liebes Kind!«, rief die alte Dame und umarmte mich so lange, dass mein Körper ein einziges Kribbeln war. »Ich freu mich so, dass wir uns wiedersehen.« Sie lächelte ihr wundervolles Lächeln.

Hinter ihr erschienen Elisabeth und Rita. »Wo ist denn der Goldjunge?«, fragte Rita nicht gerade leise und versuchte an mir vorbei in den Flur zu spähen.

Mit einem charmanten Lächeln kam Benjo an die Tür. »Hab ich da gerade meinen Namen gehört?«, scherzte er.

Rita musterte ihn von oben bis unten. »Anna«, sagte sie und nickte mir anerkennend zu, »Sie haben einen vorzüglichen Geschmack.« Mit einer eleganten Bewegung schlüpfte sie aus ihrem Mantel, legte ihn Benjo über den Arm und verschwand im Inneren des Cottage.

Er sah mich an und hob eine Augenbraue. »Goldjunge, hm?«

Ich lächelte süß und fuhr mir in einer eindeutigen Geste mit dem Zeigefinger über die Kehle.

Es wurde ein wundervoller Abend. Benjo erzählte lustige Anekdoten von seiner Tätigkeit als Reisebuchautor. Es stellte sich heraus, dass Elisabeth die meisten Orte, über die er geschrieben hatte, schon selbst besucht hatte, und bald waren sie in eine angeregte Unterhaltung über Land und Leute vertieft. Rita berichtete von ihrer Arbeit als Fotografin und Galeristin und ihrer stürmischen Liebschaft mit einem italienischen Jockey, der einen Kopf kleiner war als sie, aber hervorragend küssen konnte. Und die alte Dame schwärmte von ihrem Weingut an der Nahe, das inzwischen von ihrem Sohn Michael und seiner Frau geführt wurde. Sabine hörte gespannt zu und berichtete schließlich von Richard van Eyks unmöglichem Auftritt und wie ich das Bild zerfetzt und ihm vor die Füße geworfen hatte, was alle zum Lachen brachte.

»Ist das derselbe Richard van Eyk, der dir die Karte mit dem Dackelwelpen geschickt hat?«, erkundigte sich Benjo.

Sabine legte die Stirn in Falten. »Dackelwelpe?«, fragte sie.

Ich zuckte lächelnd mit den Schultern. »Scheint so, als wäre er doch noch zur Vernunft gekommen. Er hat sich bei mir entschuldigt und mir ein Foto von sich und seiner Liebsten geschickt: Susi und Strolch am Prenzlauer Berg. Hier, ich habe ein Bild gemacht.«

Sabine sah auf mein Handy und lachte schallend.

Die Zeit verging wie im Flug, und wir wurden immer lauter und ausgelassener. Irgendwann klatschte Rita in die Hände und verkündete, sie wollte tanzen.

Ich machte große Augen. »Dann sollte ich wohl besser andere Musik auflegen.«

Rita lachte schnaubend. »Doch nicht hier, Kindchen, wir fahren in die Stadt.«

Ich sah auf meine Uhr. Es war schon nach eins. »Was, jetzt noch?«

»Wann denn sonst!«, rief Elisabeth und sprang voller Tatendrang auf.

Sabine tat es ihr nach. »Tanzen, tanzen!«, sang sie fröhlich vor sich hin.

»Benjo, kommen Sie, rufen Sie uns bitte ein Taxi.« Rita sah ihn auffordernd an.

Benjos Augen suchten meinen Blick. Ich zuckte mit den Schultern, und ein breites Grinsen erhellte sein Gesicht. »Meine Damen«, sagte er, »gehen wir tanzen.«

Der Türsteher wusste nicht, wie ihm geschah. »Sind das Freunde von dir?«, fragte er Benjo, den er offensichtlich kannte.

Benjo legte einen Arm um Rita und einen um Elisabeth und lachte. »Die besten, die man sich vorstellen kann.«

Im Inneren des kleinen Clubs war es laut, heiß und stickig. Musik hämmerte aus den Lautsprechern, und die Menschen tanzten nicht nur auf der Tanzfläche, sondern auch auf den Tischen und Bänken. Rita, Elisabeth und Sabine stürzten sich sofort ins Gedränge.

Die alte Dame war nicht mehr mitgekommen. Sie hatte mich zum Abschied lange umarmt und ihre Einladung, sie zu besuchen, wiederholt. »Sie beide«, hatte sie gesagt und mich mit ihren lavendelfarbenen Augen angesehen.

»Möchtest du etwas trinken?«, fragte Benjo mit seinem Mund an meinem Ohr.

Ich nickte. »Ein Caipirinha bitte.«

»Kommt sofort, gnädige Frau.«

Während ich darauf wartete, dass er mit den Getränken zurückkehrte, beobachtete ich die Menschen um mich herum. Sie bewegten sich zur Musik, lachten, schrien gegen den Lärm an, flirteten. Selbst die Leute an der Bar wippten mit den Füßen. Schutz suchend drückte ich mich gegen die Wand. Seitdem wir den Club betreten hatten, war meine gute Laune wie weggezaubert, und ich fühlte mich unbehaglich und fehl am Platz. Wie aus dem Nichts war meine alte Unsicherheit zurückgekehrt. Die vielen fröhlichen Menschen schüchterten mich ein. Sie gaben mir das Gefühl, dass ich nur dann dazugehörte, wenn ich genauso ausgelassen tanzte wie sie. Doch allein die Vorstellung, wie ich mit stocksteifen Knien versuchte den Takt zu finden, genügte, damit sich mein Magen zu einem harten Ball zusammenzog. Plötzlich wünschte ich mir nichts sehnlicher, als wieder im Cottage zu sein.

Endlich kam Benjo zurück. Wortlos drückte er mir ein Glas in die Hand. Ich nahm einen tiefen Schluck und wartete darauf, dass der Alkohol seine Wirkung tat.

»Fühlst du dich nicht wohl?«, fragte er. Er stützte sich mit einer Hand an der Wand ab und musterte mich besorgt.

»Ich habe Angst zu tanzen«, gestand ich ihm.

Benjo lachte nicht. Er schaute mich einfach weiter an. »Warum?«

»Weil ich es nicht kann«, erwiderte ich eine Spur zu heftig. »Und dann sehen mich alle an, und ich fühle mich schrecklich.« Ich brach ab und nahm einen weiteren Schluck.

Behutsam nahm mir Benjo das Glas aus den Fingern und stellte es ab. Dann fasste er mich an den Händen und führte mich rückwärts in Richtung Tanzfläche. Mein Pulsschlag beschleunigte sich. »Was soll das werden?«, fragte ich erschrocken. Benjo gab mir mit einer Geste zu verstehen, dass er mich durch den Lärm nicht hören konnte, und zog mich unerbittlich durch die Menschenmenge.

»Juhuuu!« Sabine hatte uns erblickt und winkte ausgelassen. Sie befand sich mit Rita und Elisabeth in der Mitte der Tanzfläche und hüpfte auf und ab wie ein Flummi.

Gequält winkte ich zurück. Benjo nahm meine Hände und legte sie sich um den Hals. Seine Haut fühlte sich heiß an und verschwitzt. Dann fasste er mich um die Taille. »Mach die Augen zu. Hör auf die Musik«, flüsterte er mir ins Ohr.

»Wer bist du«, stieß ich hervor, »Patrick Swayze?«

Ich sah mich unbehaglich um.

»Entspann dich, Anna.«

Ich schnaubte. *Entspannen.* Nichts leichter als das. Ich schloss die Augen.

Ein neues Lied setzte an. Der Rhythmus brandete durch meinen Körper. Versuchsweise begann ich mich zu bewegen. Erst langsam, dann ein bisschen schneller. Fließender. Ich spürte Benjos Hände auf meinem Körper, sein Kinn an meiner Stirn. Sog seinen vertrauten Geruch ein. Fühlte mich sicher, geborgen, eins mit der Musik. Und dann gab es nur noch uns beide. Anna und Benjo. Beste Freunde. Als ich die Augen öffnete, lächelte er, und ich lächelte zurück.

17

Nachdem wir Sabine mit dem Taxi zu Hause abgesetzt hatten, fuhren wir weiter zur Wohnung von Rita und Elisabeth. Es war fünf Uhr morgens. Die Stadt schlief noch. Die Straßen lagen still und friedlich da, und vereinzelt wirbelten Schneeflocken umher.

»Vielen Dank für den wunderschönen Abend«, sagte Elisabeth, nachdem wir ausgestiegen waren. Sie gab Benjo und mir einen Kuss auf die Wange. »Ich habe mich gefühlt, als wäre ich wieder zwanzig.« Sie kicherte und strich sich eine vorwitzige Strähne, die sich aus ihrem Knoten gelöst hatte, hinter das Ohr.

»Wir wollen mal nicht übertreiben«, sagte Rita und grinste. Dann drückte sie mich an sich. »Vergessen Sie bloß nicht, ihn zu küssen!«, flüsterte sie deutlich hörbar in mein Ohr. Meine Augen wurden groß, doch ich erwiderte nichts.

Benjo und ich sahen den beiden alten Frauen nach, wie sie Arm in Arm durch das schmiedeeiserne Tor verschwanden. Dann hielt mir Benjo galant die Tür des Taxis auf, und wir fuhren ins Cottage.

Nachdem mich Benjo wie ein Kind ins Bett gebracht und mich zugedeckt hatte, blieb er noch einen Moment auf der Bettkante sitzen. »Anna?«, fragte er leise.

»Mhm?« Ich versuchte ein Auge zu öffnen, schaffte es aber nicht.

»Warum solltest du nicht vergessen, mich zu küssen?«

Ich lächelte. »Weil du mein bester Freund bist«, nuschelte ich. Dann drehte ich mich auf die Seite und schlief auf der Stelle ein.

***

Die Sonne stand schon hoch am Himmel, als ich am nächsten Tag erwachte. Ich schlug die Decke zurück und krabbelte aus dem Bett. Dann zog ich mir einen Pullover über und ging zum Fenster. Der Himmel war tiefblau, und der Schnee im Garten funkelte und glitzerte, dass es eine Freude war.

Im Flur hielt ich inne. Aus Benjos Zimmer war kein Laut zu hören. Auf Zehenspitzen schlich ich die Treppe hinunter und ging in die Küche, um Frühstück zu machen.

Eine halbe Stunde später klopfte ich zaghaft an seiner Tür. Ich wartete einen Moment, dann drückte ich die Klinke herunter. Die Vorhänge waren zurückgezogen, Sonne strömte herein, und das Bett war frisch gemacht. Verwirrt sah ich mich um. Plötzlich kam mir ein Gedanke. Ich stieg über das üppig beladene Frühstückstablett, das ich auf dem Boden abgestellt hatte, und lief ins Arbeitszimmer.

»Hier bist du!«

Benjo sah von seinem Laptop auf und strich sich die zerzausten Haare aus der Stirn. Obwohl wir erst in den Morgenstunden nach Hause gekommen waren, wirkte er kein bisschen erschöpft. Ganz im Gegenteil, seine Bernsteinaugen leuchteten hellwach, und er grinste von einem Ohr zum anderen. »Guten Morgen«, sagte er gut gelaunt. »Ich konnte nicht schlafen, da hab ich an meiner Geschichte weitergearbeitet.«

»Ach ja?« Neugierig trat ich näher. Doch bevor ich über seiner Schulter etwas erkennen konnte, hatte er den Laptop auch schon zugeklappt und sich zu mir umgedreht.

»Später. Ich muss noch ein bisschen daran feilen.« Er schnupperte. »Rieche ich da etwa Kaffee?«

Nach dem Frühstück entschuldigte sich Benjo. »Ich muss weitermachen, Anna, es läuft gerade so gut. Sei mir nicht böse, ja?« Er goss sich noch eine Tasse Kaffee ein, schnappte sich eine Flasche Orangensaft, die er sich unter den Arm klemmte, und verschwand Richtung Arbeitszimmer.

Nachdem ich abgespült und die Küche aufgeräumt hatte, beschloss ich, in die Stadt zu fahren. Ich nahm den Schlüssel von Vaters Jaguar vom Haken und machte mich auf den Weg. Von unterwegs rief ich Sabine an und verabredete mich mit ihr zu einem Kaffee.

Ich war noch nie im *House of Small Wonder* gewesen, Sabine hatte den Treffpunkt vorgeschlagen. Es machte seinem Namen alle Ehre. Nachdem wir die Wendeltreppe in den ersten Stock erklommen hatten, fanden wir uns in einer Art verwunschenem Gewächshaus wieder. Bunte Glasfenster an den Wänden, grüne Pflanzen, wohin das Auge blickte, und Vögel, die über die Tapete schwirrten. Dazu eine spitz zulaufende Decke aus alten Fensterscheiben, die von innen zu leuchten schienen.

Wir setzten uns ans Fenster, sahen uns an und mussten plötzlich beide lachen. Der Kellner kam an unseren Tisch.

»Na ihr beiden, ihr habt aber gute Laune. Was darf ich euch denn bringen?«

»Ich wusste gar nicht, dass du so gerne tanzt«, begann Sabine, nachdem unsere Getränke serviert worden waren. Irgendwann im Laufe der gestrigen Nacht waren wir zum Du übergegangen. Es fühlte sich so selbstverständlich und natürlich an, dass mir im Nachhinein unbegreiflich war, warum wir so lange damit gewartet hatten.

»Ich auch nicht«, erwiderte ich und grinste.

Sabine trank einen Schluck von ihrem grünen Matcha Latte und grinste ebenfalls. »Kann es sein, dass ein gewisser Benjo daran nicht ganz unschuldig ist?« Sie warf mir einen bedeutungsvollen Blick zu.

»Es ist nicht so, wie du denkst.«

»Was denke ich denn?«, fragte sie keck.

Ich ließ mir Zeit mit der Antwort. »Na, dass aus uns ein Paar werden könnte«, sagte ich schließlich.

»Läge ich damit so falsch?«, fragte sie sanft.

Ich stellte meine Tasse auf dem Tisch ab und sah sie an. Und dann erzählte ich ihr, wie wir zusammen aufgewachsen waren, wie wir durch dick und dünn gegangen waren, was mir seine Freundschaft bedeutet hatte. Kaum angefangen, konnte ich nicht mehr aufhören zu reden. Die Erinnerungen brachen hervor, stürmten von allen Seiten auf mich ein. »Benjo war mein Zuhause«, sagte ich. »Seine Eltern waren so ganz anders als meine, die nie da waren. Und wenn sie es doch einmal waren, erwarteten sie von mir, dass ich mich in Luft auflöste oder zumindest so tat, als wäre ich unsichtbar. Benjos Mutter Rosalie dagegen gehörte zu den Müttern, die ihren Kindern Pfannkuchen zum Frühstück machte. Knusprige, goldbraune Teigkreise, die wie fröhliche Gesichter aussahen. Mit zwei Bananenscheiben als Augen, einer Birnenspalte als Nase und einem lachenden Mund aus Johannisbeeren.« Ich stieß einen tiefen Seufzer aus. »In meinen Augen war Rosalie die beste Mutter der Welt. Ihre Augen waren genau wie Benjos – goldgefleckt und voller Wärme. Sie duftete immer nach frisch gebackenem Brot, nach Zimt und Mandelplätzchen. Ihre Hände und Wangen waren nie ohne eine Spur Mehl, und wann immer ich zu Besuch war, was beinahe täglich der Fall war, bollerte der große Ofen in der Küche gemütlich vor sich hin und verströmte köstliche Gerüche. Benjo und ich schlichen dann so lange um sie herum, bis sie uns von dem Löffel probieren ließ, mit dem sie gerade im Topf rührte, oder uns einen noch warmen Keks in den Mund schob, bevor sie uns zum Spielen in den Garten schickte. Sie war genau so, wie ich mir meine Mutter gewünscht hätte. Fürsorglich, liebevoll und voll aufrichtigem Interesse für ihre Kinder.« Ich wurde ernst und runzelte die Stirn. »Ich kann mich nur an einen einzigen Tag erinnern, an dem sie nicht gelächelt hat. Es war im Sommer, kurz nach Benjos siebtem Geburtstag, wir spielten im Garten Räuber und Gendarm. Nach einiger Zeit wurde es Benjo langweilig, und so kam er auf die Idee, mit seinem neuen BMX-Rad den Abhang am Ende der Straße hinunterzufahren. Ich bat ihn, es nicht zu tun, weil ich Angst hatte, dass er stürzen und sich verletzen könnte, doch er lachte nur, wie er es immer tat, fröhlich und unbeschwert. Und schon hatte er das Rad aus der Garage geholt und rollte los. Ich lief hinter ihm her und kam gerade noch rechtzeitig, um zu sehen, wie er den Berg hinunterraste, dabei das Bremsen vergaß und in einen parkenden Wagen krachte. Ich schrie so laut, dass aus den umliegenden Villen die Leute auf die Straße kamen. Dann rannte ich los. Noch bevor ich ihn erreicht hatte, kam Rosalie. Als sie Benjo sah, der wie eine zerbrochene Puppe auf dem Boden lag, wurde sie totenblass und presste sich eine Faust vor den Mund. Mit einem erstickten Laut ließ sie sich neben ihn auf die Knie fallen und tastete nach seinem Puls.«

Sabine schlug sich eine Hand vor den Mund. Ihr Gesicht war blass geworden. »Benjo hätte sich das Genick brechen können«, murmelte sie. »Du hattest bestimmt furchtbare Angst um ihn. Und ich will mir gar nicht vorstellen, was seine Mutter in dem Moment durchgemacht haben muss.« Sie atmete tief durch. »Was ist dann passiert?«

»Ein Nachbar rief den Rettungsdienst. Ich stand noch da und heulte Rotz und Wasser, als der Krankenwagen mit Benjo schon längst hinter der nächsten Biegung verschwunden war. In meinem Kopf hallten die Worte nach, die Rosalie zu mir gesagt hatte, bevor sie zu ihm in den Krankenwagen gestiegen war. ›Du bist seine Freundin, Anna. Du musst auf ihn achtgeben, wenn er es nicht besser weiß.‹«

»Wie gemein, so etwas zu sagen«, protestierte Sabine. »Du warst doch noch ein Kind.«

»Sie meinte es nicht so. Hinterher, nachdem bei Benjo eine leichte Gehirnerschütterung und zwei geprellte Rippen diagnostiziert worden waren, brachte mir Rosalie Schokolade, aus der eine Extraportion Smarties hervorlugte, und entschuldigte sich. Sie habe vor Sorge nicht mehr klar denken können, sagte sie. Es sei unfair gewesen, mir Vorwürfe zu machen, und sie fragte mich, ob ich ihr verzeihen könnte. Statt einer Antwort stürzte ich mich in ihre Arme. Doch auch wenn Rosalie mich von jeder Schuld freigesprochen hatte, wusste ich insgeheim, dass sie recht gehabt hatte.«

Sabine runzelte die Stirn. »Wie meinst du das?«

Ich überlegte einen Augenblick, bevor ich fortfuhr. »Ich war immer die Vernünftigere von uns beiden. Deshalb machte ich es nach Benjos Unfall zu meiner Aufgabe, ihn zu bremsen, wenn er allzu waghalsige Pläne schmiedete. Unzählige Male sagte er mir, ich sei eine Langweilerin. Doch das Glitzern in seinen Augen verriet mir, dass er es insgeheim genoss, wenn ich mich um ihn sorgte. Durch mich wurde er ruhiger, allerdings ohne seine Unbekümmertheit zu verlieren. Und das war auch gut so«, fügte ich hinzu und lächelte. »Sonst hätte ich nie erfahren, wie man im Wald Baumhäuser baute und wie viel Spaß es machte, sich von den Ästen der alten Trauerweide in den See zu stürzen.«

Sabine sah mich an. Im Sonnenlicht, das durch die hölzernen Jalousien drang, wirkte ihr Gesicht sehr nachdenklich. »Das klingt alles so zauberhaft«, sagte sie leise. »Aber wie kam es zu dem Bruch zwischen euch?«

Mein Blick wanderte zu der Fensterbank hinter ihr, auf der allerlei Krimskrams aufgereiht war, ohne Zusammenhang und doch irgendwie harmonisch. Eine Uhr, eine Teekanne, dazu Topfpflanzen, bauchige Glasflaschen und eiserne Vogelkäfige.

Ich wandte den Kopf. »Es passierte auf dem Sommerfest seiner Eltern«, sagte ich, und wie immer, wenn ich an den Tag zurückdachte, stolperte mein Herz, und mein Puls fing an zu rasen. Ich klemmte meine Hände zwischen meine Oberschenkel und fuhr fort. »Benjo war vierzehn, genau wie ich. Am Vortag hatte er sich fürchterlich mit seinem Bruder Timo gestritten, aber er wollte mir nicht verraten, worum es ging. Ich dachte darüber nach, als ich auf der Veranda saß, dem festlichen Treiben zusah und darauf wartete, dass Benjo mit dem versprochenen Pullover für mich zurückkam. Es war kühl geworden, und ich war beschwipst von dem Champagner, den wir getrunken hatten, als niemand hinsah. Doch statt Benjo kam Timo und fragte mich, ob ich mit ihm spazieren gehen wollte. Und weil ich heimlich in ihn verliebt war, folgte ich ihm hinunter zum See. Dort küsste er mich plötzlich, und der Kuss stürzte mich in ein ziemliches Gefühlschaos. Monatelang hatte ich mir nichts sehnlicher gewünscht, doch in dem Moment, als es passierte, verflog der Zauber. Ich spürte nichts. Vielmehr erkannte ich, dass ich mir meine Verliebtheit nur eingebildet hatte. Und als ich mich von ihm löste, hörte ich hinter mir das Knacken eines Zweiges. Ich drehte mich um und sah Benjo, der mich mit kreidebleichem Gesicht anstarrte. Seine Augen, die sonst helles Bernstein waren, wirkten schwarz im Mondlicht.«

»Er ist euch gefolgt«, stellte Sabine erschrocken fest.

Ich nickte. »Ich war wie erstarrt. Das macht ihr wohl besser unter euch aus, hörte ich Timo sagen, bevor er sich umdrehte und im hohen Gras verschwand. Die Situation überforderte mich, ich verstand nicht, was in diesem Moment passierte. Auf der einen Seite Timo, der plötzlich ein Fremder für mich war. Der mich küsste und anschließend davonlief, als hätte es diesen Kuss nie gegeben. Auf der anderen Seite Benjo, der wie aus dem Nichts aufgetaucht war und bis dahin kein Wort gesprochen hatte. Eine Zeit lang standen wir uns gegenüber. Benjos Kiefer war zum Zerreißen gespannt, und an seinem Hals zuckte ein Muskel, den ich vorher noch nie bemerkt hatte. Ich spürte das Zittern, das durch seinen Körper lief. Wie konntest du nur?, sagte sein Blick. Was meinst du?, wollte ich ihm zurufen. Dass ich nicht auf der Veranda auf dich gewartet habe? Dass ich mich von deinem Bruder habe küssen lassen, obwohl ich weiß, dass du ihn nicht ausstehen kannst? Dass ich dir nie erzählt habe, dass ich Gefühle für ihn hatte? Doch meine Kehle war wie ausgedörrt, und ich brachte keinen Ton hervor. Benjo sah mich ein letztes Mal an. Dann drehte er sich langsam um. Ich wollte den Arm nach ihm ausstrecken, ihn aufhalten, ihn anflehen, bei mir zu bleiben und mit mir zu sprechen. Stattdessen stand ich da wie gelähmt und beobachtete, wie er sich von mir entfernte.«

Sabine atmete geräuschvoll aus. »Hast du versucht, dich bei ihm zu entschuldigen?«

»Natürlich. In den Tagen danach klingelte ich an seiner Haustür Sturm. Ich war davon überzeugt, dass er mir verzeihen würde. Es war nicht richtig, was ich getan hatte, und er hatte jedes Recht, böse auf mich zu sein, aber Benjo war nicht nachtragend, und es war unvorstellbar, dass unsere Freundschaft an einem einzigen dummen Fehler zerbrechen sollte. Doch jedes Mal, wenn ich klingelte, sagte Rosalie mit bekümmerter Miene, dass er mich nicht sehen wollte. Wenn ich anrief, legte er auf. Begegneten wir uns auf der Straße, senkte er den Kopf und ging an mir vorbei. Aber erst als er nach den Sommerferien in der Schule seinen Platz tauschte, damit er nicht mehr neben mir sitzen musste, begriff ich, wie ernst es war. Ich hielt den Blick fest auf die Schreibfläche meines Pultes gerichtet und tat so, als würde mich das alles nichts angehen, doch in der Nacht weinte ich mich in den Schlaf. Am nächsten Morgen bat ich meine Mutter um ein Gespräch. Zwei Wochen später saß ich im Zug nach München. Auf dem Weg in das Internat, in dem sie selbst ihren Abschluss gemacht hatte.«

»Du hast die Schule gewechselt? War das nicht ein ziemlich großer Schritt?«

Ich schluckte. »Es erschien mir damals die einzige Möglichkeit. Ich dachte, mein Herz würde zerspringen, wenn ich Benjo weiter jeden Tag sehen müsste. Meine Mutter gab schließlich den Ausschlag. Sie hatte meinem Vater schon früher mit dem Internat in den Ohren gelegen.«

Ich senkte den Blick und betrachtete meine Handgelenke. »Ein Jahr später habe ich Benjo noch einmal gesehen. Ich war über die großen Ferien nach Hause gekommen und wollte gerade durch unser Tor gehen, als er mit einem Mädchen die Straße heraufgelaufen kam. Sie lachten zusammen. Ich stand stocksteif da, die Hände um das Gitter geschlungen, unfähig, mich zu rühren. Ich weiß nicht, was mich mehr verletzte: dass er so unbeschwert mit jemandem scherzte, während er mich nicht mehr sehen wollte, oder dass er mich so schnell ersetzen konnte. Ich drehte mich um und rannte den Weg zurück zu unserem Haus. Danach unternahm ich nie wieder den Versuch, mit ihm zu reden.«

Sabine schwieg einen Moment. »Umso schöner, dass ihr jetzt wieder Freunde seid«, sagte sie schließlich und hob den Löffel, um ihre Aussage zu bekräftigen.

»Ja«, gab ich ihr recht. »Und ich habe zwanzig Jahre darauf gewartet, das wieder sagen zu können. Du kannst dir nicht vorstellen, wie gut sich das anfühlt.« Ich hielt inne, als mir plötzlich ein Gedanke kam. »Erinnerst du dich an diesen Film, ›Ritter aus Leidenschaft‹?«

Sie nickte verwirrt. »Mit Heath Ledger.«

»Genau. Ich war damals im Kino, und mich hätte beinahe der Schlag getroffen. Die verwuschelten blonden Haare, das jungenhafte Gesicht, die tiefen Lachfältchen in den Wangen, der sinnliche Mund. Einen Moment lang dachte ich, Benjo zu sehen. Dann bemerkte ich, dass die Augen eine Spur dunkler waren, und kam wieder zu Atem. Als er starb, habe ich geheult wie ein Schlosshund. Es war ein bisschen so, als hätte ich Benjo zum zweiten Mal verloren.« Ich räusperte mich verlegen.

Sabine musterte mein Gesicht. Sie schien ihre Worte genau abzuwägen, was eigentlich nicht ihre Art war und mich auf sonderbare Weise rührte. »Und du bist dir ganz sicher, dass es nur Freundschaft ist, die euch verbindet?«, fragte sie.

Als ich nickte, wich sie meinem Blick aus und sah auf die Tischplatte. »Dann ist doch alles geklärt«, sagte sie betont fröhlich.

Nachdem wir das Café verlassen hatten, entschlossen wir uns zu einem Bummel. Wir schlenderten über die Friedrichstraße, Sabine erstand Nagellack, einen Schal und bunte Ringelhandschuhe und ich ein T-Shirt für Benjo. Schließlich verabschiedeten wir uns. Sabine nahm die Bahn, während ich mit Vaters Wagen in den Supermarkt fuhr und so viele Lebensmittel einkaufte, als hätte der Wetterbericht einen verheerenden Schneesturm vorausgesagt, der das Cottage für Wochen von der Außenwelt abschneiden sollte.

18

Es dämmerte schon, als ich mit dem Schlüsselbund im Mund und einer riesigen Kiste in den Händen den Flur betrat. Benjo kam mir entgegen. Er nahm mir die Einkäufe ab, holte den Rest aus dem Auto und verstaute alles in der Küche.

»Wie bist du vorangekommen?«, fragte ich, während ich mich erschöpft auf einen Stuhl sinken ließ und dankbar das Glas Wasser entgegennahm, das er mir reichte.

»Fantastisch. Ich bin so gut wie fertig.«

Ich hielt inne. *Jetzt schon?* Ein Gefühl der Enttäuschung strömte durch meinen Körper. Wenn die Geschichte fertig war, hieß das, dass ich keinen Grund mehr hatte, länger zu bleiben …

»Jetzt schau nicht so«, sagte Benjo und schmunzelte. »Freu dich lieber für mich.«

»Das tue ich«, beeilte ich mich zu sagen. »Ich bin nur … überrascht. Das ging auf einmal alles so schnell.«

Benjos Lachfältchen vertieften sich. »Ich bin selbst überrascht. Ich hatte eine Idee, und plötzlich konnte ich nicht mehr aufhören zu schreiben. Es war, als führten meine Finger ein Eigenleben. Sie rasten nur so über die Tastatur. Ich kam gar nicht mehr mit.«

Er schüttelte den Kopf und trank einen Schluck aus seinem Glas. Seine Aufregung war so ansteckend, dass ich meine Enttäuschung darüber vergaß.

»Wann bekomme ich die Geschichte zu lesen?«, erkundigte ich mich gespannt.

Ich konnte sehen, wie er sich versteifte. »Äh, wenn ich ganz fertig bin.«

Ich machte ein langes Gesicht. »Ich dachte, ich soll dich unterstützen? Hast du nicht gesagt, dass es dir hilft, wenn wir über deine Ideen sprechen?« Plötzlich kam mir meine Vereinbarung mit Frau Richter in den Sinn, die ich in den letzten Tagen erfolgreich verdrängt hatte. Die Verlegerin erwartete eine *wahre* Liebesgeschichte. Eine, die meinen Klienten passiert war. Mir wurde abwechselnd heiß und kalt. »Dann verrat mir wenigstens, worum es geht«, bettelte ich.

Benjo hob einen Zeigefinger an die Lippen. »Hab ein bisschen Geduld.« Er lächelte. »Ich mach dir ein Angebot. Morgen Abend führe ich dich zum Essen aus, sozusagen zum Abschluss, und danach lese ich dir meine Geschichte vor.«

Ich nickte matt. Der Einsendeschluss war erst nächste Woche. Theoretisch blieb noch genügend Zeit, um Anpassungen vorzunehmen, damit Frau Richter den Etikettenschwindel nicht bemerkte. Vorausgesetzt, ich konnte Benjo davon überzeugen. Nur wie sollte ich das anstellen, ohne ihm die Wahrheit zu sagen? Sollte ich behaupten, dass sein Text sich nicht gut las? Dass er keine Magie verströmte? Magie, die jedoch den Liebesgeschichten meiner Klienten innewohnte? Ich biss mir auf die Unterlippe und betete, dass es nicht so weit kommen würde. Bestimmt war seine Geschichte so romantisch und zauberhaft, dass es auch ohne meine Einmischung ging. Sie musste es einfach sein.

***

Gegen acht rief ich Benjo zum Abendessen herunter. Ich hatte Spaghetti in einer Soße aus Kokosmilch, rotem Chili und Limettensaft gemacht, dazu in Knoblauch und Ingwer gebratene Garnelen, das Ganze garniert mit klein gehacktem Basilikum und frischer Minze. Als er sich an den Tisch setzte, hatte er dieses Leuchten in den Augen, das sein ganzes Gesicht zum Strahlen brachte. Er war unverschämt gut gelaunt, geradezu enthusiastisch, und es war offensichtlich, dass er mehr als zufrieden mit seiner Arbeit war. Dennoch war er interessiert und aufmerksam. Er fragte mich, was ich in der Stadt gemacht hatte und wie es mit Sabine lief. Er freute sich wie ein Kind über das T-Shirt, das ich ihm mitgebracht hatte, und er lobte meine Kochkünste, bis ich ganz verlegen wurde.

»Geh ruhig wieder nach oben«, sagte ich, nachdem wir fertig gegessen hatten. »Aufräumen kann ich auch alleine.«

Benjo lächelte. »Du hast da ein bisschen Soße«, sagte er. Er beugte sich vor und strich mit dem Daumen sanft über meine Unterlippe. Einen Moment lang sahen wir uns dabei tief in die Augen. Als ich das bemerkte, sprang ich wie von der Tarantel gestochen auf und begann unter lautem Geklapper das Geschirr zusammenzuräumen.

Benjo stand ebenfalls auf und legte mir eine Hand auf den Arm. »Warte kurz«, sagte er, »ich habe auch etwas für dich.« Er zog mich ins Wohnzimmer und drückte mich auf die Couch. »Bleib hier sitzen«, sagte er und hob beide Arme. »Ich bin sofort wieder da.« Er drehte sich um, und ich hörte, wie er dic Treppe hinaufrannte.

Eine Minute später war er zurück. Mit großen Augen schaute ich auf das schwere, ledergebundene Fotoalbum in seinen Händen. Der Einband war abgegriffen und hatte sicher schon einige Jährchen auf dem Buckel. Benjo setzte sich neben mich, das Album auf seinem Schoß. »Das wollte ich dir schon vor langer Zeit geben«, sagte er und lächelte. »Genau genommen vor zwanzig Jahren.« Er hob den Deckel. »Bist du bereit?«

Ich nickte gespannt und rückte näher an ihn heran. Seidenpapier raschelte, und ich kniff die Augen zusammen. »Sind wir das?«, fragte ich lachend, als ich das erste Foto sah. Ich betrachtete die beiden pummeligen Babys, die zusammen auf einer Decke im Wohnzimmer von Benjos Eltern lagen. Im Hintergrund waren Louise und Rosalie zu sehen.

Benjo nickte, und ich sah genauer hin. Das Baby in dem roten Strampler war ich. Ich lag auf dem Rücken, ein seliges Lächeln auf dem pausbäckigen Gesicht, während Baby Benjo auf dem Bauch lag und meinen Zeh auf eine Art und Weise betrachtete, als wollte er am liebsten hineinbeißen. Auf dem nächsten Foto waren wir etwa ein Jahr alt. Es war Winter, wir hielten uns an der Hand und grinsten unter unseren Pudelmützen in die Kamera.

Es folgten Fotos von Kindergeburtstagen, auf denen wir, die Münder mit Kuchen und Schokolade verschmiert, nebeneinandersaßen und aus vollem Halse lachten. Ohne es zu bemerken, hatte ich das Album auf meinen Schoß gezogen. Gebannt blätterte ich Seite um Seite um. Meine Hände waren feucht, und mein Herz flatterte wie ein Vogel. Ich hatte nur eine Handvoll Kinderfotos von mir, die Louise aufgenommen hatte, und so studierte ich Benjos Bilder mit einer Intensität, als könnte ich in sie hineinkriechen und den Moment noch einmal miterleben, den jemand für immer auf Film gebannt hatte.

Wir wurden älter, drei, vier. Ich schob einen Puppenwagen, und Benjos Hand ruhte wie selbstverständlich auf meiner Schulter, sodass wir aussahen wie die Miniaturausgabe einer glücklichen Familie. Der erste Schultag. Voller Stolz umklammerten wir unsere Schultüten, die orangeroten Käppis lässig in die Stirn gezogen. Benjo und ich als Kommunionkinder. Die strahlenden Gesichter übersät mit roten Punkten, eine Erinnerung an die Windpocken, die wir gerade hinter uns gebracht hatten. Ich blätterte weiter. Benjo und ich beim Zelten, wie wir Stockbrot über ein Lagerfeuer hielten. Beim Rodeln auf dem Teufelsberg, hintereinander auf dem Schlitten, meine Arme um seine Taille geschlungen, mein Kinn auf seiner Schulter. Das nächste Foto. Benjo in kurzer Hose, den Wasserschlauch in der Hand, während ich mich, den Kopf in den Nacken gelegt, die Augen geschlossen, in einem Meer aus glitzernden Tropfen drehte.

Viel zu schnell erreichte ich die letzte Seite. Meine Finger zitterten, als ich die Konturen des Fotos nachzog. Es war unser letzter gemeinsamer Sommer. Wir saßen auf dem Steg am See. Fast meinte ich das warme Holz unter meinen Händen zu spüren, das Rascheln der Blätter zu hören, wenn der Wind hindurchstrich. Unsere Füße baumelten im Wasser. Benjo hatte einen Arm um meine Schulter gelegt. Ich hielt meinen Kopf seitlich, mein Mund ganz nah an seinem Ohr. Ein Lächeln auf den Lippen. Offensichtlich flüsterte ich ihm gerade etwas zu. Wir waren so vertraut miteinander. So jung. So glücklich. Erst jetzt bemerkte ich, dass mir eine Träne über die Wange rann. Mit dem Handrücken wischte ich sie weg. Dann sah ich Benjo an, suchte seinen Blick und hielt ihn fest. »Für mich?«, flüsterte ich. Er nickte kaum merklich, öffnete den Mund, um etwas zu sagen, und schloss ihn wieder. Ich griff nach seiner Hand und drückte sie. »Danke«, sagte ich.

In dieser Nacht lag ich lange wach, das Album an meine Brust gepresst, das Kissen feucht von den Tränen, die mir unaufhörlich über das Gesicht liefen. Noch nie hatte ich ein schöneres Geschenk erhalten. Eines, das mich mehr berührt hatte. Mein Herz schmerzte vor Glück, dass es kaum zu ertragen war. Ich hatte vergessen, wie es sich anfühlte, dachte ich. Wie *wir* uns anfühlten.

***

Den ganzen Sonntag über bekam ich Benjo kaum zu Gesicht. Ab und zu schlich ich mich nach oben, öffnete die Tür zum Arbeitszimmer einen Spalt und beobachtete, wie er mit einem leisen Lächeln am Schreibtisch saß, während seine Finger über die Tasten flogen. Dann schloss ich lautlos die Tür, tapste auf Zehenspitzen zurück ins Wohnzimmer, kuschelte mich unter die Decke und sah mir die nächste Folge *Prinzessin Fantaghirò* an, die ich zu meinem Entzücken in dem Schränkchen neben dem Fernseher gefunden hatte.

Draußen war es schon dunkel, als Benjo zur Tür hereinkam und mit feierlicher Stimme verkündete, dass er fertig wäre. »Schau mal, frisch aus dem Drucker.« Er wedelte mit einem dünnen Stoß Papier vor meiner Nase herum und zog ihn sofort zurück, als ich danach greifen wollte. »Finger weg«, sagte er und lachte. »Erst essen wir zu Abend. Das Taxi holt uns in einer Stunde ab.«

Wir fuhren in die Knesebeckstraße. Benjo half mir aus dem Wagen, und wir betraten ein kleines italienisches Restaurant, das für seine schmackhafte Küche bekannt war. Der freundliche Kellner führte uns zu einem Tisch am Fenster, entzündete die Kerze und reichte uns die Speisekarte. Es war angenehm warm, und die Luft war geschwängert von köstlichen Gerüchen. Das Restaurant war gut besucht, doch wir hätten genauso gut alleine sein können. Wir redeten und redeten, ließen die letzten Tage Revue passieren und lachten Tränen über die Nacht im Club. »Du hast getanzt, als gäbe es kein Morgen mehr«, sagte Benjo und sah mich so zärtlich an, dass ich schlucken musste. Er griff über den Tisch nach meiner Hand. »Anna, ich bin so froh, dass ich dich wiederhabe.«

Ich blinzelte ein paarmal, um die Tränen zurückzuhalten, die mir plötzlich in die Augen stiegen. »Ich auch«, flüsterte ich erstickt.

Benjo räusperte sich. »Ich muss dir etwas sagen«, sagte er. »Über die Nacht am See.«

Ich erstarrte. Meine Brust wurde eng, und mein Herz fing an zu rasen. Nun war es also so weit.

»Was ich dir sagen wollte. Der Grund, warum ich damals so abweisend war, warum ich kein Wort mit dir geredet habe …« Er sah auf unsere verschlungenen Hände und biss sich auf die Unterlippe.

»Hallo, Anna.« Zuerst begriff ich gar nicht, dass ich gemeint war. Dann sah ich, wie sich Benjos Augen zu goldenen Schlitzen verengten. Langsam wandte ich mich um.

Er trug einen schwarzen Anzug, ein weißes Hemd und eine schmale, anthrazitfarbene Krawatte. Die Augen unter dem vollen, dunkelbraunen Haar leuchteten grün.

»Gregor«, brachte ich tonlos hervor, und mein Herz gefror

zu Eis. Wie durch einen dichten Nebel spürte ich, dass Benjo noch immer meine Hand festhielt.

»Entschuldige … ich muss …« Der Moment überforderte mich. Ich stieß mich vom Tisch ab. Mein Stuhl fiel krachend zu Boden. Im Laufen zerrte ich an meiner dünnen silbernen Kette, bis sie riss. Ich merke es nicht einmal.

***

Draußen stützte ich mich an einem Baum ab und atmete einige Male tief durch. Die Rinde fühlte sich grob und kalt an unter meiner Hand. *Gregor, Gregor,* hämmerte es in meinen Ohren. Was machte er hier? Was hatte er hier verloren? Warum sahen wir uns gerade jetzt wieder? In meinem Kopf dröhnte es.

Auf einmal bemerkte ich, wie ein Mantel um meine Schultern gelegt wurde. Ich blickte auf und sah in Benjos Augen. Sie waren voller Mitgefühl. »Danke«, murmelte ich und lehnte mich gegen ihn. Er nahm mich in die Arme und drückte mich an sich. Lange standen wir so da.

Plötzlich registrierte ich aus den Augenwinkeln eine Bewegung. *Gregor.* Er war uns nach draußen gefolgt.

»Anna? Komm schon, lass uns bitte reden.«

Ich gab vor, ihn nicht zu hören. Ich sah weiter Benjo an. Traurig, verwirrt, verzweifelt. Benjo nahm mein Gesicht in seine Hände. Sie waren groß und kräftig und warm. Sein Blick glitt über meine Augen, meine Nase, zu meinem Mund. Er lächelte, und sein Lächeln offenbarte ein derartiges Ausmaß an Gefühlen, dass mir schwindelig wurde. Es war wie ein Tor zu seiner Seele. Zu seinem Herzen. *Ich halte dich,* las ich darin. *Ich bin für dich da. Als dein Freund. Als der Mann, der dich liebt. Wenn du mich lässt.* Dann beugte er sich zu mir herunter und küsste mich.

Wie aus weiter Ferne hörte ich Schritte, die sich entfernten. Es war nicht wichtig. Nichts war mehr wichtig außer Benjo und mir.

Seine Lippen strichen über meine. Unendlich zart erst, dann hungrig. Ich öffnete den Mund, spürte seine Zunge. Seinen Herzschlag. Ein Zittern stieg in mir hoch. Es kam tief aus meinem Inneren, breitete sich aus, übertrug sich auf ihn. Benjo hielt mich noch fester. Etwas in mir brach auf, und ich überließ mich seinen Händen. Er streichelte mir über den Nacken, den Hals, die Wangen, grub sich in meine Haare, flüsterte meinen Namen. Immer und immer wieder. Dann küsste er mich erneut, und jede Erinnerung daran, vorher schon einmal geküsst worden zu sein, löste sich auf. Stattdessen durchströmte mich die plötzliche Gewissheit, dass alles, was in meinem Leben geschehen war, alles, was ich erlebt hatte, nur dazu da gewesen war, um mich jetzt und hier in Benjos Arme zu führen.

***

Sanftes Mondlicht ergoss sich wie flüssiges Silber über das Bett. Benjo und ich standen davor und hielten uns an den Händen, mit einem Mal schüchtern wie Kinder. Er legte den Kopf schief und sah mich an. *Möchtest du wirklich?*

Ich nickte, atemlos. Mein Herz raste, und meine Knie waren mit einem Mal so weich, dass ich mich kaum auf den Beinen halten konnte.

Benjo hob die Hand und strich mit der Fingerkuppe über meine Wange. Ganz leicht nur. Ich schloss die Augen. Erschauderte. Öffnete die Lippen, hörte, wie Benjo die Luft anhielt. Im nächsten Moment war sein Mund auf meinem, hart, fordernd. Ich stöhnte, wurde mutiger, biss sanft in seine Unterlippe.

Sein Atem wurde rauer. Seine Hände glitten über meinen Hals zu meinem Nacken, wanderten meinen Rücken hinunter, pressten mich an sich. Mein Unterleib zog sich zusammen. Ich spürte heiße Wellen, die durch meinen Körper spülten. Schwindel. Ich ließ mich aufs Bett sinken und zog ihn mit mir.

Er küsste mich erneut, bog meine Arme mit sanftem Druck nach oben. Seine Hände wanderten an den Seiten entlang bis zu meinen Oberschenkeln, schoben mein Kleid hoch, unerträglich langsam.

Schneller, dachte ich, *schneller*. Kalte Nachtluft strich über meine nackten Beine. Dann lag ich in Unterwäsche vor ihm.

Sein Blick glitt über meinen Körper, liebkoste ihn. Er lächelte, zog sein T-Shirt über den Kopf. Ich legte meine Hand auf seine Brust und fühlte die glatte Haut, spürte sein Zittern, sein Herz schlagen, als wollte es zerspringen.

Er umfasste meine Hand und führte sie zu seinem Mund, nahm einen Finger zwischen die Lippen und sog an der Spitze, sein Blick in meinem. Ich streckte den Rücken durch und drängte mich näher an ihn. Für den Bruchteil einer Sekunde hielt er inne. Dann lagen seine Hände auf meinem Rücken, rastlos, fieberhaft, öffneten den Verschluss meines BHs, glitten weiter, zogen meinen Slip hinunter. Ehrfurchtsvolles Staunen. *Du bist so schön.*

Dann war er über mir. Ich spürte feste, nackte Haut, das Gefühl zu verbrennen. Ich dachte nicht mehr, spürte nur noch, tastete, schmeckte. Roch. Alle Sinne zum Zerreißen gespannt.

Seine Zunge leckte über die Beuge in meinem Hals, glitt weiter, tiefer. Ich drückte mich in die Laken. Meine Lider begannen zu flattern, mein Puls raste. Seine Lippen wanderten über die Innenseiten meiner Schenkel. Ich tastete nach seinem Kopf und vergrub meine Finger in seinem Haar. Ein Geräusch drang aus seiner Kehle, wild, beinahe schmerzerfüllt. Er blickte auf. Seine Augen brannten, drangen in meine. Dann, endlich, sein Körper auf meinem. Meine Hände auf seinem Rücken, sein Atem in meinem Mund. Er in mir. *Ich liebe dich.*

Und dann … nichts mehr.

19

Ich erwachte mit der Erinnerung an die letzte Nacht und errötete. Mein Körper fühlte sich wunderbar leicht an, und meine Lippen waren geschwollen vom Küssen. Schweißgeruch lag in der Luft. Die Szene war verrucht. Und ziemlich erotisch. Himmel, dachte ich und lächelte.

Benjo lag hinter mir, sein Gesicht in meinem Nacken vergraben, sein Atem warm auf meiner Haut, sein Arm um meine Taille geschlungen. Ich drehte mich zu ihm und gab ihm einen Kuss auf die Nasenspitze.

Er öffnete die Augen und lächelte mich verschlafen an. »Hallo, meine Liebste«, sagte er, und mein Herz zog sich zusammen vor Glück.

Es war Montag, der 12. Dezember, und heute schien zum ersten Mal seit Tagen nicht die Sonne. Der Himmel war weiß wie ein frisch gewaschenes Laken. Doch das Wetter war uns egal, uns zog nichts nach draußen. Wir frühstückten im Bett, fütterten uns gegenseitig mit Croissants, küssten uns nach jedem Bissen wie verliebte Teenager, sahen uns immer wieder an, schüttelten den Kopf und grinsten.

»Worüber schmunzelst du?«, fragte Benjo, den Kopf auf meinem Bauch.

»Über die Ironie des Schicksals«, sagte ich. »Da weiß ich genau, wer füreinander bestimmt ist, und renne selbst wie ein blindes Huhn umher.«

Er grinste. »Sei nicht so streng mit dir. Immerhin bist du ein ziemlich niedliches Huhn. … Aua, hau mich doch nicht! … Na warte!« Er küsste mich, erst spielerisch, dann voller Leidenschaft, bis wir erneut die Welt um uns herum vergaßen.

Sehr viel später stützte sich Benjo auf einen Ellenbogen auf und sah mich verträumt an. »Ich wusste es schon damals. Das mit uns.«

Verständnislos starrte ich ihn an. »Wie, du meinst früher?«

Er nickte. »Sag bloß, du hattest keine Ahnung von meinen Gefühlen für dich?«

Ich schüttelte heftig den Kopf.

Er suchte in meinem Gesicht nach Anzeichen dafür, dass ich ihn anflunkerte. »Dann ist es also wahr«, sagte er schließlich. »Du hast es wirklich nicht gewusst.« Er ließ sich zurückfallen.

Ich legte mich auf die Seite und streichelte über sein Haar. »Wovon redest du, Benjo?«, fragte ich leise, und er begann mir seine Geschichte zu erzählen.

Benjo war gerade vierzehn geworden, als er anfing, mich mit anderen Augen zu betrachten. Er hatte sich in mich verliebt, und zwar so plötzlich, heftig und rettungslos, dass er glaubte, ich müsste genauso empfinden. An dieser Stelle wandte ich verschämt den Blick ab, doch Benjo lächelte nur und fuhr fort. Nach Monaten des Hoffens und Wartens beschloss er, mir seine Gefühle zu gestehen. Er wählte dafür den Tag des Sommerfestes seiner Eltern. Den ganzen Vortag über strich er wie Falschgeld durchs Haus, bis Timo ihn fragte, was zum Teufel mit ihm los sei. »Und ich verwirrter, liebeskranker Idiot erzählte es ihm.« Benjo schnaubte. »Dabei hätte ich es wirklich besser wissen müssen. Ich kannte ihn schließlich.«

»Und weiter?«, flüsterte ich.

»Timo war wie immer. Er lachte mich aus. Er hielt sich die Seiten vor Lachen, sagte, ich solle die Augen öffnen. Du wärst schließlich in *ihn* verliebt. Und dass das jeder wüsste außer mir.«

Heiße Wut strömte durch meinen Körper. »Das hat er gesagt, ja?«

Benjo nickte. »Das hat er gesagt. Ich habe ihm eine geknallt und bin abgehauen.«

Ich fühlte grimmige Genugtuung in mir aufsteigen. »Gut so, und dann?«

»Am nächsten Morgen, als unsere Eltern uns in den Garten schickten, um die Tische und Stühle aufzubauen, zischte er mir zu, du wüsstest längst von meinen Gefühlen, und sie wären dir egal. Mir war klar, dass er log, denn so warst du nicht. Dann ging er über den Rasen davon, und ich sah ihn erst wieder, als er dich an die Hand nahm und zum See führte.« Benjo atmete ein paarmal tief durch und fasste sich an die Brust. »Es ist verrückt, ich kann immer noch nicht an jene Nacht denken, ohne dass es wehtut.«

Ich schloss die Augen. Mir war übel, denn nun wurde mir bewusst, dass Timo mich nur aus einem Grund zum See gebracht hatte. Er wollte, dass Benjo uns folgte. Das war seine Rache für die Ohrfeige, die ihm sein jüngerer Bruder verpasst hatte. Was er mir damit antat, war egal. Ich war für ihn nichts weiter als ein Mittel zum Zweck … Wütend wischte ich die salzige Träne fort, die mir über die Wange rollte.

Mit dem Zeigefinger zog Benjo die feuchte Linie nach. »Am nächsten Tag wollte er mir die Aktion als brüderliche Fürsorge verkaufen. Von wegen, er hätte mir nur zeigen wollen, wie du wirklich bist. Er behauptete, du hättest gewusst, dass ich euch gefolgt war, und die Gelegenheit eiskalt ausgenutzt, um mir zu demonstrieren, wie hoffnungslos meine Gefühle für dich waren.«

BITTE WAS? Ich fuhr zornig auf, doch Benjo hielt mich zurück, indem er meinen Arm sanft herunterdrückte.

»Ich habe ihm nicht geglaubt, Anna. Trotzdem. Es änderte nichts an der Tatsache, dass du in ihn verliebt warst und nicht in mich. Und dass ich das auf diese Weise erfahren musste.«

Ich senkte den Blick. »Ich weiß«, sagte ich leise. »Dabei liebte ich ihn nicht einmal. Nicht richtig.«

Eine Weile waren nur unsere Atemgeräusche zu hören. So viel Schmerz, so viel Kummer lag in ihnen. Irgendwann sah ich auf. Benjos Gesichtszüge verschwammen im Dämmerlicht.

»Hast du deshalb nie mit mir gesprochen?«, fragte ich. »Weil du wütend warst?«

Benjo ließ sich Zeit. Als er antwortete, klang seine Stimme belegt. »Am Anfang schon. Aber selbst mir wurde irgendwann klar, dass du nichts für deine Gefühlte konntest. Ich meine, wer hätte sich schon freiwillig in *Timo* verliebt?« Er lächelte schief. »Jedenfalls beschloss ich eines Tages, dass ich genug geschmollt hatte. Schön, du hattest mir von deinen Gefühlen nicht erzählt, aber das hätte ich an deiner Stelle vermutlich auch nicht getan. Wir redeten immerhin von meinem Bruder …«

Vor Überraschung setzte ich mich auf und sah ihn mit großen Augen an. »Du wolltest dich mit mir vertragen? Aber wieso bist du nicht auf mich zugekommen?«

Sein Blick fixierte einen Punkt hinter mir. »Es ging einfach nicht. Ich sah dich am Tag nach den Sommerferien an unserem Platz in der ersten Reihe sitzen, und es brachte mich schier um. Du schriebst irgendetwas. Du hattest den Kopf geneigt, und die Sonne schien auf dein Haar und brachte es zum Leuchten. Ich wollte zu dir gehen, mich neben dich setzen, fragen, ob du noch mit mir befreundet sein wolltest, aber meine Füße gehorchten mir nicht.« Er schluckte. »Ich machte auf dem Absatz kehrt, rannte zur Toilette und heulte Rotz und Wasser. Als ich wieder herauskam, lief mir Annika über den Weg, und ich bettelte sie an, ihren Platz mit mir zu tauschen.« Er sah mich an und lächelte traurig. »Und dann warst du plötzlich fort. Ich habe bestimmt tausend Briefe an dich angefangen … aber nicht einen abgeschickt. Ich habe mich so geschämt.«

»Wenn ich gewusst hätte …« Ich brach ab, konnte nicht weitersprechen. Die Tränen strömten jetzt nur so über meine Wangen, tropften von meinem Kinn auf die Bettdecke. Benjos Geständnis wühlte so viele Emotionen in mir auf. Wir hatten so viele Jahre vergeudet. Weil sein Bruder es nicht geschafft hatte, seinen verletzten Stolz hinunterzuschlucken. Ausgelöst durch eine Ohrfeige, die er sich selbst zuzuschreiben hatte. Stattdessen hatte er einen Plan ersonnen, um Benjo dort zu treffen, wo er am verletzlichsten war. In seiner Liebe zu mir.

Andererseits … hätte ich Benjo rechtzeitig von meinen Gefühlen für Timo erzählt, wäre es vermutlich niemals zu jener Nacht gekommen. Benjo wäre ein paar Tage verstimmt gewesen, doch schließlich hätten wir uns wieder vertragen. Meine Verliebtheit in Timo wäre mit der Zeit abgeklungen und alles wäre wie früher gewesen. Wobei, vielleicht nicht ganz. Vielleicht hätte ich auch damals schon meine Gefühle für Benjo entdeckt. Vielleicht wären wir längst verheiratet und hätten Kinder …

Meine Gedanken überschlugen sich. Es hatte so viele Gelegenheiten gegeben, das Ruder herumzureißen, und wir hatten sie alle verpasst. Wenn ich nur nicht die Schule gewechselt hätte … Wenn Benjo nur einen seiner Briefe an mich abgeschickt hätte, anstatt sie zu zerreißen …

Benjos Gesicht war ebenfalls tränenüberströmt. Er beugte sich vor und küsste mich zart auf die Lippen. »Lass uns von jetzt an alles richtig machen, Anna.« Er zog mich in seine Arme und drückte mich an sich, als wollte er mich nie wieder loslassen.

»Kein Schweigen mehr?«, schniefte ich an seinem Hals.

»Nie mehr«, kam es erstickt zurück.

Ich schlang meine Arme um seinen Nacken. Seine Haut fühlte sich feucht an und fiebrig heiß. »Und kein Fortlaufen«, sagte ich und lachte und weinte gleichzeitig.

Irgendwann fielen wir schließlich in einen erschöpften, aber glücklichen Schlaf.

***

Plötzlich wurden wir von einem lautem Gepolter geweckt. »Jemand zu Hause?«, dröhnte eine tiefe Stimme aus dem Erdgeschoss. Benjo war sofort hellwach. »Das ist Hannes.«

Mit einer schnellen Bewegung schlüpfte er aus dem Bett. Ich zog mir die Bettdecke bis zur Nase und sah ihm zu, wie er sich innerhalb von Sekunden anzog. »Hannes?«, flüsterte ich erschrocken. »Was macht der hier? Sollte er nicht in London sein und seine Hochzeit mit Winnie vorbereiten?«

Benjo hob in einer Geste komischer Verzweiflung die Schultern. »Das werden wir gleich herausfinden.«

Ich lauschte seinen Schritten auf der Treppe, bis sie nicht mehr zu hören waren.

Als ich zehn Minuten später ins Wohnzimmer stolperte, erwartete mich die nächste Überraschung. Zwischen Benjo und dem großen, gut aussehenden Mann, den ich von dem Foto aus dem Arbeitszimmer kannte, saß … *Louise.*

»Ich muss mich setzen«, sagte ich.

Nachdem Hannes jedem von uns ein Glas Cognac eingegossen hatte, erzählte er, dass ihm Benjos Worte nach dem Telefonat nicht mehr aus dem Kopf gegangen waren. Er lächelte mich beschämt an. »Verstehen Sie mich nicht falsch, meine Liebe, aber ich hatte bis dahin noch nichts von Ihnen gehört. Also setzte ich mich hin und googelte Ihre Agentur.«

Was er gelesen hatte, hatte ihn äußerst nachdenklich gestimmt. Versuchsweise gab er Louises Namen in den Rechner ein, und wenige Minuten später hielt er ihre Anschrift in Zürich in der Hand. »Ich saß vor dem PC und überlegte. Stundenlang, wie es mir vorkam. Zu dem Zeitpunkt glaubte ich nicht wirklich daran, dass diese Frau, die ich noch nie gesehen hatte, die Liebe meines Lebens sein sollte. Doch ich wollte die Sache auch nicht einfach auf sich beruhen lassen. Ich musste mich mit eigenen Augen davon überzeugen, dass es Humbug war. Schließlich stand ich kurz vor meiner Hochzeit und wollte meine Ehe nicht mit einem Zweifel beginnen, auch wenn dieser noch so klein war. Das war ich meiner

Verlobten schuldig. Ich erklärte Winnie, ich hätte noch eine Überraschung für unsere Hochzeit vorzubereiten, und setzte mich in den nächsten Flieger.«

»Und dann stand er plötzlich vor meiner Tür«, nahm Louise den Faden auf. »Ich dachte erst, er hätte sich in der Adresse geirrt, schließlich kannte ich ihn nicht.« Sie strich über seine Hand und lächelte auf eine Weise, wie ich es noch nie bei ihr gesehen hatte.

Hannes erwiderte ihr Lächeln und küsste sie auf die Wange. »Ich wollte sie nur einmal anschauen und mich dann auf den Weg zurück machen. Schließlich wollte ich mir nicht irgendwann eingestehen müssen, den Fehler meines Lebens gemacht zu haben. Doch dann sahen wir uns in die Augen, und ich vergaß, dass ich eigentlich direkt wieder gehen wollte.« Er legte einen Arm um sie und zog sie an sich.

»Und Winnie?« Es war das erste Mal, dass sich Benjo zu Wort meldete.

Hannes winkte ab. »Ich habe sie angerufen. Sie wird darüber hinwegkommen. Eigentlich kann sie sogar froh sein. Ich hätte sie nie so lieben können, wie ich Louise liebe, und Winnie ist nicht die Frau, die sich mit einer Rolle als Zweitbesetzung zufriedengeben würde.«

Ich schlug die Augen nieder. Diese plötzliche Gleichgültigkeit dem früheren Partner gegenüber hatte ich schon häufiger erlebt. Das war auch ein Grund, warum ich meinen Klienten nur ein Foto und den Namen gab. Benjo hatte nicht ganz unrecht. So konnte ich wenigstens versuchen, mir einzureden, dass ich an den weiteren Entwicklungen keinen Anteil hatte …

»Und was habt ihr jetzt vor?«, fragte Benjo. Hannes und

Louise sahen sich an und kicherten wie Schulkinder. »Wir haben nicht die geringste Ahnung«, sagte Louise.

»Aber morgen fliegen wir erst mal nach Paris«, ergänzte Hannes.

Benjo gab mir mit einer Handbewegung zu verstehen, dass ich ihm nach draußen folgen sollte. »Entschuldigt uns bitte für einen Moment.« Im Flur legte er seine Hände auf meine Schultern und sah mich an.

»Du meine Güte«, flüsterte er. »Sind die Paare, die du zusammenbringst, alle so?«

Ich verzog das Gesicht. »Das sind noch nicht einmal die schlimmsten.«

Er lächelte spitzbübisch. »Da könntest du recht haben«, sagte er und gab mir einen langen Kuss.

»Hab ich etwas verpasst?«

Benjo und ich fuhren auseinander, als wären wir Teenager, die von ihren Eltern beim Knutschen hinter dem Autoscooter ertappt wurden.

Louise sah von mir zu Benjo und grinste. »Das wurde aber auch Zeit«, sagte sie. »Kann mir bitte jemand zeigen, wo die Toilette ist?«

***

Nach dem Abendessen wollten Hannes und Louise direkt ins Bett. Weil sie morgen in aller Frühe den Flieger nach Paris kriegen mussten, sagte Louise und errötete.

Hannes klopfte Benjo zum Abschied auf den Rücken. »Danke, mein Junge. Für alles. Und bleib ruhig erst mal im Cottage.« Er warf Louise einen verträumten Blick zu. »Ich könnte mir vorstellen, dass wir ein bisschen länger unterwegs sind. Rom und Venedig sind schließlich auch immer eine Reise wert.« Er musterte uns, wie wir Hand in Hand im Flur standen. »Weiß meine Nichte eigentlich von euch?«, fragte er, und als Benjos Gesichtsausdruck starr wurde, zuckte er nur mit den Achseln, warf sich eine quietschende Louise über die Schulter und machte sich unter lautem Ächzen an den Aufstieg nach oben.

»Warum sollte seine Nichte von uns wissen?«, fragte ich Benjo betont beiläufig, nachdem die beiden verschwunden waren.

Er zog mich ins Wohnzimmer, drückte mich auf die Couch und sah zu mir herunter.

»So schlimm?« Eine unbestimmte Angst hatte von mir Besitz ergriffen.

»Überhaupt nicht«, sagte er schnell und setzte sich neben mich. Er nahm meine Hand und betrachtete sie. »Sara und ich haben uns über Christian kennengelernt«, sagte er und zeichnete die Linien auf der Innenfläche meiner Hand nach. »Er hat mich bei einem Job besucht und brachte sie mit. Sie blieb. Wir waren ein knappes Jahr zusammen, dann war es vorbei.« Er hob den Kopf und sah mich an. »Glaub mir, es hat keine Bedeutung. Und außerdem ist es schon länger her.«

»Wie viel ist ›länger her‹?«, erkundigte ich mich.

Benjo schien einen Augenblick abzuwägen, ob er mir wirklich die Wahrheit sagen sollte. »Fünf Monate«, sagte er dann.

Ich stieß die Luft aus, die ich unwillkürlich angehalten hatte. »Das ist aber nicht besonders lange«, sagte ich und verschränkte die Arme vor der Brust.

»Lange genug. Komm schon, Anna, hör auf damit.«

»Womit?«

Benjo lachte und gab mir einen Kuss auf die Nase. »Eifersüchtig zu sein. Erstens hast du keinen Grund dazu, und zweitens … hast du keinen Grund dazu.«

Ich grummelte noch ein bisschen vor mich hin, aber nach dem dritten Kuss legte ich meine Hände um seinen Nacken, und wir sanken zusammen auf das Sofa.

***

Die nächsten Tage kamen mir wie in einem Traum vor. Viel zu schön, um wahr zu sein. Ab und an bat ich Benjo, mich zu kneifen, was er mit diebischer Freude tat. Es war inzwischen nicht mehr ganz so kalt draußen, und es regnete häufig. Der Himmel war grau in grau, und der blendend weiße Schnee hatte sich in hässlichen Matsch verwandelt. Doch das störte uns nicht. Wenn es draußen stürmte und hagelte und der Wind ächzend um das Cottage blies, war es drinnen umso gemütlicher. Wir waren wie berauscht von der Nähe des anderen, konnten nicht voneinander lassen, nicht einmal aneinander vorbeigehen, ohne einander zu berühren.

Wir verließen das Cottage nur einmal, um meinen Wagen zu holen, ansonsten blieben wir im Haus, zündeten Kerzen an, kochten zusammen, spielten Brettspiele vor dem Kamin, lasen uns gegenseitig aus Büchern vor, redeten über Gott und die Welt, blätterten in dem Fotoalbum, das Benjo vor zwanzig Jahren für mich gemacht hatte, und kicherten und alberten herum wie früher. Die Zeit mit Benjo wurde die glücklichste Zeit meines Lebens. Doch an diesem einen späten Abend sollte sie ein plötzliches Ende nehmen.

Draußen ging die Welt unter, grelle Blitze zuckten über

den nachtschwarzen Himmel, und wir saßen im Wohnzimmer und spielten Monopoly, als Benjo eine beiläufige Bemerkung über seinen Verlag machte. Ich spürte, wie mir mit einem Mal alle Farbe aus dem Gesicht wich. »Wir haben den Abgabetermin vergessen«, keuchte ich und ließ vor Schreck die Würfel fallen.

Benjo fing sie mit einer geschickten Bewegung auf, bevor sie über den Tisch rollen konnten. Dann schüttelte er den Kopf und lächelte. »Haben wir nicht, ich habe die Geschichte noch rechtzeitig gemailt.«

Betroffen schaute ich ihn an. »Ohne mir etwas zu sagen?«

Ein zärtlicher Ausdruck trat auf sein Gesicht. »Du hast schon geschlafen, mein Schatz.«

Ich sprang erregt auf. »Das ist doch kein Grund! Du *wusstest,* dass ich die Geschichte vorher hören wollte! Du wolltest sie mir vorlesen!«

Benjo hob verwundert beide Augenbrauen. Mein plötzlicher Gefühlsausbruch hatte ihn überrumpelt. »Tut mir leid, Anna. Es ist so viel passiert, da erschien mir das alles auf einmal nicht mehr so wichtig. Und ich dachte, es geht dir genauso, weil du nicht mehr danach gefragt hast.« Er schüttelte den Kopf. »Aber das ist doch auch egal. Ich les sie dir einfach jetzt vor. Warte, ich gehe schnell ins Arbeitszimmer und hole sie.«

»DAFÜR IST ES JETZT ZU SPÄT!« Die Gedanken in meinem Kopf gingen wild durcheinander. In meiner Panik sah ich Frau Richter vor mir, wie sie in ihrem Büro am Schreibtisch saß, vor ihr Benjos Text, und mit gerunzelter Stirn zum Telefonhörer griff. *Wollen Sie mich auf den Arm nehmen, Frau Kronenberg?*, hörte ich sie sagen. *Die Geschichte kann unmöglich aus Ihrem Repertoire stammen. Wenn Sie Herrn*

Kürten nicht überzeugen können, die Erlebnisse Ihrer Klienten aufzuschreiben, müssen wir einen anderen Autor finden. Ich atmete hektisch ein und aus.

Benjo, der schon halb aufgestanden war, setzte sich wieder. »Anna«, sagte er und runzelte die Stirn. »Was ist nur los mit dir? Gibt es irgendetwas, das du mir sagen möchtest?«

Ich biss mir auf die Unterlippe und sah stumm aus dem Fenster. Mir war schlecht, und mein Herz hämmerte so heftig gegen meine Rippen, dass ich dachte, sie müssten dem Druck nachgeben und zerbersten. Beinahe sehnte ich mich danach, es wäre das kleinere Übel gewesen. Ich holte tief Luft und wandte mich zu ihm um. »Der Wettbewerb«, sagte ich mit belegter Stimme. »Er existiert nicht. Ich habe dich die ganze Zeit belogen.«

Benjo sah zu mir hoch. Eine kleine Falte erschien über seiner Nasenwurzel. »Ich verstehe nicht ... du hast doch gar nichts damit zu tun.«

Ich stieß den Atem aus. »Doch«, sagte ich. »Das habe ich.«

Sein Blick glitt über mein Gesicht, unsicher, verwirrt. »Wie das?«, fragte er leise.

Ich sah zu Boden, musterte meine Füße, die in dicken grauen Wollsocken steckten. »Dein Verlag ist auf mich zugekommen.«

Benjo stieß einen überraschten Laut auf. »Milford & Behrends ist auf *dich* zugekommen?«

Ich nickte unglücklich. »Die Einsendungen waren angeblich nicht zu gebrauchen, das Projekt drohte zu scheitern. Da riefen sie in der Agentur an.« Wieder atmete ich tief durch. »Mir gegenüber wurde erst einmal kein Wettbewerb erwähnt, nur, dass der Verlag meine Geschichten wollte.« Ich schluckte mühsam und presste meine Fingernägel so fest in die Handballen, dass es schmerzte.

»Und dann?«, fragte Benjo, seine Stimme kaum mehr als ein Flüstern.

»Ich habe gesagt, dass ich nicht zur Verfügung stünde.« Ich sah auf, begegnete seinem Blick.

Weiter, forderte er.

Trotz der Wärme im Raum war mir plötzlich kalt, und ich schlang die Arme um meinen Oberkörper. »Dann habe ich dich getroffen. Du hast mir von dem Wettbewerb erzählt. Von deinem Wunsch, Schriftsteller zu werden. Du warst so voller Sehnsucht, damals, im Restaurant.« Ich brach ab und lächelte hilflos.

Benjo schloss die Augen. »Und da dachtest du dir, du hilfst ein bisschen nach.« Er öffnete die Augen und fixierte mich. »Wie wolltet ihr es anstellen?«, fragte er tonlos. »Sollte ich glauben, dass ich den Wettbewerb gewinne? Dass ich deswegen den Auftrag für das Buch bekomme?«

Irgendwie brachte ich ein Nicken zustande. Benjo fuhr sich mit den Händen über das Gesicht, dann stand er auf und blickte müde auf mich herab. »Und der Preis war, dass ich *deine* Geschichten aufschreibe.« Seine Worte waren nicht als Frage formuliert, und ich beschämte ihn nicht mit einer Antwort. Er sah mich weiter an. »Ich habe dir gesagt, dass ich das nicht will«, sagte er ruhig. »Was hast du gedacht? Dass ich meine Meinung ändere, wenn du mir nur genügend von deinen Briefen vorliest?«

Ich presste mir eine Hand vor den Mund. Mir war jetzt so übel, dass ich glaubte, mich übergeben zu müssen.

»Und wenn ich meine Meinung nicht geändert hätte, Anna?«, fuhr er fort. »Wenn ich darauf bestanden hätte, meine eigenen Geschichten zu schreiben? Was hättest du getan? Sie für deine ausgegeben?«

Ich sah zu Boden. »Ich wollte, dass du glücklich bist.«

Er sog scharf die Luft ein. »Dass ich *glücklich* bin? Du denkst, *das* hätte mich glücklich gemacht?« Sein Gesicht war jetzt so nah an meinem, dass ich seinen warmen Atem auf meiner Haut spüren konnte.

Es tut mir so leid, versuchte ich zu sagen, doch dann sah ich in seine Augen, und die Worte blieben mir im Hals stecken. Da war keine Wärme mehr in ihnen. Nicht das geringste Gefühl für mich. Ich begann zu zittern. Eiskaltes Wasser schlug über mir zusammen und nahm mir den Atem. Und als ich dachte, es könnte nicht mehr schlimmer werden, sah mich Benjo ein letztes Mal an, öffnete die Haustür und verschwand wortlos in der stürmischen Nacht.

20

Benjo kam nicht zurück. Ich wartete, bis der Morgen anbrach, dann packte ich meine Sachen. Ich konnte kaum etwas erkennen, weil meine Augen geschwollen waren und ich nicht aufhören konnte zu weinen. Es war noch keine Woche her, da hatten Benjo und ich uns etwas versprochen. *Kein Schweigen mehr, kein Fortlaufen.* Und nun war es genau das, was eingetreten war. Ich sah mich ein letztes Mal um, dann öffnete ich die Haustür und ging durch den kalten Schneeregen zu meinem Wagen.

Ich schaffte es nicht hinauf in meine Wohnung. Ich saß in meinem Wagen in der Tiefgarage, stundenlang, wie mir schien, und weinte und weinte, bis keine Tränen mehr kamen. Dann ließ ich den Motor wieder an und überfuhr beinahe einen Fußgänger, der an der Ausfahrt vorbeilief, als mein Wagen mit einem wütenden Satz heraussprang. Im Rückspiegel konnte ich sehen, wie er mir hinterherschrie, die Faust drohend in die Luft gereckt. Ich stellte das Radio auf volle Lautstärke und fuhr davon.

Schneeregen platschte gegen die Windschutzscheibe und wurde von den Scheibenwischern hin- und hergeworfen, bis sich an den Seiten schmutzig grauer Matsch gebildet hatte.

Obwohl es erst früher Vormittag war, war es draußen so dunkel, dass ich die Scheinwerfer anstellen musste. So fuhr ich eine Weile umher, dachte nicht, fühlte nicht, blickte nur stoisch geradeaus.

Auf einmal bemerkte ich, dass mir die Straße, in der ich mich befand, vertraut vorkam. Ohne mir dessen bewusst zu sein, hatte ich den Weg zu Rita und Elisabeth eingeschlagen. Mich überkam eine bleierne Müdigkeit. Ich parkte am Seitenrand, stellte den Motor aus und presste meine Stirn gegen das Lenkrad.

Irgendwann klopfte es am Fenster. Ich hob den Kopf und blickte in die Augen von Elisabeth, die mich durch die Scheibe hindurch besorgt anschaute. Hinter ihr konnte ich Rita ausmachen, die einen roten Regenschirm über ihrem Kopf hielt. Ob sie mich aus dem Fenster ihrer Wohnung gesehen hatten? Kraftlos nestelte ich am Griff, bis die Tür einen Spalt aufsprang. Mit einem leisen Fluch drückte Rita ihrer Freundin den Schirm in die Hand, schob sich zu mir durch und öffnete meinen Gurt. Wie eine Ertrinkende klammerte ich mich an ihr fest.

Wieder saß ich auf dem Sofa im Wohnzimmer, vor mir einen Becher mit starkem süßen Tee, der so heiß war, dass ich mir mit dem ersten Schluck die Zunge verbrannte. Ich wünschte mir so sehr, die alte Dame wäre ebenfalls da. Ihre Abwesenheit empfand ich wie einen körperlichen Schmerz.

»Ach Kindchen«, murmelte Elisabeth und strich mir sanft über den Rücken. »Was ist denn bloß passiert?«

»Er ist weg«, sagte ich mit brechender Stimme. »Ich liebe ihn. Und jetzt ist er weg.« Ich sah von ihr zu Rita und presste mir die Faust vor den Mund. Meine Schultern begannen zu beben, und schon liefen mir erneut die Tränen über das Gesicht, tropften meinen Hals hinunter und in meinen Ausschnitt.

»Das hält ja kein Mensch aus«, sagte Rita und stand auf. »Geben Sie mir seine Nummer. Ich ruf ihn jetzt an.«

»NEIN!« Mein erschrockener Schrei gellte durch den Raum.

Rita blieb stehen und hob beide Hände. »Okay«, sagte sie langsam und setzte sich wieder. »War ja nur eine Idee.«

Mein Körper, der sich für eine Sekunde gespannt hatte, sackte erneut in sich zusammen. Elisabeth zog ein spitzenbesetztes Taschentuch aus dem Ärmel ihrer Bluse und reichte es mir. »Ich werde es schmutzig machen«, heulte ich.

Elisabeth lächelte mich liebevoll an. »Dann werde ich es waschen.«

Durch einen Tränenschleier nahm ich das Tuch entgegen und schnäuzte mich geräuschvoll. Dann hob ich das Kinn. »Ich habe ihn hintergangen«, flüsterte ich mit erstickter Stimme. »Ich habe Benjo hintergangen.«

Rita sah mich aufmerksam an. »Wie das?«

Ich schluckte schwer und sah von einer zu anderen. »Versprechen Sie mir, dass Sie mich noch gernhaben, wenn ich es Ihnen erzähle?«

Elisabeth unterdrückte ein Lächeln. »Meine liebe Anna, natürlich. Verraten Sie uns, was Sie bedrückt. So schlimm wird es schon nicht sein.«

Mit einem Laut, der beinahe an Enttäuschung grenzte, ließ sich Rita zurück in die Kissen fallen. »Du meine Güte. Und ich dachte schon, Sie hätten etwas *Schlimmes* angestellt.«

Sosehr ich Rita mochte, als moralische Instanz erschien

sie mir nicht geeignet, und so sah ich voller Sorge zu Elisabeth. Sie lächelte, was ich als gutes Zeichen wertete. Vielleicht war ich doch kein so schlechter Mensch, wie ich glaubte.

»Wie ich das sehe, haben Sie einen Fehler gemacht«, sagte sie und wackelte bedächtig mit dem Kopf. »Aber Sie haben aus Freundschaft gehandelt. Aus Liebe. Und deshalb wird er Ihnen verzeihen.«

Mein Herz machte einen Satz. »Meinen Sie?«, fragte ich hoffnungsvoll.

»Ich bin mir ganz sicher.«

Ich sah zu Rita. »Und was glauben Sie?«

Sie unterdrückte ein Gähnen. »*Ich* glaube, dass er inzwischen längst wieder im Cottage sitzt und sich fragt, wo Sie bleiben.«

Elisabeth hielt sich erschrocken die Hand vor den Mund. »Sie hat recht. Schnell, Sie müssen ihn anrufen. Bestimmt macht sich der arme Junge schon Sorgen.«

Eine Sekunde lang saß ich da wie versteinert. Dann griff ich nach meiner Tasche, so schnell, dass sie aus meinen Händen glitt und sich der Inhalt über den Boden verstreute. Mit fliegenden Fingern stopfte ich alles wieder zurück, bis nur noch das Handy auf dem Teppich lag. Ich betrachtete das dunkle Display und runzelte die Stirn. »Es ist aus«, sagte ich, an niemand Bestimmten gewandt. Ich hatte kaum die letzte Ziffer des Pin-Codes eingegeben, als auch schon ein Piepen ertönte. Und dann noch eins und noch eins. Mich durchströmte eine solche Erleichterung, dass mir schwindelig wurde. »Er hat versucht mich anzurufen!«, rief ich. »Fünfmal. Hier!« Ich hielt den beiden Frauen, die sich einen lächelnden Blick zuwarfen, mein Handy unter die Nase. »Und eine Nachricht hat er auch geschrieben.« Mit zitternden Fingern rief ich den Text auf. *»Anna, wo bist du?«*, las ich laut vor. *»Komm zurück, ich bin nicht ich selbst, wenn du nicht bei mir bist.«*

Eine halbe Stunde später erreichte ich das Cottage. Ich brauchte einen Augenblick, um mich zu sammeln. Schließlich atmete ich tief durch und stieg aus. Gebückt und meine Tasche als Regenschutz über den Kopf gestemmt, rannte ich los. Die Tür öffnete sich in dem Moment, als ich auf den Klingelknopf drücken wollte. Und dann stand er wieder vor mir. Benjo.

Wir sahen uns an. Im nächsten Augenblick lagen wir uns in den Armen und küssten uns, immer und immer wieder. Seine Lippen trafen meine Wange, meine Nase, meinen Mund. Dann zog er mir die nasse Jacke aus, hob mich hoch, schloss die Tür mit dem Fuß und trug mich hinauf ins Schlafzimmer.

***

Es war mitten in der Nacht. Der Mond tauchte das Zimmer in ein stilles, silbriges Licht. Ich lag auf der Seite und betrachtete Benjo, der ruhig und gleichmäßig atmete. Er lächelte im Schlaf. So hinreißend, dass es mir den Atem raubte. Ich strich mit dem Finger über seine Lippen. Ganz vorsichtig, um ihn nicht zu wecken.

Dann beugte ich mich vor und schnupperte an seinem Hals, roch seinen vertrauten Duft, nach Sonne und Regen und frischer Wäsche, die im Wind trocknete. Ich schlug die Decke ein Stück zur Seite, fuhr von seiner Brust abwärts zu seinem Bauch, bewunderte die glatte Haut, die straffen Muskeln. Ich drückte ihm einen Kuss auf den Bauchnabel und deckte ihn wieder zu. Dann legte ich mich so dicht neben ihn, dass sich unsere Schultern berührten. »Ich liebe dich«, flüsterte ich in die Stille hinein.

***

Am nächsten Morgen saßen wir beim Frühstück, Benjo in Boxershorts, ich in seinem grauen T-Shirt, das mir viel zu groß war und bis über den Po reichte. Ohne ein Wort zueinander zu sagen, hatten wir uns zusammen auf die Bank gekuschelt, so eng, dass unsere Arme und Beine bei jeder Bewegung aneinanderrieben. Schließlich war es Benjo, der den Anfang machte. »Ich war so wütend letzte Nacht«, bekannte er und schüttelte den Kopf. »So sehr, dass ich wie ein Wahnsinniger zum Verlag gerast bin.« Ein schiefes Lächeln zupfte an seinen Mundwinkeln. »Ein Glück, dass es noch Stunden dauerte, bis er aufmachte. Als Frau Richter kam, hatte ich mich wieder im Griff.«

Kleinlaut strich ich über seine Wange und spürte blonde Bartstoppeln unter meinen Fingern. »Warst du denn gar nicht böse auf mich? Ich meine, Frau Richter kennt dich kaum, sie hat nur ihren Job getan.«

Benjo griff nach meiner Hand und hielt sie an seiner Wange fest. »Doch«, räumte er ein. »Das war ich. Anfangs.« Er holte tief Luft. »Aber sobald ich wieder klar denken konnte, war es Sara, die ich am liebsten gepackt und geschüttelt hätte.«

Ich runzelte die Stirn. »Du warst wütend auf … *deine Exfreundin*?« Selbst in meinen Ohren klang meine Stimme fremd.

Benjo antwortete nicht sofort. Er schloss kurz die Augen.

Als er sie wieder öffnete, wirkten sie unnatürlich dunkel, beinahe schwarz. »Ja«, sagte er. »*Sie* war der Grund, warum ich an dem Wettbewerb teilnehmen wollte.«

Mir entfuhr ein überraschter Laut, und er streichelte abwesend mit dem Daumen über meine Hand. Dann fuhr er fort, mit seinen Gedanken an einem Ort, zu dem ich keinen Zugang hatte. »Sie liebte mich«, sagte er. »Doch sie hasste, was ich tat. Das Reisen, die Unterkünfte, die Menschen um uns herum. Einfach alles.« Seine Hand schloss sich fester um meine, zerquetschte sie fast, doch ich zog sie nicht zurück. »Sie wollte, dass ich meine Arbeit aufgebe. Aufhöre, *Indiana Jones zu spielen,* wie sie es nannte. Stattdessen sollte ich mit ihr zurück nach Deutschland gehen und mir einen *vernünftigen* Job suchen. Sesshaft werden.« Er lachte auf, ohne eine Spur von Humor. »Als ich ihr erklärte, dass das nicht infrage käme, schrie sie mich an. Sie sagte, ich wäre ein kleiner Junge, der vom wirklichen Leben davonliefe, der Angst davor hätte, Verantwortung zu übernehmen. Der blind wäre und gelähmt vor der Furcht zu scheitern. Und irgendwann, als wir müde waren vom vielen Streiten, sah sie mich ganz ruhig an und sagte: *Du kannst es wirklich nicht, Benedikt, nicht wahr? Etwas anderes, als in Zelten zu schlafen und darüber zu schreiben?*«

Er blinzelte ein paarmal. Sein Griff lockerte sich, und seine Augen, jetzt wieder hell und warm, glitten Halt suchend über mein Gesicht. Als sie ihn fanden, seufzte er. »Dann drehte sie sich um und ging. Doch es war zu spät. Ich hatte begonnen zu zweifeln. Mich zu fragen, ob sie recht haben könnte.« Er führte meine Hand zu seinen Lippen und drückte einen Kuss auf die Innenfläche.

Ich betrachtete sein weizenblondes, zerstrubbeltes Haar,

und ein Gefühl der Zärtlichkeit durchflutete mich, so überwältigend, dass ich glaubte, mein Herz müsste zerspringen. »Deshalb der Wettbewerb«, flüsterte ich. Deshalb sein Wunsch, das Buch zu schreiben. Um sich und der Welt und vielleicht auch Sara zu beweisen, dass er kein kleiner Junge war, der nicht erwachsen werden wollte.

Benjo sah mich an und lächelte verlegen. »Bescheuert, oder?«

Ich schüttelte heftig den Kopf. »Das finde ich überhaupt nicht.« Ich schluckte. »Und was denkst du jetzt?«, fragte ich, plötzlich besorgt. »Über … das alles?« Ich machte eine ausholende Bewegung mit dem Arm.

Benjo biss sich auf die Unterlippe und lächelte. Dann umfasste er mein Gesicht mit seinen Händen und sah mir fest in die Augen. »Ich denke, dass mein Zuhause da ist, wo du bist, Anna.« Er zog mich an sich, und seine Lippen streiften unendlich zart über meine. »Und dass es vollkommen egal ist, was ich tue, solange du nur bei mir bist.« Wir küssten uns, und es fühlte sich so an, als wäre mein Herz nicht groß genug, um all die Liebe und das Glück zu fassen, das ich in diesem Augenblick empfand.

Nachdem sich unsere Lippen voneinander gelöst hatten, saßen wir noch eine Weile eng umschlungen zusammen und hingen unseren Gedanken nach. Draußen prasselte der Regen gegen die Fensterscheiben. Es war mir unbegreiflich, wie Sara, wenn sie ihn geliebt hatte, all diese Dinge zu ihm hatte sagen können. Andererseits … sie hatten bewirkt, dass er an dem Wettbewerb teilnahm. Bis zu dem Zeitpunkt hatte sich Benjo keine Gedanken darüber gemacht, ob das Leben noch etwas anderes für ihn bereithielt. Er war mit seinem Leben zufrieden gewesen, zufrieden damit, über Orte zu schreiben, die Tausende Kilometer entfernt im Nirgendwo lagen. Sosehr ich Sara verübelte, wie sie Benjo behandelt hatte … wenn sie keine Zweifel in ihm geweckt hätte, wäre er nicht auf die Idee gekommen, sein Talent als Schriftsteller auf die Probe zu stellen und es wäre nie zu der Vereinbarung zwischen seinem Verlag und mir gekommen.

»Was denkst du gerade?«, murmelte Benjo und drückte mir einen schläfrigen Kuss auf den Scheitel.

Ich schmiegte mich an ihn. »Dass wir ohne den Wettbewerb vielleicht niemals zueinandergefunden hätten.«

Benjo wandte den Kopf und sah mich ernst an. »Anna, es war um mich geschehen in der Sekunde, in der ich dich wiedergesehen habe.« Mit einer zärtlichen Bewegung strich er mir eine Strähne hinter das Ohr. »So oder so, ich hätte dich nicht noch einmal entwischen lassen.«

Ein warmes Gefühl breitete sich in meinem Bauch aus und wanderte von dort aus durch meinen gesamten Körper, bis ich meinte zu schweben. »Dann ist es ja gut«, murmelte ich und legte meinen Kopf an seine Schulter.

Irgendwann rappelten wir uns auf, um die Küche aufzuräumen. »Wie ging es eigentlich mit Frau Richter weiter?«, erkundigte ich mich, während ich mit lautem Geklapper die Teller in der Spülmaschine verstaute. Wie man es auch drehte und wendete, Benjo hatte keine meiner Geschichten beim Verlag eingereicht, sondern seine eigene, und für etwas anderes stand er auch nicht zur Verfügung. Wenn Frau Richter das nicht bereits beim Lesen seines Textes begriffen hatte, dann wusste sie es spätestens jetzt. Damit war der Wettbewerb, der sowieso nur noch auf dem Papier bestanden hatte, nicht mehr existent. Benjos Geschichte verschwand im Nirwana, und mir blieb keine andere Wahl, als mit einem anderen Autor zusammenzuarbeiten. Allein bei dem Gedanken verspürte ich ein schmerzhaftes Unwohlsein im Magen.

Benjo, der mit dem Rücken gegen den Kühlschrank lehnte, verzog das Gesicht. »Irgendwann kam sie. In ihrem weißen Mantel und der Sonnenbrille im Haar, obwohl es wie aus Eimern schüttete.«

Angespannt richtete ich mich auf. »Und dann?«

Er verschränkte die Arme vor der Brust. »Als sie mich sah, lächelte sie mich an und sagte: *Kommen Sie, Herr Kürten, wir gehen in mein Büro, dort können Sie so viel rumschreien und Krach machen, wie Sie wollen.*« Er begann zu grinsen. »Sie hat mir damit ziemlich den Wind aus den Segeln genommen. Sie hat sogar Tee und Kekse kommen lassen. *Sie dürfen mir gerne die Meinung sagen,* hat sie gesagt, *aber zuerst rede ich.* Und weil ich so verdattert war, setzte ich mich hin und hörte zu.« Sein Lachen vertiefte sich. »Und dann hat sie mir von eurem Plan erzählt und von deinen vielen Bedenken. Und was für eine tolle Frau du seist und dass ich mich sehr glücklich schätzen könnte, dich in meinem Leben zu wissen.«

»Tatsächlich?«, fragte ich erstaunt. Dann hielt ich inne und runzelte die Stirn. »Warte mal, das klingt ja so, als hätte sie dich fast schon erwartet.«

Benjo lachte. »So war es irgendwie auch. Sie hatte meine Geschichte gelesen und wusste, dass du mir früher oder später die Wahrheit sagen würdest.«

Ich musterte ihn verwirrt. »Ach ja?«

Er beugte sich vor und küsste mich auf die Nasenspitze. »Lies die Geschichte«, sagte er.

Einen Augenblick lang starrte ich ihn einfach nur an, dann ging ein Ruck durch meinen Körper, und ich spurtete los.

»Sie liegt im Arbeitszimmer auf dem Schreibtisch!«, rief er mir hinterher.

Ich hatte schon die Hälfte der Stufen erklommen, als mir etwas einfiel. Sofort machte ich auf dem Absatz kehrt und lief zurück in die Küche. Ich drückte Benjo auf einen Stuhl, krabbelte auf seinen Schoß und schlang meine Arme um seinen Nacken. »Erst muss ich dir noch etwas sagen«, flüsterte ich und hauchte ihm kleine, zarte Küsse auf die Lippen. »Es tut mir so leid, dass ich es vermasselt habe.«

Er erwiderte meinen Kuss und fasste mich um die Taille. »Wer sagt, dass du etwas vermasselt hast?«, fragte er leise, während seine Hände genüsslich meinen Rücken hinabwanderten.

Ich hielt den Atem an. Meine Augen wurden groß wie Untertassen, als ich verstand, was er mir sagen wollte. »Nein?!«

Benjo lächelte, umfasste meinen Po und zog mich noch enger an sich. »Doch«, sagte er, »ich werde das Buch schreiben. Eine Anthologie mit Kurzgeschichten meiner Wahl.«

Einen Moment lang konnte ich ihn nur ansehen. Ganz tief in meinem Inneren löste sich ein Knoten und machte einem Gefühl der Leichtigkeit Platz, das so überschäumend war, so überwältigend, dass mir die Tränen in die Augen schossen. »Benjo«, stammelte ich, »das ist wundervoll. Ich freu mich so für dich.«

Ganz sanft nahm Benjo mein Gesicht zwischen seine Hände und wischte mir mit den Daumen die Tränen aus den Augenwinkeln. »Ich liebe dich«, flüsterte er. Seine Lippen senkten sich auf meine.

»Was ist mit deiner Geschichte?«, murmelte ich zwischen zwei Küssen. Mein Stimme klang heiser.

Ich hörte sein leises Lachen. »Wenn ich mich richtig erinnere, haben wir vereinbart, dass ich sie dir vorlese.« Er legte seine Arme um mich und erhob sich. »Im Schlafzimmer«, fügte er hinzu.

»Das hatten wir auch vereinbart?«, neckte ich ihn, während sich meine Beine um seine Taille schlangen.

Seine Mundwinkel zuckten. »Nein.«

Wir lagen aneinandergekuschelt im Bett. Draußen regnete es immer noch in Strömen. Benjo ließ die letzte Seite seiner Geschichte sinken. Er drehte sich auf die Seite, stützte sich auf einen Ellenbogen und musterte mich mit angespanntem Gesichtsausdruck. »Was sagst du?«, fragte er leise.

Ich rang nach Worten. »Du hast über uns geschrieben«, brachte ich schließlich hervor. Ich wies auf das Papier. »Das sind wir. Unsere Freundschaft, die Nacht am See, unser Wiedersehen.«

Mühsam versuchte ich Ordnung in das Chaos meiner Gedanken zu bringen. Ich war überrascht. Und schockiert. Benjo hatte andere Namen benutzt und die Geschichte verfremdet. Trotzdem … jeder, der uns kannte, würde nach den ersten Zeilen wissen, um wen es in der Geschichte wirklich ging. Dennoch war ich tief berührt. Von der Art und Weise, wie er über uns geschrieben hatte. Seiner Liebe zu mir, die in jedem Wort mitschwang. Zwanzig Jahre lang hatte er mich vermisst. Genau wie ich ihn. Kein Wunder, dass Frau Richter zu dem Schluss gekommen war, dass ich ihm unser Geheimnis beichten würde. Beichten musste. Alles andere hätte nicht in das Bild gepasst, das Benjo von unserer Freundschaft gezeichnet hatte. Ich schniefte. Ich hatte gar nicht bemerkt, dass ich angefangen hatte zu weinen.

»Ach Anna.« Benjo küsste mir die Tränen aus dem Gesicht. »Weißt du, seitdem ich dich wiederhabe, frage ich mich ernsthaft, wie ich vorher durchs Leben gekommen bin. Als du mir die Tür geöffnet hast, auf dem Empfang deiner Eltern, das war …« Er schüttelte hilflos den Kopf. »Ich weiß nicht, was das war. Es gibt kein Wort, das groß genug ist, um auszudrücken, was ich empfunden habe. Du standest vor mir und sahst zu mir hoch mit deinen Mitternachtsaugen, und all meine Gefühle für dich, die ich so lange verdrängt hatte, damit ich nicht daran verzweifelte, brachen hervor.« Er nahm meine Hand und streichelte sie. »Ich liebe dich, Anna«, sagte er. »Ich liebe dich, vermutlich schon seit ich denken kann, und ich werde nie damit aufhören. Und wenn du nicht willst, dass diese Geschichte veröffentlicht wird, wird sie es auch nicht werden.« Er lächelte.

Ich zog die Stirn kraus, als würde ich ernsthaft darüber nachdenken. Doch nur ganz kurz, denn in Wahrheit hatte ich mich längst entschieden. Benjos Geschichte war eine Liebeserklärung an mich. Die schönste, die eine Frau sich wünschen konnte. Zudem war sie wundervoll geschrieben. Sie würde begeisterte Leser finden, ihnen Freude schenken und Mut machen. Ich streckte meine Hand aus und legte sie an seine Wange. »Ich will aber, dass sie veröffentlicht wird. Mehr noch, es wäre mir eine Ehre.«

Benjos Lächeln vertiefte sich, und ich schlang meine Arme um seinen Nacken und zog ihn an mich.

21

Es war der 18. Dezember, und Sabine war zu Besuch im Cottage. »Benjo liebt dich. Du liebst ihn. Und jetzt arbeitet ihr gemeinsam an einem Buch, das den Titel ›Liebe‹ trägt.« Sie sah mich mit ehrfürchtigem Staunen an. »Das ist so romantisch, dass mir die Worte fehlen. Fast schon ein bisschen kitschig«, fügte sie mit einem schelmischen Wimpernaufschlag hinzu. »Ach Anna, ich freue mich so für euch beide!«

Ich grinste und rührte in meiner Tasse. Benjo war in die Stadt gefahren, um mit Frau Richter ein paar Details zu seinem Buchvertrag zu besprechen. Mir war schleierhaft, wie sie es angestellt hatte, ihn zu überzeugen, doch bevor er aufgebrochen war, hatte er bedeutungsvoll in Richtung der kleinen Holzkiste mit den Briefen geschaut, die noch immer in einem Regal im Wohnzimmer stand. Es sah so aus, als würde Frau Richter am Ende doch das ganze Paket bekommen: Benjo als Autor und dazu die Geschichten meiner Klienten. Mein Grinsen wurde breiter.

Sabine nahm sich eines der Vanillekipferl, die ich am Morgen gebacken hatte, und probierte ein Stück. »Gott sei Dank«, sagte sie Sekunden später. »Wenn die jetzt auch noch schmecken würden, wäre ich wirklich am Ende.«

Kommentarlos nahm ich ihr das angebissene Plätzchen

aus der Hand, steckte es mir in den Mund und kaute versuchsweise darauf herum. »Du lieber Himmel!«, rief ich erschrocken und verzog das Gesicht. »Die sind ja grauenhaft!« Schnell spülte ich den Geschmack mit einem Schluck Milchkaffee herunter. »Bis Heiligabend bekomme ich die hoffentlich besser hin.«

Sabine lachte. »Die Hoffnung stirbt zuletzt.« Sie wischte sich den Puderzucker an den Beinen ihrer Jeans ab und sah mich neugierig an. »Was habt ihr denn vor an Heiligabend?«

Ich begann zu strahlen wie ein Honigkuchenpferd, ich konnte nicht anders. »Wir feiern im Cottage«, verkündete ich. »Nur Benjo, ich und der Kamin.«

Sie seufzte. »Das klingt toll. Benjo hat nicht zufällig noch einen Bruder? Außer Timo, meine ich?«

Ich schüttelte den Kopf. Plötzlich kam mir in den Sinn, wie wenig ich eigentlich über Sabine wusste. Sie arbeitete seit beinahe sechs Jahren für mich, und mir war nicht einmal bekannt, ob sie allein lebte oder einen Freund hatte. Ich hatte sie nie gefragt. Mich überkam ein so schlechtes Gewissen, dass mir ganz flau im Magen wurde. Ich hatte so vielen Klienten zugehört, ihnen so viele Fragen gestellt und dabei ganz vergessen, meiner engsten und einzigen Mitarbeiterin, mit der ich am meisten Zeit verbrachte, Aufmerksamkeit zu schenken. *Du hast es nicht vergessen*, tönte eine Stimme in meinem Kopf, *du wolltest es einfach nur nicht wissen. Was, wenn sie glücklich gewesen wäre, obwohl du es nicht warst?*

Ich sah sie an. »Heißt das, du hast niemanden? Möchtest du mir davon erzählen?«

Sie trank einen Schluck von ihrem Kaffee. »Da gibt es nicht viel. Ich bin mit Eltern aufgewachsen, die sich so geliebt haben, dass es kaum auszuhalten war. Sie haben ständig und überall herumgeknutscht. Kannst du dir das vorstellen?« Sie lachte. »Irgendwann habe ich aufgehört, meine Freundinnen zu uns nach Hause einzuladen, weil es mir so peinlich war. *Könnt ihr euch nicht ignorieren, wie andere Eltern auch?*, habe ich des Öfteren geschrien und dazu mit dem Fuß aufgestampft. Doch sie haben nur gelacht und gesagt, wenn ich älter werde, würde ich anders darüber denken.« Sie rührte mit dem Löffel in ihrer Tasse. »Und so war es auch. Ich wurde älter, lernte Jungs kennen, doch irgendetwas fehlte mir in meinen Beziehungen immer. Wir sahen uns nie so an, wie meine Eltern sich ansahen. Mit dieser überschäumenden Freude, dieser festen Gewissheit, dass man angekommen war.« Sie runzelte die Stirn. »Einmal habe ich trotzdem eine Ausnahme gemacht. Er hieß Max, war drei Jahre älter als ich und studierte Medizin. Er war all das, was ich nicht war: zurückhaltend, nachdenklich, belesen. Vielleicht war es der Gegensatz, der ihn anzog. Jedenfalls verliebte er sich in mich, und ich sehnte mich zum damaligen Zeitpunkt so sehr danach, jemanden zu haben, der meine verregneten Sonntage mit mir verbrachte, dass ich auf seine Annäherungsversuche einging. Wir wurden ein Paar, und ich redete mir ein, dass die Schmetterlinge schon noch kommen würden.«

»Was sie nicht taten.«

»Nein. In Wahrheit war die Zeit, die wir zusammen verbrachten, die einsamste meines Lebens. Tag für Tag sah ich die Liebe in seinen Augen und hasste mich dafür, dass ich nicht das Gleiche empfand. Nach zwei Jahren machte Max mit mir Schluss. *Meine Gefühle reichen nicht länger für uns beide*, sagte er zum Abschied.« Sie sah mich ernst an. »Ich hätte es besser wissen müssen, Anna. Liebe ist das, was meine

Eltern haben. Was deine Klienten fühlen. Was du mit Benjo hast. Entweder will ich das oder gar nichts.«

In die Stille, die auf ihr leidenschaftliches Bekenntnis folgte, mischte sich der Klang des Radios, das ich leiser gestellt hatte.

»Hast du deshalb bei mir angefangen?«, frage ich. »Weil du gehofft hast, bei der Arbeit dem Richtigen zu begegnen?«

Sie hob den Kopf. Mit einem Mal wirkte sie verlegen. »Ehrlich gesagt wusste ich gar nichts von der Stellenanzeige als ich damals zu dir kam. Ich hatte von deinen Erfolgen gehört und war als Klientin zu dir gekommen. Das Ganze war ein Missverständnis.«

Ich machte große Augen. »Wirklich?! Warum hast du nichts gesagt?«

»Du standest in der Tür und hattest gerade eine Bewerberin verabschiedet, als ich die Treppe heraufkam. Du hast automatisch angenommen, dass ich die nächste sei, und mich hereingebeten. Und dann hast du auch schon so leidenschaftlich von deiner Arbeit erzählt. Von den Paaren, die du bereits als Kind zusammengebracht hast. Ich weiß noch genau, was ich damals dachte. Durch dich wird die Welt schöner. Bunter.« Sie zuckte mit den Schultern. »Und mit einem Mal wollte ich Teil dieser Welt sein.«

Ich brauchte einen Moment, bis ich das Gehörte verdaut hatte. »Aber warum hast du das Missverständnis nie aufgeklärt? Ich weiß, unser Verhältnis war früher nicht das engste, aber wenn ich gewusst hätte, dass du auf der Suche nach dem Mann deines Lebens warst, hätte ich dir doch geholfen.«

»Ich weiß es nicht.« Sie griff nach einem Keks und betrachtete ihn von allen Seiten. »Vielleicht weil ich Angst hatte, dass ich, wenn ich mich verliebe, so richtig und wahrhaftig, auch so backen werde.«

Statt einer Antwort nahm ich ebenfalls ein Plätzchen aus der Schale, brach einen großen Krümel ab und bewarf sie damit. Lachend wich sie dem Geschoss aus.

»Nein, im Ernst«, sagte sie. »Ich kann es dir nicht erklären. Ich hatte plötzlich einfach das Gefühl, dass der richtige Augenblick für mich noch nicht gekommen ist. Dass ich noch nicht bereit bin, mich mit Haut und Haaren auf die eine, auf die wahre Beziehung einzulassen. Aber wenn es so weit ist, werde ich es wissen, und dann bist du die Erste, die davon erfährt.«

***

Als Benjo am Abend nach Hause kam, saßen Sabine und ich noch immer zusammen im Wohnzimmer, unterhielten uns und lachten. Wir hatten wunderbare Stunden zusammen verbracht, und ich hatte sie genutzt, um endlich mehr über die Freundin zu erfahren, die Sabine mir geworden war.

»Als wenn ich es geahnt hätte«, sagte er grinsend und hielt eine große Papiertüte hoch, aus der ein mehlbestäubtes Baguette hervorlugte. »Wer hat Lust auf Antipasti?«

Nach einem sehr leckeren und vergnüglichen Abendessen sahen Benjo und ich Arm in Arm zu, wie Sabine zu ihrem schwarzen Mini lief. Sie warf uns eine Kusshand zu, stieg ein und brauste davon. Benjo und ich tranken noch ein Glas Rotwein zusammen, dann gingen auch wir ins Bett.

Als das Telefon schellte, war es noch dunkel im Zimmer. Schlaftrunken tastete ich nach meinem Handy. Es war kurz nach eins in der Nacht.

»Was ist los?«, murmelte Benjo neben mir.

»Bestimmt verwählt«, antwortete ich und gähnte. Ich sah auf das Display und runzelte die Stirn. Eine Handynummer mit ausländischer Vorwahl, die mir nichts sagte. Entschlossen drückte ich den Anrufer weg und kuschelte mich wieder an Benjo. *Mhm, wie gut er roch. Nach Sonne und Regen und …* Das Telefon schellte erneut.

»Willst du nicht drangehen? Vielleicht ist es etwas Wichtiges.«

Widerstrebend nahm ich das Gespräch entgegen. »Hallo?«, nuschelte ich.

»Hallo? Frau Kronenberg? Hier ist Madeleine. Madeleine Clary.«

Wer?! Ich richtete mich kerzengerade auf. »Madeleine? Woher, um alles in der Welt, haben Sie diese Nummer?«

Sie schnalzte mit der Zunge. »Das ist doch jetzt wirklich nebensächlich. Viel wichtiger ist, dass Sie nach Paris kommen müssen. Sofort!«

Ich schüttelte benommen den Kopf. »Madeleine? Ist alles in Ordnung mit Ihnen?«

Sie sagte etwas auf Französisch, das ich nicht verstand. Neben mir hatte sich Benjo aufgesetzt und sah mich fragend an. Ich zuckte mit den Schultern. Dann wandte ich mich wieder dem Gespräch zu. »Jetzt mal ganz langsam und von vorne. Wo sind Sie?«

»In der Rue Pierre Semard.«

»Und was machen Sie da?«

»Ich warte.«

»Auf was?«

»Das ist die falsche Frage. Sie müssen fragen, auf wen ich warte.«

Ich seufzte. »Also schön. Auf wen warten Sie, Madeleine?«

»Auf den Mann meines Lebens.«

Spätestens jetzt war ich hellwach. »Ich habe Ihnen doch gesagt, ich melde mich, wenn ich ihn gefunden habe.«

»Darauf konnte ich nicht warten. Also habe ich genau das getan, was Sie auch tun. Ich war an den Plätzen, die mir etwas bedeuten, und dort habe ich ihn gefunden.«

»Aha«, sagte ich, weil mir nichts Besseres einfiel. »Und wo genau war das?«

»Auf dem Eifelturm.« In ihrer Stimme klang Triumph mit. »Das muss doch etwas zu bedeuten haben.«

Ich schnaubte. »Ich bitte Sie, Madeleine. Millionen von Menschen besuchen jährlich den Eiffelturm.«

»Sehen Sie – und ausgerechnet zwischen all diesen Menschen habe ich ihn gefunden.«

Aus den Augenwinkeln konnte ich sehen, wie Benjo schmunzelte. Er hatte jedes Wort mitangehört. Ich lächelte ihm zu.

»Madeleine, wissen Sie, wie spät es ist? … Lassen Sie uns die Sache bitte abkürzen«, sagte ich. »Schicken Sie mir ein Foto von ihm, und ich schaue es mir an. Meine private Handynummer haben Sie ja jetzt«, fügte ich trocken hinzu.

»Das geht nicht.«

»Und warum nicht?«

»Weil ich kein Foto habe.«

Ich stöhnte. »Du meine Güte. Dann machen Sie eben eins.«

»Und wie, bitte schön?«

»Mit der Kamera Ihres Handys, zum Beispiel?« Ich merkte, dass meine Stimme ungeduldig geworden war.

Meine Klientin seufzte. »Sie verstehen mich nicht, Anna. Ich habe gesagt, dass ich ihn getroffen habe, nicht, dass ich ihn kenne. Ich kann mich nicht einfach vor ihn stellen und ihn fotografieren. Ich bin doch kein Paparazzo.«

Ich konnte beinahe sehen, wie sie empört ihr Köpfchen schüttelte. »Nein, Sie müssen nach Paris kommen und ihn sich anschauen. Das ist schließlich ein Notfall. Ich warte vor seinem Hotel auf Sie.«

Ich hatte schon eine abschlägige Antwort auf den Lippen, als ich Benjos Fingerspitzen an meinem Nacken spürte. »Lass uns fahren«, flüsterte er in mein Ohr. »Wir zwei in Paris …« Er begann an meinem Hals zu knabbern.

»Frau Kronenberg?«, drang es aus dem Handy. »Sind Sie noch dran?«

22

Wir nahmen den ICE um sechs Uhr morgens vom Berliner Hauptbahnhof. Den Kopf an Benjos Schulter gelehnt, schlief ich ein. Am frühen Nachmittag fuhren wir in den Gare de l'Est ein. Die Sonne schien, und es war beinahe frühlingshaft mild. Madeleine, der ich verboten hatte, in der Nacht weiter das Hotel zu observieren, in dem der geheimnisvolle Fremde wohnte, holte uns am Bahnsteig ab. Sie trug einen kirschroten Mantel und begrüßte uns mit Küsschen und einer überschwänglichen Umarmung. Benjo und sie waren sich auf Anhieb sympathisch. Auf dem Weg zum Taxistand schwatzte sie fröhlich auf ihn ein. Ich folgte in zweiter Reihe. »Ich habe Ihnen ein Zimmer im *George V* reserviert!«, rief sie mir über ihre Schulter zu. »Das kennen Sie ja schon vom letzten Mal.«

Die Straßen zu unserem Hotel waren heillos verstopft. Eine Baustelle, wie uns der Taxifahrer mit einem Achselzucken erklärte. Lautes Motorengeräusch lag in der Luft, untermalt von ungeduldigem Hupen. Mehr als einmal schlängelte sich ein Motorradfahrer so halsbrecherisch an uns vorbei, dass ich vor Sorge den Atem anhielt. Doch es ging jedes Mal gut.

Als wir vor einer roten Ampel anhielten, entdeckte ich auf dem Bürgersteig einen nostalgisch anmutenden Eiswagen.

Dahinter stand eine hübsche junge Frau in einer blauen Schürze, die sich gerade vorbeugte, um einem kleinen Jungen eine Waffel mit Schokoladeneis zu reichen. Der Junge strahlte über das ganze Gesicht. Madeleine, die die Szene ebenfalls beobachtet hatte, schmunzelte. Dann nutzte sie die Zeit, um uns von ihrer Begegnung mit dem Fremden auf dem Eiffelturm zu erzählen.

»Wir standen auf der höchsten Aufsichtsplattform nebeneinander und genossen den Ausblick. Es waren viele Menschen da, überwiegend Familien, aber auch einige Pärchen, die Champagner tranken und sich verliebt anlächelten. Plötzlich drehten wir uns gleichzeitig zueinander um und sahen uns in die Augen. Mir wurde schwindelig, genau wie Ihnen. Und dann …«, sie machte eine Geste mit der Hand, »war er auf einmal verschwunden.«

»Sie haben ihn in der Menge verloren?«, fragte Benjo.

»Nur für einen kurzen Moment. Dann tauchte er hinter einer Gruppe Japaner wieder auf.« Sie lächelte. »Den Rest des Tages bin ihm durch die Stadt gefolgt. Wir waren in Notre-Dame, im Louvre, sind über die Champs-Élysées gelaufen, später noch über den Cimetière du Père-Lachaise … ich glaube, er ist Amerikaner«, fügte sie verträumt hinzu.

Benjo und ich warfen uns einen amüsierten Blick zu.

»Gegen neun Uhr abends«, fuhr sie unbeeindruckt fort, »hat er in einem Bistro etwas gegessen und ist danach zurück in sein Hotel. Und dort ist er geblieben, bis ich Sie angerufen habe.« Sie sah mich an und strahlte. »Und jetzt sind Sie ja da. Zum Glück!«

Am Empfang des Hotels wurde Madeleine wie eine alte Bekannte begrüßt, was sie vermutlich auch war. Die luxuriöse Lobby mit dem prächtigen Kronleuchter war weihnachtlich geschmückt, mit riesigen goldblitzenden Hirschen und dicken Girlanden aus Tannengrün, in denen unzählige Lichter funkelten. Madeleine wechselte ein paar Worte mit der jungen Dame am Empfang, dann zog sie uns mit sich fort in den strahlend schönen Nachmittag.

Es waren nur vier Kilometer bis zu dem Hotel, in dem der Amerikaner wohnte, und so beschlossen wir, zu Fuß zu gehen. Ich kannte mich in Paris nicht aus, doch Madeleine führte uns mit zielstrebiger Entschlossenheit durch die Straßen, bis wir das *Hotel du Pré,* ein kleines Hotel mit weinroten Markisen und verschnörkelten schmiedeeisernen Balkonen, erreicht hatten. »*Voilà*«, sagte sie, als wir davor stehen blieben.

Während ich noch darüber nachsann, was wir als nächstes tun sollten, überquerte Madeleine das Kopfsteinpflaster, wich geschickt einem Fahrradfahrer aus, der bei ihrem Anblick beinahe gestürzt wäre, und verschwand in der Lobby.

Fünf Minuten später trat sie aus der Tür und winkte uns zu sich heran. »Er ist nicht da«, teilte sie uns mit. »Aber Philippe ruft mich an, sobald er wiederkommt.«

Benjo musterte sie fragend. »Wer ist Philippe?«

»Der Portier.«

»Sie kennen ihn?«

»Jetzt schon.«

Um uns die Zeit zu vertreiben, führte uns Madeleine in das berühmte Viertel Montmartre, das ganz in der Nähe lag. Der Place du Tertre wimmelte von Touristen. Junge Mädchen mit Selfiesticks waren zu sehen, die sich lachend fotografierten und dabei Grimassen schnitten, Kinder mit Eistüten in den Händen, die zufrieden schleckend hinter ihren Eltern herzuckelten, Paare, die sich in einem der Cafés die Wintersonne auf das Gesicht scheinen ließen, Menschen jeden Alters, die die Werke der Künstler bewunderten, die auf dem Platz ihrer Arbeit nachgingen, oder sich selbst zeichnen ließen. Benjo besorgte Kaffee und Schokoladencroissants, und wir liefen den kurzen Weg zur Basilika Sacré-Cœur und setzten uns auf die Stufen.

Es wurde ein vergnüglicher Nachmittag. Wir lauschten den selbstvergessenen Gitarrenklängen eines jungen Mannes, der am Fuße der Treppe vor sich hin spielte, dachten uns lustige Anekdoten über die Menschen aus, die an uns vorbeiflanierten, und lachten über die bunten Geschichten, die Madeleine aus der Welt des Theaters zum Besten gab.

»Apropos«, sagte ich und sah sie an. »Müssen Sie nicht eigentlich arbeiten? Proben oder was Schauspieler sonst so tun?«

Madeleine lächelte. »Eigentlich schon. Wenn ich nur nicht diesen Schnupfen hätte …« Sie zog ein elfenbeinfarbenes Taschentuch aus ihrer Manteltasche und tupfte sich die Nase.

Ich ersparte mir jeden Kommentar. Madeleine war schließlich alt genug, um zu wissen, was sie tat. Und wenn sie bei der Arbeit eine Erkältung vorschob, um sich auf die Suche nach ihrem Mr Right zu begeben, dann war das ihre Angelegenheit.

Plötzlich wurde Madeleine stocksteif. »Mein Handy!« Sie fummelte in ihrer Tasche herum, bis sie es gefunden hatte. Mit großen Augen hielt sie sich das iPhone ans Ohr. »Ja?«, hauchte sie. Was danach folgte, war eine kurze Konversation auf Französisch. Schließlich beendete sie das Gespräch und sah von Benjo zu mir. »Das war Philippe. Er ist zurück.«

Sie sprang auf und lief so eilig davon, dass wir Mühe hatten, sie einzuholen. »*Vite, vite!*«, rief sie uns über ihre Schulter zu, »nicht, dass wir ihn verpassen.«

Verschwitzt und völlig außer Atem erreichten wir zehn Minuten später das Hotel. Wir betraten die Lobby, und Madeleine steuerte direkt auf den Empfang zu. Sie wechselte ein paar Worte mit einem sympathisch aussehenden älteren Herrn, bei dem es sich um Philippe handeln musste, und kam dann aufgeregt zu uns zurück. Ihre Wangen glühten. »Philippe ruft ihn auf seinem Zimmer an.«

Der ältere Herr griff zum Telefon. Madeleine schlug sich die Hand vor den Mund und begann, auf ihren Fingerspitzen herumzukauen. »Ich halte das nicht aus«, murmelte sie vor sich hin. Ihre Aufregung war so ansteckend, dass ich selbst nervös wurde. Was, wenn sie ihn wirklich getroffen hatte, den Mann ihres Lebens?

Philippe legte den Hörer auf und rief uns etwas zu.

»OhGottohGottohGott«, stöhnte Madeleine aufgeregt. »Philippe hat ihm gesagt, dass hier unten ein Telegramm für ihn liegt.« Und dann, ganz leise: »Er kommt.«

»Warum flüstern wir?«, flüsterte Benjo.

»Ich weiß es nicht«, flüsterte ich zurück.

»Psst«, machte Madeleine.

Und dann war er da. Ich wusste nicht, wie ich mir Madeleines Traumprinzen vorgestellt hatte, aber sicher nicht so. Zuerst sah ich nur Chucks, alte Jeans und ein verwaschenes graues T-Shirt, eine Tätowierung, die sich seinen breiten Nacken hinaufzog, darüber volles schwarzes Haar, das am Hinterkopf zu einem Dutt zusammengebunden war. Der Mann wechselte ein paar Worte mit Philippe. Seine Stimme war tief, dunkel und ein wenig rau, als er dem Portier erklärte, dass der Name auf dem Telegramm, das ihm überreicht wurde, nicht seiner wäre. Dann drehte er sich um, und ich hielt den Atem an. Er sah aus wie ein Rockstar. Sein markantes Gesicht war zur Hälfte von einem schwarzen Vollbart bedeckt, der ihm etwas Verwegenes verlieh. Unter buschigen Augenbrauen leuchteten überraschend sanfte, haselnussbraune Augen.

Ich hörte, wie Madeleine neben mir hektisch ein- und ausatmete. Ihre Finger hatten sich so fest in meinem Oberarm verkrallt, dass es wehtat. »Und?«, flüsterte sie mir zu.

Ich blickte sie bedauernd an und schüttelte stumm den Kopf.

Unsere Taxifahrt zurück verlief schweigend. Madeleines Enttäuschung war so groß, dass sie beinahe greifbar war. Sie hatte wirklich geglaubt, dass sie ihre Liebe gefunden hatte, und für einen kurzen Moment hatte ich mich von ihrer Euphorie anstecken lassen. Plötzlich beugte sie sich vor und nannte dem Taxifahrer eine neue Adresse. »Ich brauche etwas zu trinken«, erklärte sie und ließ sich zurück in den Sitz sinken. Vor dem *Galway Irish Pub* ließ der Taxifahrer uns aussteigen.

Obwohl es noch früh am Abend war, war die Kneipe gut besucht. Wir ergatterten den letzten freien Ecktisch gegenüber der Theke, direkt unter dem Fernseher. Madeleine erbot sich, Getränke zu holen, und kehrte nur eine Minute später mit drei randvollen Guinness-Gläsern zurück. *»Santè!«*, prostete sie uns zu und trank einen gewaltigen Schluck. Als sie das Glas absetzte, zierte ein reizender Schaumbart ihr Gesicht. Ich wies vielsagend auf ihre Lippe. Sie tastete mit der Hand nach dem Schaum und leckte ihn ab. *»C'est la vie«*, sagte sie und setzte ein kleines Lächeln auf. »Oder wie meine

Großmutter sagen würde: *Das Leben ist zu kurz, um traurig zu sein.*« Sie hielt ihr Glas hoch, und wir stießen erneut an.

Nach dem dritten Guinness, Madeleine war gerade dabei, ihre Schuhe auszuziehen, um auf die Theke zu klettern und zu tanzen, beschlossen wir, dass es an der Zeit war, zu gehen und Madeleine mitzunehmen.

Wir setzten sie an ihrer Wohnung im sechsten Arrondissement ab, und ich versprach ihr, so bald wie möglich mit der Suche nach ihrer *wahren* Liebe zu beginnen. Danach fuhren Benjo und ich weiter in unser Hotel.

»Sollen wir noch einen Absacker nehmen?«, fragte Benjo, als wir die Lobby betraten. Ich nickte, wir setzten uns an die Bar und sahen dem Barkeeper zu, wie er mit vollendeter Eleganz unsere Mojitos mixte.

»Wie hast du sie kennengelernt?«, erkundigte sich Benjo nach einer Weile.

Ich sah ihn an. »Madeleine meinst du? Sie ist eine Freundin von Julina Winter. Die Tatortkommissarin«, fügte ich hinzu, als ich Benjos verständnislose Miene sah. »Ihr Verlobter, Leo Demmler, war mein Klient. Jetzt sind die beiden überglücklich. Im Sommer wird geheiratet.«

Er schmunzelte. »Was auch sonst? Dann hoffen wir mal, dass Madeleine auch ihr Happy End bekommt.«

»Das wird sie«, sagte ich bestimmt.

Unsere Cocktails wurden serviert. Wir stießen an und nahmen beide einen tiefen Schluck. »Perfekt«, sagte ich.

Benjo sah mir liebevoll in die Augen. »Meinst du den Drink oder den Moment?«

»Beides«, antwortete ich im Brustton der Überzeugung.

***

Am nächsten Morgen machten wir uns auf den Weg, Paris zu erkunden. Wir schlenderten die Champs-Élysées entlang, sahen von der Pont Alexandre III hinab auf die träge dahinfließende Seine, besuchten den Invalidendom und liefen kreuz und quer durch Montparnasse.

»Der erste richtige Roman, den ich gelesen habe, spielte in Paris«, sagte ich gedankenverloren, als wir vom 56. Stock des Tour Montparnasse auf die Stadt hinunterblickten. »Er hieß ›Désirée‹. Ich war zwölf und las ihn heimlich unter der Bettdecke. Die Titelheldin war die Verlobte Napoleons und wurde später Königin von Schweden.«

»Kein schlechter Lebenslauf für eine Seidenhändlerstochter aus Marseille«, erwiderte Benjo und zog mich an sich.

»Du hast das Buch gelesen?«, fragte ich ungläubig.

Er schüttelte den Kopf. »Nein, aber du hast mir davon erzählt.«

»Wann?«

Er zuckte mit den Schultern. »Vor einer Ewigkeit.«

»Und das weißt du noch?«

»Anna«, sagte er ernst. »Natürlich.«

Statt einer Antwort stellte ich mich auf die Zehenspitzen und küsste ihn voller Zärtlichkeit. Als wir uns voneinander lösten, war mir ein wenig schwindelig, und so lehnte ich mich gegen ihn. Er umschlang mich mit beiden Armen und drückte seine Lippen auf mein Haar.

»Was Louise und Hannes wohl gerade machen?«, überlegte er.

Ich hob das Kinn. »Vielleicht sind sie noch in Paris. Wollen wir sie anrufen? Wir könnten uns treffen.«

Louise meldete sich nach dem dritten Klingeln. »Mein Annamädchen!«, rief sie. »Wie schön, dass du dich meldest.«

»Rate mal, wo wir gerade sind«, forderte ich sie auf und warf Benjo ein verschwörerisches Grinsen zu.

Louise und Hannes waren schon da, als wir um 20 Uhr das *Chez Georges* betraten, ein gemütliches kleines Bistro in der Rue du Mail, das im Internet als ›typisch pariserisch‹ beschrieben wurde. Als sie uns bemerkten, ging ein Strahlen über ihre Gesichter.

»Hallo, Kleines«, sagte Louise und schloss mich fest in die Arme.

Ich erkannte sie kaum wieder. Sie war in meinen Augen immer hübsch gewesen und wirkte viel jünger, als sie tatsächlich war, doch jetzt hatte sie etwas Leuchtendes an sich, das mich für einen Moment sprachlos machte. Obwohl sie und Hannes sich erst seit Kurzem kannten, strahlten sie eine Vertrautheit aus, eine Liebe zueinander, die sie einzuhüllen schien wie ein sanftes, goldenes Licht.

Benjo tastete nach meiner Hand und drückte sie. Es war so eng, dass wir den Tisch ein Stück vorrücken mussten, um auf die Bank dahinter zu gelangen. Der Kellner steuerte mit einer Flasche Champagner auf uns zu und goss jedem von uns ein Glas ein. Als wir anstießen, bot Hannes mir das Du an. »Schließlich sind wir jetzt eine Familie«, sagte er. Seine Augen schimmerten gerührt.

Benjo hob eine Augenbraue. Es schien offensichtlich, dass er den Vater seines Freundes nicht mit dem gefühlsseligen Mann übereinbrachte, der da mit uns am Tisch saß.

»Apropos Familie«, schlug ich einen lockeren Konversationston an. »Wann lerne ich eigentlich Christian kennen?«

Hannes seufzte. »Wenn ich das wüsste. Er ist mit seinem Team gerade irgendwo in der tiefsten Mongolei.«

»Christian ist Paläontologe«, raunte Benjo mir zu.

»Wirklich?«, fragte ich beeindruckt. »Und wonach sucht er?«

»Nach Dinosauriern«, sagte Hannes. Er nippte an seinem Glas. »Bei den meisten Jungs legt sich die Begeisterung für Reptilien irgendwann. Bei Christian ist sie nur stärker geworden. In seiner Wohnung hängen überall Fotos von Knochen und riesigen Fußabdrücken.« Er stellte sein Glas ab und lächelte. »Aber jetzt lasst uns von etwas anderem reden.« Er schlang einen Arm um Louise und zog sie näher an sich. »Wusstet ihr, dass meine Liebste hier zum ersten Mal in Paris ist?«

Meine Liebste ... er sagte das Wort mit einem Stolz in der Stimme, der Louises Wangen zum Glühen brachte. Lächelnd nahm ich einen Schluck Champagner und genoss, wie die Bläschen auf meiner Zunge prickelten. »Einmal wären wir beinahe zusammen nach Paris gefahren«, erinnerte ich mich.

Obwohl es mehr als ein Vierteljahrhundert her war, huschte ein Ausdruck des Bedauerns über Louises Gesicht. »Das stimmt«, sagte sie. »Aber dann konnte ich nicht mitkommen, weil ich mir den Magen verdorben hatte. Ich werde nie das Gesicht deiner Eltern vergessen, als ihnen klar wurde, dass sie sich alleine um dich kümmern mussten.«

Ich schnaubte. »Von wegen kümmern. Ich wurde dazu verdonnert, in der Suite zu bleiben, während sie in der Stadt ihren Geschäften nachgingen. An meiner Seite ein eilig herbeigeordertes Kindermädchen, dessen hervorstechendste Eigenschaft ihr hohes Alter war.«

Hannes warf mir über den Tisch einen mitfühlenden Blick zu. »Es war bestimmt nicht einfach, als Tochter von Ludwig Kronenberg aufzuwachsen.«

Ich stieß einen langer Seufzer aus. »Das hört sich an, als würdest du ihn kennen.«

»Ich war lange Jahre sein Wirtschaftsprüfer. Man kann über ihn sagen, was man will, aber seine Bank hat er gut im Griff.«

»Genau genommen ist es die Bank meiner Mutter. Ihr Ururgroßvater hat sie gegründet. Mein Vater hat nur eingeheiratet.« Ich wusste nicht genau, warum, aber irgendwie hatte mich der Gedanke schon immer mit tiefer Befriedigung erfüllt. Ich dachte daran, wie ich ihn im Streit daran erinnert hatte. Es war der Tag, an dem ich mein Traineeprogramm beendet hatte. Vater hatte mich in sein Büro bestellt, um meinen weiteren Einsatz in der Bank zu besprechen.

»Du fängst bei Herrn Reinhardt in der Internen Revision an«, sagte er anstelle einer Begrüßung. »In seiner Abteilung hat jemand gekündigt. Mach das ein, zwei Jahre, dann sehen wir weiter.«

Um mir zu zeigen, dass das Gespräch beendet war, öffnete er die Akte, die vor ihm lag, und begann zu lesen. Ich rührte mich nicht von der Stelle. Er sah auf und runzelte die Stirn. Eigentlich hatte ich vorgehabt, einen geeigneten Augenblick abzuwarten, um meine Zukunftspläne mit ihm zu besprechen, aber auf einmal wusste ich mit Gewissheit, dass es keinen geeigneten Zeitpunkt geben würde.

»Ich gehe nicht zu Herrn Reinhardt«, sagte ich und legte meine Hände in den Schoß, damit er ihr Zittern nicht bemerkte.

»Wie war das?«

Ich schluckte. Meine Zunge fühlte sich mit einem Mal viel zu groß an, und mein Herz schlug mir bis zum Hals, doch ich wusste, dass ich jetzt keinen Rückzieher machen durfte. »Ich habe andere Pläne.«

Vater schob die Akte zur Seite. »Ach ja?«, sagte er gefährlich ruhig. »Und die wären?«

Ich sah ihm in die mitternachtsblauen Augen, die meinen so ähnlich waren. »Ich möchte eine Partneragentur gründen.«

Der Kiefer meines Vaters verhärtete sich. »Sei nicht albern«, sagte er verächtlich. »Das hier ist das Bankhaus unserer Familie. Diese Mauern atmen Geschichte. Zweihundert Jahre Tradition. Du bleibst und erfüllst deine Verpflichtungen. Und jetzt will ich nichts mehr davon hören. *Partneragentur* … du machst dich ja lächerlich.«

Seine Worte dröhnten in meinem Kopf und verursachten mir Übelkeit. Ein roter Schleier legte sich über meine Augen und machte mich blind für alles um mich herum. »Du bist lächerlich«, brach es aus mir heraus. »Redest von Tradition und Verpflichtungen. Wenn das alles so wichtig ist, warum verkaufst du dann keine Brillen, wie *dein* Vater es getan hat?« Ohne seine Antwort abzuwarten, sprang ich auf, rannte aus seinem Büro und flüchtete aus der Bank.

Ich kehrte nie zurück. Es bedurfte Gregors ganzer Überzeugungskraft, meinen Vater davon abzuhalten, mich zu enterben. Doch auch wenn er mich nicht aus seinem Testament strich, was mir im Übrigen gleichgültig gewesen wäre, sollte es erst die Nachricht unserer Verlobung sein, die ihn wieder versöhnte …

Der Kellner kam an unseren Tisch und riss mich aus meinen Erinnerungen.

Benjo neigte den Kopf. »Alles in Ordnung, mein Schatz?«, erkundigte er sich leise.

Ich nickte. »Ich musste nur gerade an Vaters Gesichtsausdruck denken, als ich ihm eröffnet habe, wie ich mir meine berufliche Zukunft vorstellte …«

Benjo legte eine Hand an meine Wange. »Ich weiß nicht, warum ich ausgerechnet jetzt darauf komme, Anna«, sagte er mit ernster Stimme, »aber wusstest du, dass die Deutschen lieber zum Zahnarzt gehen als in die Bank?«

Meine Mundwinkel bogen sich nach oben. »Kann ich mir gar nicht vorstellen.«

Benjo grinste und gab mir einen Kuss auf die Stelle, wo gerade noch seine Hand gelegen hatte. »Ich liebe es, wenn du lächelst«, wisperte er in mein Ohr, gefolgt von: »Habe ich dir heute eigentlich schon gesagt, wie zauberhaft du bist?«

»Ja«, flüsterte ich zurück, »aber sag es mir ruhig noch mal.«

»Du bist zauberhaft.«

23

Während unserer zweitägigen Abwesenheit war das Wetter in Berlin umgeschlagen. Die Sonne schien, als wir aus dem Zug stiegen, die Luft war kalt und klar, und es roch nach Schnee. Wir beschlossen spontan, unser Gepäck in den Schließfächern am Bahnhof zu verstauen und einen Spaziergang über den Weihnachtsmarkt zu machen, bevor wir ins Cottage fuhren.

Benjo sah durch seine Sonnenbrille zum Himmel. »Ich glaube, wir bekommen doch noch weiße Weihnachten.« Er legte einen Arm um mich und zog mich an sich.

In der Stadt herrschte hektisches Treiben. Dick eingemummelte Menschen hasteten auf der Suche nach den letzten Geschenken durch die Straßen. In den Schaufenstern der Geschäfte funkelte und blitzte es, und von irgendwoher wehte Weihnachtsmusik zu uns herüber. An einem Stand mit einer weiß-goldenen Markise kaufte mir Benjo einen Paradiesapfel. Verzückt knabberte ich an der roten Glasur. Der Geschmack erinnerte mich an vergnügte Kindheitstage, an Weihnachtsferien und Jahrmarkt.

Benjo beugte sich vor und küsste mich auf die Lippen. »Mhm«, murmelte er genießerisch, nahm mein Gesicht in beide Hände und küsste mich erneut.

Plötzlich spürte ich, wie sich sein Körper versteifte. Im nächsten Moment hörte ich eine weibliche Stimme in meinem Rücken. »Hallo, Benedikt«, sagte sie. »Schön, dich zu sehen.«

»Hallo, Sara«, erwiderte Benjo, ein wenig weiß um die Nase, und ein Gefühl brennender Eifersucht durchzuckte mich. Wiederwillig öffnete ich die Augen und drehte mich um.

Vor mir stand eine Elfe. Eine wunderschöne Elfe mit schwarzem Pagenkopf, eisblauen Augen und einer Haut wie schimmernde Seide. Sie sah von ihm zu mir und lächelte. »Willst du uns nicht vorstellen, Benedikt?«

Benjo presste die Lippen zusammen und legte einen Arm um mich. »Anna, das ist Sara.« Als er sich ihr zuwandte, wurde seine Stimme deutlich kühler. »Sara, das ist Anna. Meine Freundin.«

Sara lächelte unbeirrt weiter und zeigte ihre perlweißen Zähne. Sie schlüpfte aus ihrem roten Wildlederhandschuh und hielt mir ihre rechte Hand hin. »Ich freu mich, dich kennenzulernen, Anna«, begrüßte sie mich.

Das Bild kam aus dem Nichts. Es war wie ein Schlag in den Magen, brutal und grausam. Ich ging in die Knie. Schmutziges, kaltes Wasser durchtränkte meine Hose.

»Anna? Was ist mit dir?«

Benjo, dachte ich, dann wurde es schwarz um mich.

***

Ich öffnete die Augen, und für einen Moment war alles gut. Benjo war bei mir. Er saß an meiner Seite und hielt meine Hand. Dann setzte die Erinnerung ein, und mein Herz zerfiel zu Staub.

»Du bist wach.« Benjos Gesicht war vor Sorge ganz zerfurcht. »Wie geht es dir?«

Ich antwortete nicht. Ich konnte nicht einmal nicken. Wir waren im Cottage, und ich lag im Bett. Ich hatte keine Ahnung, wie ich hergekommen war, und es war mir auch egal. Alles war mit einem Mal egal.

»Bitte, sag mir, was los ist«, flehte Benjo mit einer Stimme, die nicht seine war. In seinen Augen schimmerten Tränen. Er drückte meine Hand so fest, dass es hätte wehtun müssen, doch ich spürte nichts. »Ich hatte solche Angst um dich«, gestand er mir. »Vorhin, in der Stadt … du hast dir ans Herz gefasst und gewimmert, dass mir das Blut in den Adern gefroren ist. Ich dachte, du hättest einen Infarkt oder so etwas.« Seine Stimme brach. Er zog mich an sich und vergrub sein Gesicht an meinem Hals.

Ich blickte auf seine zerzausten, blonden Haare. Ein Gefühl loderte in mir auf, so wild und zärtlich und traurig, dass es die Leere in meinem Inneren für einen Moment verdrängte. Ich räusperte mich, versuchte zu sprechen. »Ich muss dir etwas sagen«, stieß ich schließlich hervor. Benjo sah auf.

»Die Gabe …«, setzte ich an. Es fühlte sich an, als hätte ich Glasscherben im Mund. »Sie hat mir ein Bild gezeigt. Von Sara … und … dir.« Meine Stimme erstarb. Ich wandte den Blick ab, weil ich es nicht länger ertrug, ihn anzuschauen.

»Das ist ein Scherz«, hörte ich ihn sagen. »Anna, bitte schau mich an.«

Mit äußerster Kraftanstrengung wandte ich den Kopf. Benjo wirkte ernst und sehr blass. »Sara und ich«, sagte er, »das ist unmöglich.«

Die Intensität seines Blickes machte mich schwindelig. »Ich weiß, was ich gesehen habe«, erwiderte ich rau.

Er fasste mich an den Schultern. »Ein Irrtum«, sagte er beschwörend. »Nichts weiter.«

Ich schüttelte den Kopf. »Du verstehst nicht. Die Gabe irrt sich nicht.«

Benjo fuhr sich durch die Haare. »Herrgott, Anna.« Unvermittelt sprang er auf. Der Hocker, den er zu mir ans Bett gezogen hatte, krachte zu Boden. »Und wenn du uns hundertmal zusammen gesehen hast«, sagte er, sein Kiefer zum Zerreißen gespannt. »Ich liebe dich. Und nur dich.« Er atmete geräuschvoll aus. Dann setzte er sich zur mir auf die Matratze, griff nach meiner Hand und hielt sie fest. »Das ändert rein gar nichts.«

Ungläubig starrte ich ihn an. »Es ändert alles, Benjo.« Ich holte tief Luft. »Sara ist die Frau, die für dich bestimmt ist.«

Alle Farbe wich aus seinem Gesicht. »Hörst du mir nicht zu?«, stieß er hervor. »Ich liebe dich, Anna. *Dich*! Nicht Sara. *Sie* habe ich nie geliebt.«

»Warum warst du dann mit ihr zusammen?« Auf einmal war ich unendlich müde.

»Weil ich einsam war, verdammt.« Er kniff die Augen zusammen. »Selbst wenn Sara die einzige Frau auf dieser Welt wäre, glaub mir, ich würde nicht mehr mit ihr zusammenkommen.« Er klang so überzeugend. Doch ich wusste, dass ich mich davon nicht beeindrucken lassen durfte. Ich hatte sie gesehen. Sara war die Frau seines Lebens, seine Seelenverwandte.

Mir blieb keine Wahl, ich musste ihn freigeben. Ich hatte zwanzig Jahre ohne ihn überstanden, ich würde auch den Rest schaffen. Bei dem Gedanken erstarb etwas in mir, und verloren schlang ich die Arme um meine Knie.

Benjo musterte mich. »Oh nein«, sagte er mit finsterem

Gesichtsausdruck. »Das tust du nicht, Anna. Du gibst uns nicht auf.« Er presste mich an sich. »Das lass ich nicht zu. Niemals.«

Er küsste mich wütend, zog mich mit sich, bis ich unter ihm lag, begrub mich mit seinem Körper. Er küsste mich erneut, meinen Hals, meine Lippen. Seine Hände zerrten an meinem T-Shirt. Ich wollte ihn wegschieben, doch ich konnte nicht. Stattdessen nestelte ich an seinem Gürtel. Wir drängten aneinander, umklammerten uns, ungestüm, fieberhaft, kämpften miteinander, voller Zorn, verzweifelt. Als er in mich eindrang, schrie ich laut auf und grub meine Fingernägel in seinen Rücken. Er bäumte sich auf, stöhnte, umfasste mein Gesicht mit beiden Händen und sah mir in die Augen.

Du und ich, Anna. Und niemand sonst.

24

Zerknitterte, feuchte Laken, mittendrin Benjo, schlafend. Rote Striemen zogen sich über seine Haut. Er atmete unruhig, seine Lippen bewegten sich. Ich sah ihn an. Unendlich lange. Versuchte mir jedes Detail einzuprägen, damit ich davon zehren konnte. Später, wenn ich ohne ihn war.

Ich musste mich beeilen. Wenn er wach wurde, war es zu spät. Er würde mich nicht gehen lassen. Ich streckte die Hand aus, um ihn ein letztes Mal zu berühren. Seine Lider flatterten, und erschrocken zog ich meine Hand zurück. Dann drehte ich mich um und verließ das Schlafzimmer, das Cottage. Es war ein Abschied für immer. Noch nie war mir etwas so schwergefallen.

Schneeflocken fielen auf mein Gesicht, als ich durch die Stille der Nacht zu meinem Wagen stolperte und den Motor anließ.

Eine Viertelstunde später war ich auf der Autobahn. Um diese Uhrzeit waren nur wenige Fahrzeuge unterwegs. Ich dachte an das Bild, das mir die Gabe gezeigt hatte. An Benjo und Sara. Und dann ging alles ganz schnell. Mein Wagen fing an zu schlingern und geriet für einen kurzen Moment auf die Nebenfahrbahn. Scheinwerfer blendeten mich. Ein schrilles

Hupen gellte durch die Nacht. Augen, vor Entsetzen geweitet, starrten mich durch die Dunkelheit an. Im letzten Moment gelangt es mir, das Steuer herumzureißen. Ich bildete mir ein, den Luftzug des Lkws zu spüren, der an meinem Wagen vorbeidonnerte, und mein Herz pochte wie verrückt. Ich fuhr auf den Seitenstreifen, öffnete die Tür und übergab mich.

Minutenlang war ich unfähig, mich zu rühren. Ich saß auf meinem Sitz und konnte nicht aufhören zu zittern. Durch meine Unachtsamkeit hatte ich nicht nur mein eigenes Leben gefährdet, ich hatte auch andere Menschen in Gefahr gebracht. *Ich halte das nicht aus,* dachte ich. *Oh Gott. Was soll ich nur tun?*

Meine Finger in der Manteltasche ertasteten ein Stück Papier. Ich zog es heraus und faltete es auseinander. Die Ziffern verschwammen beinahe vor meinen Augen.

Ich musste mehrmals ansetzen, dann endlich ertönte das Freizeichen. Die alte Dame meldete sich sofort. Ihre Stimme klang so warm und freundlich, dass ich für einen Moment die Augen schloss. »Sind Sie das, Anna?«, fragte sie sanft.

»Es ist etwas passiert«, flüsterte ich.

»Mein liebes Kind«, sagte sie, »warum kommen Sie nicht her und erzählen mir davon?«

Die Autofahrt verschwamm in einem wirren Nebel aus Gedanken und Gefühlen. »Warum?«, schrie ich gegen die Windschutzscheibe an, bis sich der Klang des Wortes von seiner Bedeutung löste. *Warum?*, hämmerte es weiter in meinem Kopf, bis die ersten Sonnenstrahlen durch die Wolken brachen. Ich verstand es nicht.

Ich dachte an unseren ersten Kuss. Die Zeit, die wir miteinander verbracht hatten. Keine Liebe konnte größer sein, sich richtiger anfühlen … und doch war es so. Nicht *ich* war die Frau seines Lebens, seine Seelenverwandte, *Sara* war es. Ich schüttelte den Kopf und biss mir auf die Lippen, bis ich Blut schmeckte.

Die in Sonnenlicht getauchte Landschaft des Nahelandes war mehr, als ich ertragen konnte. *Benjo,* dachte ich und erschrak über den gequälten Laut, der aus meiner Kehle drang. Meine Hände klammerten sich fester um das Lenkrad.

Dörfer und Weinberge rauschten an mir vorbei, dazwischen weitläufige Wiesen und Buchenwälder. Auf einmal fühlte ich mich unendlich müde.

Schließlich hielt ich vor der Adresse an, die mir die alte Dame genannt hatte. Mein Kopf sank schwer auf das Lenkrad. Heiße Tränen stiegen mir in die Augen, liefen meine Wangen hinab und tropften auf das schwarze Leder. *Was tat ich hier? Wozu die lange Autofahrt? Es war doch schon längst alles entschieden.* Ich stöhnte, während sich die Verzweiflung mit spitzen Klauen in mein Herz grub.

Reiß dich zusammen, Anna. Mit dem Ärmel wischte ich mir das Gesicht trocken. Dann stieg ich aus und passierte zu Fuß das Tor, das zum Weingut der alten Dame führte.

25

Das Haupthaus war zweistöckig, mit pfirsichfarbenen Holzläden vor den Fenstern. Es wurde flankiert von mehreren gepflegt wirkenden Wirtschaftsgebäuden. Ich streckte mich und atmete tief durch. Die Luft hier in Niederhausen war milder als in Berlin und roch so sauber und frisch, dass mir schwindelig wurde.

Ich sah mich um und erblickte grüne Hecken, einen kleinen Gemüsegarten, der jetzt im Winter mit Vlies geschützt war, und dahinter Kastanien und Obstbäume. Über eine Pergola rankte sich wilder Wein. Der Anblick war friedlich und schön, doch ich war außerstande, mich daran zu erfreuen.

Plötzlich öffnete sich die Haustür, und ehe ich wusste, wie mir geschah, stürmten zwei kleine Kinder heraus auf den kopfsteingepflasterten Hof. Als sie mich bemerkten, hielten sie abrupt inne. Das ältere, ein Junge von vielleicht sechs oder sieben Jahren, wandte den Kopf und blickte über seine Schulter zurück. »Großmutter?«, rief er mit heller Stimme. »Kommst du mal?«

Einen Augenblick später erschien die alte Dame im Türrahmen. »Mein liebes Kind«, begrüßte sie mich mit sanfter Stimme. Sie breitete die Arme aus, und kopflos stürzte ich mich hinein.

Die alte Dame führte mich in eine große warme Küche, kochte uns Tee und ließ mich reden. Zwischendurch, wenn mich der Kummer zu überwältigen drohte, hielt ich inne, die Augen geschlossen, bis ich wieder atmen konnte.

»Verstehen Sie?«, flüsterte ich schließlich. »Ich hatte keine Wahl. Ich *musste* gehen.«

Die alte Dame erwiderte nichts. Unvermittelt stand sie auf, holte eine elegant geformte Flasche hervor, auf deren Etikett eine Mirabelle abgebildet war, und goss uns zwei Gläser ein. Normalerweise trank ich keinen Schnaps, schon gar nicht um diese Zeit, aber diesen stürzte ich mit einem Zug hinunter. Die klare Flüssigkeit hinterließ eine brennende Spur meine Kehle hinab. Ich schüttelte mich, nickte aber, als die alte Dame Anstalten machte, mir ein zweites Glas einzuschenken.

»Und Sie sind sich wirklich sicher?«, fragte sie, nachdem sie die Flasche auf den Küchentisch gestellt hatte. »Die Gabe hat Ihnen ein Bild von Benjo und Sara gezeigt?«

»Ich weiß, was ich gesehen habe«, antwortete ich und schluckte. Unbewusst hatte ich die Worte wiederholt, die ich zu Benjo gesagt hatte. Ich sah ihn vor mir, wie er aufwachte und begriff, dass ich gegangen war. Ihn verlassen hatte. Fort war für immer. Gequält schloss ich die Augen, und Einsamkeit senkte sich über mich wie ein schwarzes Tuch.

Durch die Dunkelheit spürte ich, wie sich die Hand der alten Dame auf meine legte. Sofort wurden meine Finger von einem vertrauten Kribbeln erfasst, und die Verlorenheit, die mich eben noch erfüllt hatte, begann zu weichen. Erstaunt öffnete ich die Augen und begegnete ihrem lavendelfarbenen Blick.

»Meine liebe Anna«, sagte sie. »Benjo *weiß* um Ihre Gabe

und was es bedeutet, dass Sie eine andere Frau an seiner Seite gesehen haben. Trotzdem will er bei Ihnen sein. Weil er Sie liebt. Er hat keine Bedenken, zumindest nicht, was seine Gefühle angeht.«

Ich biss mir auf die Unterlippe, und ihre Stimme wurde noch weicher. »Sie glauben wahrscheinlich, dass Sie ihm schuldig sind zu gehen? Dass Sie seinem Glück im Weg stehen würden, wenn Sie ihn nicht verließen?«

Ich nickte kaum merklich, und die alte Dame strich über meinen Handrücken. »Ich verstehe Sie. Doch Sie müssen eines bedenken. Benjo ist erwachsen. Er trifft seine eigenen Entscheidungen, hat sie längst getroffen. Und er hat sich für Sie entschieden.«

Das Kribbeln auf meiner Haut wurde intensiver, erreichte meine Arme, meine Schulterblätter, meinen Nacken.

»Aber wie«, flüsterte ich, »kann ich denn bei ihm bleiben?« Mit dem Wissen, dass Sara die Frau war, die an seine Seite gehörte. Dass er es bereuen würde, wenn er nicht darauf hörte, und früher oder später anfangen würde, mir die Schuld dafür zu geben … Ich sah die alte Dame an, mit all den widerstreitenden Gefühlen in meiner Brust. Ruhig erwiderte sie meinen Blick, und erneut beschlich mich das Gefühl, dass sie bis auf den Grund meiner Seele schauen konnte.

Sie legte mir ihre Hand an die Wange und lächelte. »Wie«, sagte sie, »könnten Sie *nicht* bei ihm bleiben?«

Mein Puls beschleunigte sich. Konnte es wahr sein? Durften wir wirklich zusammen sein, wenn das sein ausdrücklicher Wunsch war?

Die alte Dame erhob sich. »Denken Sie darüber nach, mein Kind. Bei einem Spaziergang. Ich glaube, wir beide können nun etwas frische Luft gebrauchen.«

Wir verließen das Weingut und schlugen den Weg zum Stausee ein. Nachdem wir die Brücke mit ihren drei Wehren überquert hatten, erreichten wir schließlich einen Wald, der mit seinen knorrigen Eichen, den geschnitzten Baumgeistern und den moosbedeckten Wurzeln und Flechten geradewegs aus einem Märchenbuch zu stammen schien. Wir sprachen nicht, doch das Schweigen zwischen uns war nicht drückend, sondern entspannt und angenehm. Die alte Dame hatte gesagt, was es zu sagen gab, und den Stein ins Rollen gebracht. Wie bei einem Dominospiel hatte er den nächsten umgerissen, und nun spürte ich, wie einer nach dem anderen fiel …

Nachdem wir ungefähr eine Stunde lang gelaufen waren, machten wir Rast. Wir setzten uns auf eine sonnenbeschienene Bank, von der sich uns ein fantastischer Blick auf die Nahe und die gegenüberliegenden Weinberge bot, und aßen den Streuselkuchen, den die alte Dame uns als Wegzehrung eingepackt hatte. Auf einmal merkte ich, wie hungrig ich war, und es dauerte nicht lange, bis ich alles bis auf den letzten Krümel verputzt hatte. Mein Appetit schien die alte Dame zu freuen. Amüsiert schaute sie mir zu, wie ich meine butterglänzenden Finger ableckte. Anschließend traten wir den Rückweg an. Die Sonne schien schräg durch die Zweige und malte goldene Kreise auf den Waldboden, ein Vogel sang, und ganz in der Nähe gurgelte ein Bach.

»Darf ich Sie etwas fragen?«, erkundigte ich mich, als der Hof der Familie in Sichtweite gekommen war.

»Alles, was Sie möchten«, entgegnete die alte Dame.

Ich holte tief Luft. »Wir kennen uns kaum, und trotzdem sind Sie für mich da. In der Nacht, als wir uns das erste Mal begegnet sind – Sie haben *mich* gerettet, nicht andersherum.

Und jetzt auch wieder, hier.« Ich blieb stehen und sah sie an. »Wieso tun Sie das für mich, eine Fremde?«

Der Gesichtsausdruck der alten Dame wurde ganz weich. »Weil ich Sie sehr gernhabe, mein Kind.« Sie griff nach meiner Hand und drückte sie. »Und deshalb …«

Sie lächelte ihr wundervolles Lächeln und strich mit dem Daumen über die Innenfläche meiner Hand. Augenblicklich fing meine Haut an zu kribbeln, und ein Gefühl der Gelassenheit spülte durch meinen Körper, das mir sagte, dass alles gut werden würde. Ich sah auf meine Finger, dann in ihr Gesicht, und mein Mund wurde trocken.

»Spüren Sie das?«, fragte sie.

Ich nickte mit angehaltenem Atem.

»Das ist *meine* Gabe«, sagte die alte Dame. »Damals, in der Bahn … Sie waren so unglücklich.« Sie hakte sich bei mir unter. »Wissen Sie, es stimmt nicht, dass ich *Sie* gerettet habe. Das haben Sie selbst getan. Aber ich konnte Ihnen Trost schenken. Ihre Seele zur Ruhe kommen lassen, damit Sie die Kraft finden, über alles nachzudenken. Manchmal braucht es nicht mehr als das.«

Ich sah sie an. Und in der Sekunde verstand ich alles. Warum ich mich ihr von Anfang an verbunden gefühlt hatte. Das Kribbeln auf meiner Haut, wann immer sie mich berührte. Warum sie mit keiner Wimper gezuckt hatte, als ich ihr von meiner Gabe erzählt hatte. Ich dachte daran, in welchem Zustand ich bei der alten Dame angekommen war. Als eine traurige Hülle, die ein bisschen nach mir aussah. Die zerfallen würde, sobald jemand mit dem Finger dagegenschnippte. Ich hatte mich darauf eingestellt, nie wieder froh zu werden. Und jetzt, nur ein paar Stunden später, streifte ich mit ihr durch den Wald, aß Butterkuchen mit Streuseln und dachte daran, das Schicksal Schicksal sein zu lassen. Ich drückte ihre Hand. »Danke«, sagte ich schlicht.

***

Beim Abendessen in der Küche stellte mir die alte Dame den Teil ihrer Familie vor, den ich bislang nicht angetroffen hatte. Ihren Mann Lorenz, den ich von dem Foto kannte, das sie mir in der Wohnung ihrer Freundinnen gezeigt hatte. Er reichte mir eine warme, schwielige Hand, lachte mich an, und Millionen Fältchen erschienen um seine Augenwinkel. Ihren Sohn Michael, einen großen, kräftigen Mann, der das offene Gesicht von seinem Vater geerbt hatte, und ihre Schwiegertochter Julia. »Und diese kleinen Schelme hier sind Noah und Laura«, sagte die alte Dame schließlich und wies auf ihre beiden Enkel, die ich bei meiner Ankunft bereits kennengelernt hatte. Sie saßen nebeneinander an dem blank gebohnerten Tisch und lächelten mich schüchtern an, wobei bei Noah eine große Zahnlücke zwischen den Vorderzähnen sichtbar wurde.

Michael sah mich freundlich an und reichte mir den Brotkorb. »Fehlt nur noch Vaters Schwester«, sagte er. »Dann ist die Familie komplett. Tante Adele lebt bei uns auf dem Hof. Im Moment ist sie allerdings auf einer Kreuzfahrt. Sie kommt am ersten Weihnachtstag zurück.«

Weihnachten. Es waren nur noch zwei Tage bis dahin. Plötzlich musste ich daran denken, welche Pläne Benjo und ich für Heiligabend geschmiedet hatten, und senkte den Blick. Wir hatten den Abend im Cottage verbringen wollen. Mit Fondue und leckerem Rotwein und Küssen vor dem Kaminfeuer. Konnte es wirklich so einfach sein?, fragte ich mich. Konnte ich zu ihm ins Cottage zurückkehren, als wäre nichts gewesen? Als hätte es das Bild nie gegeben, das mir die Gabe gezeigt hatte? Einfach, weil wir beide es so wollten?

»Sie sehen so aus, als bräuchten Sie noch ein wenig Zeit, um sich über die Situation klar zu werden«, sagte die alte Dame in die Flut meiner Gefühle hinein. »Das ist in Ordnung, mein Kind. Früher oder später werden Sie eine Entscheidung treffen müssen, aber niemand verlangt von Ihnen, dass Sie es heute tun. Bleiben Sie, und verbringen Sie das Fest mit uns. Vielleicht sieht die Welt danach ganz anders aus.«

»Ja«, bekräftigte Lorenz. Er legte mir eine Hand auf die Schulter. »Bleiben Sie. Solange Sie wollen.«

Michael und Julia nickten, und meine Kehle wurde plötzlich sehr eng. Überwältigt und gerührt sah ich von einem zum anderen. Diese Menschen waren Fremde für mich, und trotzdem luden sie mich ein, das Weihnachtsfest in ihrer Mitte zu verbringen. Und mehr noch – sie gaben mir das Gefühl, dass sie ihr Angebot nicht aus Mitleid oder Anstand ausgesprochen hatten, sondern weil sie mich wirklich gerne um sich haben wollten. Und weil sie mir die Zeit geben wollten, die ich so dringend brauchte, um meine Gedanken zu ordnen. Die Aufrichtigkeit und Herzlichkeit in ihren Gesichtern fegte meine Bedenken fort, dass ich mich aufdrängen und zur Last fallen könnte, und zurück blieb ein Gefühl von Geborgenheit, das sich wie eine warme Decke um meine Schultern legte. »Vielen Dank«, sagte ich mit belegter Stimme. »Ihnen allen. Ich bleibe sehr gerne noch etwas, wenn ich darf.«

***

Später brachte mich die alte Dame in das Gästezimmer, das unter dem Dach des Hauses lag und mit seinem Parkettfußboden, den fröhlichen Bildern an den Wänden und den vanillefarbenen Vorhängen eine gemütliche Behaglichkeit verströmte.

»Ich kann mir vorstellen, wie anstrengend und verwirrend das alles für Sie sein muss«, bekannte sie und setzte sich zu mir auf die Kante des Bettes. Sie strich mir über die Hand. »Nach so vielen Jahren treffen Sie Benjo wieder und vertragen sich mit ihm. Sie verlieben sich in ihn. Und plötzlich meldet sich Ihre Gabe und teilt Ihnen mit, dass das Schicksal eine andere Frau für ihn bestimmt hat. Ihr Kopf verlangt danach, ihr recht zu geben und von Benjo ab zu lassen. Schließlich leben Sie mit der Gabe, seit Sie ein Kind sind, und noch nie haben Sie festgestellt, dass Sie sich geirrt haben. Doch dieses Mal mischt sich Ihr Herz ein. Es sieht Dinge, die für Ihren Verstand unsichtbar sind. Und deshalb, meine liebe Anna, sollten Sie genau hinhören, wenn es zu Ihnen spricht.« Sie erhob sich und lächelte mir zu. »Ich bin überzeugt davon, dass sich alles zum Guten wendet. Vertrauen Sie mir. Vertrauen Sie Benjo. Doch am Allerwichtigsten: Vertrauen Sie sich selbst!«

Nachdem die alte Dame gegangen war, kribbelte meine Hand noch lange nach. Ich ließ mich in die weichen Kissen fallen und schaute an die Decke. Meine Finger berührten mein Gesicht, tasteten über meinen Mund. *Lächelst du?*, fragte eine Stimme in meinem Kopf. *Und wenn es so wäre?*, antwortete ich.

26

Als die ersten Sonnenstrahlen durch die hölzernen Fensterläden drangen, hatte ein merkwürdiges Gefühl von mir Besitz ergriffen. Ich hatte nicht viel geschlafen, und körperlich war ich ausgelaugt bis zur Erschöpfung. Doch mein Geist war hellwach und bis aufs Äußerste gespannt, und obwohl es im Zimmer kühl war, glühte meine Haut, als würde sie von einem Fieber verzehrt.

Fast mein ganzes Leben lang hatte ich an das Schicksal geglaubt. Nie wäre mir in den Sinn gekommen zu ignorieren, was die Gabe mir eingab. Doch jetzt, wo ich den Gedanken zugelassen hatte, mit Benjo zusammen sein zu dürfen, entfaltete er einen Sog, dem ich mich nicht entziehen konnte. Ich dachte an Benjos verwuscheltes, weizenblondes Haar, seine goldgefleckten Augen. Bildete mir ein, den Duft seiner Haut zu riechen. Ich schloss die Augen. Vielleicht wurde unsere Verbindung nicht durch das Schicksal bestimmt, wie es bei meinen Klienten der Fall war. Aber sie fühlte sich so glücklich und harmonisch an, als wäre sie es. Warum sollten wir keine Chance verdient haben?

***

»Haben Sie gut geschlafen?«, begrüßte mich die alte Dame, als ich kurze Zeit später die Küche betrat. Es duftete nach Kaffee, nach Rührei mit gebratenem Speck und frisch gebackenem Brot. Ich nickte und nahm auf dem Stuhl Platz, den mir ihr Enkel Noah mit feierlicher Miene zurechtrückte, bevor er sich wieder neben seine Schwester setzte. Seine Eltern waren offensichtlich schon unterwegs, zwei benutzte Gedecke deuteten darauf hin.

»Der Arbeitstag geht bei uns früh los«, erklärte Lorenz auf meinen fragenden Blick.

Die alte Dame schenkte ihrem Mann einen liebevollen Blick. »Bei dem einen mehr, bei dem anderen weniger.« Sie griff über den Tisch nach der Kanne und goss ihm eine Tasse Kaffee ein. Dabei streiften sich ihre Finger.

Der kleine Noah aß das letzte Stück seines Brotes und schluckte es geräuschvoll hinunter. »Können wir jetzt losgehen?«, bettelte er. »Bitte, Großvater, du hast es versprochen.«

Lorenz schmunzelte. »Das stimmt«, räumte er ein und leerte seine Tasse in einem Zug. »Die Labradorhündin von unseren Nachbarn hat Welpen bekommen«, verkündete er mir, während er aufstand und seinen Stuhl zurückschob. »Wir gehen hin, um sie uns anzuschauen.«

Laura nickte begeistert und krabbelte von ihrem Kinderstuhl. Als die drei verschwunden waren, senkte sich eine friedliche Stille über den Raum. Die Sonne schien durch die blank geputzten Fensterscheiben und zauberte fröhliche Muster auf die Tischplatte. Ich dachte an die Gespräche zurück, die die alte Dame und ich seit meiner Ankunft geführt hatten. An ihre Berührung, die so viel bewirkt hatte. Dankbar nahm ich das Glas Orangensaft entgegen, das sie mir anbot, und wies vielsagend auf ihre zarten, schmalen Hände.

»Wann haben Sie es gemerkt?«, fragte ich. »Dass Sie eine Gabe besitzen?«

Die alte Dame legte die Stirn in Falten. »Ich muss ungefähr fünf gewesen sein«, antwortete sie und lehnte sich in ihrem Stuhl zurück. »Da gab es dieses Mädchen. Mathilda. Sie war zwei oder drei Jahre älter als ich und wohnte mit ihrem Vater nebenan. Ihre Mutter hatte die Familie verlassen, um mit einem anderen Mann zusammen zu sein. Seitdem wollte sie nicht mehr reden. Nicht mehr spielen. Nicht mehr essen. Sie wurde so dünn, dass sie aussah, als könnte sie jeden Moment auseinanderbrechen. Sie tat mir sehr leid. Als ihr Vater nicht mehr ein noch aus wusste, entschied er, in die Stadt zu fahren, um den Doktor zu holen. Weil Mathilda zu schwach war, um alleine zu bleiben, brachte er sie zu uns. Ich erinnere mich, wie er in der Tür stand, in seinen Armen das Kind, so blass, als wäre es ein Geist. Er trug Mathilda ins Wohnzimmer und legte sie auf unser Sofa. Im Schein des Kaminfeuers konnte ich den Kummer sehen, der sich tief in seine Züge gegraben hatte.«

Die alte Dame machte eine kurze Pause, dann fuhr sie fort.

»Mein Blick wanderte immer wieder zu Mathilda, die mit geschlossenen Augen auf dem Sofa lag. Ihr Atem ging flach, ihr Brustkorb bewegte sich kaum. Auf einmal spürte ich das drängende Verlagen, sie zu trösten. Als ich einen Schritt auf Mathilda zumachte, sagte meine Mutter, Mathilda sei krank und ich solle sie schlafen lassen. ›Aber ich möchte ihre Hand halten‹, bettelte ich. Mathildas Vater erlaubte es. Ich setzte mich also zu dem Mädchen und strich mit den Fingern über seine Wange. ›Hallo‹, flüsterte ich und griff nach Mathildas Hand. Ich spürte, wie ein Kribbeln durch meine Finger lief und sich auf ihre übertrug. Dann, plötzlich, schlug sie die Augen auf. Eine Ewigkeit lang sahen wir uns an. Ihre Haut wurde mit jeder Sekunde, in der ich sie berührte, wärmer. Die fahle Blässe verschwand aus ihrem Gesicht. Ihre Lippen, die ganz trocken und aufgesprungen waren, öffneten sich. ›Hallo‹, erwiderte sie leise. Sofort war ihr Vater an ihrer Seite. Tränen liefen über sein bärtiges Gesicht. Er nahm sie in die Arme und wiegte sie, als wäre sie ein Baby. Über ihre Schulter sah er mich an. ›Ich weiß nicht, wie du das gemacht hast‹, sagte er, ›aber ich danke dir dafür.‹«

Die alte Dame räusperte sich. »Seitdem habe ich viele Menschen getröstet. Auch diejenigen, bei denen eigentlich kein Trost mehr möglich war. Vielleicht hätte ich auch eine Agentur eröffnen sollen. Bedarf gab es wahrhaftig genug.« Sie lächelte mich an, und eine Spur verlegen lächelte ich zurück.

Plötzlich kam mir ein Gedanke. »Bei Ihnen selbst wirkt die Gabe nicht, oder?«

Sie hielt kurz inne, dann schüttelte sie den Kopf. »Nicht wie bei anderen, nein. Ich war traurig in meinem Leben. Sehr sogar. Als meine Eltern starben. Doch ich fand Freunde, gründete eine Familie, begegnete wunderbaren Menschen. Menschen wie Ihnen, mein liebes Kind.«

Ich begegnete ihrem Blick. Ihre Worte hatten mich in meinem Innersten berührt und gleichzeitig sehr nachdenklich gestimmt. Die alte Dame hatte mit dem Tod ihrer Eltern einen schweren Schicksalsschlag erlitten. Trotzdem hatte sie nicht mit ihrer Gabe gehadert, die ihr keinen Trost zu schenken vermochte. Stattdessen hatte sie andere Menschen getröstet, ihnen in der Not beigestanden und daraus tiefe Zufriedenheit gezogen. Sie führte ein schönes, gutes Leben. Ein Leben, von dem ich lange Zeit geträumt hatte, ohne auch nur einen Finger dafür zu rühren.

»Nach dem Scheitern meiner Beziehung mit Gregor«, gestand ich ihr, »habe ich es als bittere Ungerechtigkeit empfunden, dass meine Gabe nur anderen Menschen nützte, nicht mir selbst. Ich kam mir wie eine Heuchlerin vor, wenn ich mit meinen Klienten über die wahre Liebe sprach. Wie eine Blinde, die von der Farbe redete. Eine Frau mit einem Makel. Ich bin so tief im Selbstmitleid versunken, dass ich das Glück meiner Klienten nicht mehr sehen wollte und sie gezwungen habe, das Treffen mit dem Partner, den ich für sie gefunden hatte, selbst zu arrangieren. Ich habe meine Gabe als Bürde gesehen, nicht als Geschenk. Das war ein Fehler, das weiß ich jetzt.«

Ich hatte lange für diese Erkenntnis gebraucht, und jetzt, wo ich sie gewonnen hatte, fühlte ich mich wie befreit.

***

Wir saßen noch am Frühstückstisch und redeten, als Lorenz und die Kinder von ihrem Ausflug zurückkehrten. Mit roten Wangen und leuchtenden Augen stürmten sie auf die alte Dame zu und begannen atemlos von ihrem Abenteuer zu berichten. Lorenz wandte sich mir zu. »Das kann dauern«, stellte er fest und lachte gutmütig. »Was halten Sie davon, wenn ich Ihnen in der Zwischenzeit den Hof zeige?«

»Sehr gerne. Ich hole nur schnell meinen Mantel.«

Wir begannen unseren Rundgang in der ›Schatzkammer‹, einem kleinen, quadratischen Raum, der unter dem Haupthaus lag und in dem die Familie die besten Weine jeden Jahrgangs aufbewahrte.

»Meine Eltern haben mir den Hof zu meinem dreißigsten Geburtstag überschrieben«, erzählte Lorenz, während ich die Hunderten von Flaschen bestaunte, die um uns herum in gemauerten Fächern lagerten. »Das war im Jahr 1972«, fügte er verschmitzt hinzu. »Damals hatten wir noch einen Mischbetrieb mit Vieh, Landwirtschaft und Wein, wie es hier in der Gegend üblich war. Erst in den Folgejahren haben wir begonnen, vollständig auf Weinproduktion umzustellen. Heute bewirtschaften wir acht Hektar Reben, davon ungefähr neunzig Prozent Riesling und daneben ein bisschen Weiß- und Grauburgunder, Müller-Thurgau und Dornfelder.«

Neugierig sah ich ihn an. Ich hatte die alte Dame so verstanden, dass das Gut von ihrem Sohn und der Schwiegertochter geführt wurde, und instinktiv angenommen, dass sie selbst und Lorenz zwar noch hier wohnten, aber ansonsten ihr Rentnerdasein genossen.

Als ich Lorenz darauf ansprach, lachte er laut und herzlich. »Wir sind eine Winzerfamilie«, klärte er mich auf. »Seit Generationen schon und mit Leib und Seele. So etwas wie Ruhestand gibt es für uns nicht. Und wenn der Tag kommt, an dem mich meine Beine nicht mehr die Steillagen hinauftragen, werde ich eine andere Beschäftigung finden. An Arbeit mangelt es uns auf dem Hof wahrlich nicht.«

Er gab mir mit einer Geste zu verstehen, dass er die Führung fortsetzen wollte, und wartete, bis ich vorausgegangen war. Dann löschte er das Licht hinter mir.

Als Nächstes zeigte mir Lorenz die Gewölbekeller, in denen der Wein ausgebaut wurde. Das Reich seines Sohnes, wie er mir stolz berichtete, dessen Geschick als Kellermeister weit über Niederhausen hinaus bekannt war. Wir kamen vorbei an traditionellen Stückfässern, die, wie ich lernte, aus Eichenholz gefertigt waren und tausendzweihundert Liter fassten, kleineren Barriquefässern und futuristisch anmutenden Edelstahltanks.

Zuletzt betraten wir die Probierstube, die sich in einem flachen Gebäude rechts neben dem Wohnhaus befand. Der Raum war in gemütliches Licht getaucht und wurde von einer langen Tafel beherrscht, an der gut und gerne zwanzig Personen Platz fanden. An den Wänden hingen wunderschön fotografierte Landschaftsaufnahmen, die den Fluss, die Weinberge und die umliegenden Wälder zeigten.

Lorenz zog einen Stuhl zurück und bedeutete mir, Platz zu nehmen. »Hier führen wir unsere Weinproben durch«, sagte er. »Wir verkaufen überwiegend an Privatkunden, aber auch an ausgewählte Weinhändler und Restaurants. Seit unsere Schwiegertochter Julia den Vertrieb leitet, exportieren wir auch immer mehr ins Ausland. Hauptsächlich nach England, in die Niederlande und die USA.«

Mit den Worten zauberte Lorenz mehrere Flaschen hervor und stellte sie vor mich auf den Tisch. »Und jetzt probieren wir meine Lieblingsrieslinge«, ließ er mich wissen.

Und das taten wir, bis sich in meinem Bauch eine samtene Hitze ausbreitete, die meine Beine träge machte und meine Wangen rosa färbte.

»Erzählen Sie mir von Ihrer Frau«, bat ich ihn, während ich an einem Stückchen Weißbrot knabberte, das Lorenz mir nach dem zweiten Glas angeboten hatte. »Wie war es für sie, in eine Winzerfamilie einzuheiraten?«

Lorenz nahm einen Schluck von seinem Wein. »Sie hat meine Familie im Sturm erobert. Meine Schwester Adele kannte sie schon von der Schule. Die beiden sind bis heute gute Freundinnen. Und meine Eltern … tja, was soll ich sagen. Sie waren hingerissen von ihr. Genau wie ich und alle anderen, die ihr begegneten. Wissen Sie, Anna, bei ihrer ersten Weinlese kam ein verheerender Sturm auf, der weite Teile unserer Ernte vernichtete. Es war eine Katastrophe, die uns beinahe den Hof gekostet hätte. Meine Eltern hatten schon viele Rückschläge überstanden, aber dieses Mal war es anders. Sie verloren die Kraft weiterzumachen. Meine Frau gab ihnen den Mut zurück. Einfach, indem sie sie berührte. Wenn ich sie nicht schon vorher von ganzem Herzen geliebt hätte, ich hätte es spätestens jetzt getan.«

Statt einer Antwort hob ich mein Glas, um mit ihm anzustoßen.

So verging der Tag. Nachdem wir die Weinprobe beendet hatten und ich im Gästezimmer ein kurzes Nickerchen gehalten hatte, spielte ich mit den Kindern im Garten Verstecken, bis die Sonne hinter den Hügeln verschwand und uns die alte Dame zum Abendbrot wieder in die warme Stube hereinrief.

Beim Essen war die ganze Familie um den Tisch versammelt. Michael und Julia ließen sich von ihren Kindern berichten, was sie den Tag über erlebt hatten, und kommentierten die fröhlichen Geschichten mit vielen Ahs und Ohs. Als es Schlafenszeit wurde, brachte Michael Noah und Laura ins Bett, und auch ich verabschiedete mich kurze Zeit später, weil mir meine Augen in immer kürzer werdenden Abständen zufielen.

Und dann stand der Heilige Abend auch schon vor der Tür. Am Vormittag schmückte Lorenz mit den Kindern den Baum, während wir anderen in der Küche Salat wuschen, Gemüse schnibbelten, kochten, buken und brieten, bis das ganze Haus von köstlichen Düften erfüllt war. Die alte Dame und ich arbeiteten nebeneinander, als hätten wir nie etwas anderes getan. Während ich Teig ausrollte und mit Mehl bestäubte, um zum ersten Mal in meinem Leben Brot zu backen, ertappte ich mich dabei, wie ich still vor mich hin lächelte. Ich sah auf und begegnete ihrem Blick. »Geht es?«, fragte sie.

Ich wischte meine Hände an dem weißen Tuch ab, das ich um meine Hüfte gebunden hatte, und nickte. Die alte Dame legte mir eine Hand auf die Schulter. »Der Anfang ist am schwersten«, sagte sie. »Danach geht es wie von selbst.«

Ich war mir bewusst, dass sie nicht vom Brotbacken redete.

»Ich habe mich entschieden«, sagte ich, und in dem Moment, in dem ich die Worte aussprach, begriff ich, dass ich die Worte auch wirklich so meinte. Ich atmete tief durch und rief mir Benjos Gesicht vor Augen. *Ich verspreche dir nicht, dass ich niemals zweifeln werde,* sagte ich in Gedanken zu ihm. *Und ich verspreche dir auch nicht, dass es mich nicht traurig machen wird. Doch was ich dir verspreche, ist, dass ich bei dir bleiben werde bis zu dem Tag, an dem du meine Liebe nicht mehr willst.*

Ich wandte mich der alten Dame zu. »Ich gehe zurück«, sagte ich und lächelte. »Sobald ich den Mut dafür aufbringe.«

Die Bescherung fand nach Einbruch der Dämmerung statt. Die Klänge von *Stille Nacht, Heilige Nacht* erfüllten das Wohnzimmer, die alte Dame läutete ein silbernes Glöckchen, und eine Sekunde später stürmten Noah und Laura in Richtung Weihnachtsbaum, an dessen Fuß sich die Geschenke türmten, eingeschlagen in goldschimmerndes Papier. Mit großen Augen und offenen Mündern schüttelten sie die Pakete, dann lösten sie ehrfürchtig die glitzernden Schleifen.

Bald war der ganze Raum erfüllt von glücklichem Kinderlachen. Eine Holzeisenbahn wurde aufgebaut, ein Dreirad Probe gefahren, ein Zauberkasten unter lautem Gekicher ausprobiert. Mein Blick glitt zu den Erwachsenen, die dem Spiel der Kinder folgten. *Wenn Benjo jetzt hier wäre*, dachte ich voller Sehnsucht.

»Hier, mein liebes Kind, das ist für Sie.«

Ich hatte nicht bemerkt, dass die alte Dame aufgestanden und zu mir herübergekommen war. Verlegen schaute ich auf die kleine Schachtel, die sie mir hinhielt.

»Aber, ich habe gar nichts für Sie«, murmelte ich und spürte, wie mein Gesicht heiß wurde.

»Sie sind da, feiern mit uns«, sagte die alte Dame. »Das ist genug.«

In diesem Moment war ich so berührt, dass ich den Kopf schnell senkte, damit sie die Tränen in meinen Augen nicht bemerkte. Ich hob den Deckel des Kartons und strich vorsichtig über den schwarzen Samtbeutel, der im Inneren der Schachtel lag. Ich nahm ihn heraus, löste die Kordel und blickte auf den zierlichen goldenen Kompass, der zum Vorschein kam.

»Damit Sie nie mehr vom Weg abkommen«, erklärte die alte Dame und lächelte ihr wundervolles Lächeln. Ich schluckte schwer. Bevor ich etwas erwidern konnte, schellte es an der Tür.

»Ah«, sagte die alte Dame und sah auf ihre Armbanduhr, »das werden die Kinder aus dem Dorf sein. Ein alter Brauch hier auf dem Hof. Begleiten Sie mich?«

Immer noch benommen von ihrer Großzügigkeit, stand ich auf, die Hand fest um den kleinen Kompass geschlossen, und folgte ihr in den Flur. »Machen Sie bitte auf?«, bat sie mich. »Ich bin sofort bei Ihnen.« Ich nickte, ging zur Tür und öffnete sie.

»Hallo, Anna«, begrüßte mich Benjo, und mit einem Mal gaben meine Knie nach. »Vorsicht!«, sagte er und fasste mich an den Schultern, damit ich nicht stolperte.

Für einen langen Moment sahen wir uns in die Augen. Mein Herzschlag beschleunigte sich, und ich war außerstande, einen vernünftigen Gedanken zu fassen. »Wie …?« Ich verstummte und schüttelte den Kopf.

Benjo biss sich auf die Unterlippe und lächelte. »Wir waren verabredet«, sagte er leise. »Schon vergessen? Nur du und ich und der Kamin?«

Ich starrte ihn an, und wilde, unbändige Freude schoss durch meinen Körper.

»Benjo. Wie schön, dass Sie da sind«, hörte ich die alte Dame hinter mir sagen. Sie trat auf ihn zu und umarmte ihn.

»Sie haben gewusst, dass er kommt?«, fragte ich verdattert.

Die alte Dame löste sich von ihm und wandte sich mir zu. »Geahnt«, sagte sie und schmunzelte. Benjo hob in einer komischen Geste die Arme. Die alte Dame lächelte. »Geht doch schon hinein, ihr beiden, ich komme gleich nach.«

Ich war so überwältigt von meinen Gefühlen, dass ich keinen klaren Gedanken fassen konnte. Natürlich, ich hatte die Entscheidung getroffen, zu ihm zurückzukehren. Doch dass er jetzt vor mir stand …

Das Blut rauschte in meinen Ohren, und wie in Trance schlug ich den Weg zum Wohnzimmer ein, Benjo an meiner

Seite. Ich traute mich nicht, ihn anzusehen, und doch war ich mir seiner Gegenwart bewusst wie nie zuvor in meinem Leben. Das Lachen und fröhliche Stimmengewirr wurden lauter.

Ich holte tief Luft und öffnete die Tür zum Wohnzimmer. Warme, nach Kaminfeuer duftende Luft schlug uns entgegen. Die Kinder saßen unter dem Weihnachtsbaum und spielten mit ihren Geschenken. Ihre Augen funkelten mit den Kerzen um die Wette. Lorenz saß bei ihnen und lachte über etwas, das Noah ihm ins Ohr flüsterte. Doch als er uns in der Tür stehen sah, rappelte er sich hoch und kam zu uns herüber. »Sie müssen Benjo sein«, sagte er herzlich und klopfte ihm auf die Schulter. Eine Sekunde später standen auch Michael und Julia bei uns und begrüßten Benjo so überschwänglich, als gehörte er zur Familie. Noch immer fühlte sich das alles sehr unwirklich für mich an. Wie in einem Traum.

Dann war es Zeit für das Abendessen. Jemand hatte ein weiteres Gedeck aufgelegt. Vielleicht war es auch die ganze Zeit über da gewesen, ich hatte den Überblick verloren. Benjo und ich saßen nebeneinander und rutschten verlegen auf unseren Stühlen herum.

Während dampfende Schüsseln und Platten herumgereicht und Weingläser gefüllt wurden, blickte ich auf die cremefarbene Tischdecke vor mir. Ich war so sehr damit beschäftigt, Benjo nicht anzusehen, dass mein Nacken anfing zu schmerzen. Meine Hände strichen unablässig über meine Oberschenkel und hinterließen einen feuchten Film auf meinem Kleid. Die Unterhaltung am Tisch war laut und fröhlich, doch ich war zu aufgewühlt, um etwas davon mitzubekommen.

Nach dem Dessert brachte Julia die Kinder ins Bett. Ich

sah ihnen nach, wie sie sich an der Tür noch einmal umdrehten und uns zuwinkten.

Plötzlich spürte ich Benjos Mund an meinem Ohr, seinen Atem auf meiner Haut. »Können wir uns unterhalten?«, fragte er leise.

Mein Herz klopfte mir bis zum Hals, als ich Benjo auf die Terrasse führte. Vielleicht führte er auch mich, ich wusste es nicht. Der Mond schien hell am nachtschwarzen Himmel, und Millionen und Abermillionen von Sternen funkelten auf uns herab. Aus dem Wohnzimmer drang Weihnachtsmusik zu uns herüber. Mein Blick glitt über die sanften Hügel der Weinberge, ohne dass ich etwas wahrnahm.

Er war gekommen. Benjo war gekommen. Ich warf ihm einen zaghaften Blick zu. Er wirkte ganz ruhig, ganz bei sich. Ich öffnete den Mund, um etwas zu sagen, und schloss ihn wieder.

»Ist dir kalt?«, fragte er mich, und ich nickte hilflos. Er zog sein Jackett aus und legte es mir um die Schultern. Dann stellte er sich neben mich, so nah, dass ich den Duft seiner Haut riechen konnte, aber nicht nah genug, um mich zu berühren. Mein Körper schrie enttäuscht auf. Jede Faser meines Wesens sehnte sich danach, von ihm gehalten zu werden.

»Als ich erwachte und du fort warst«, sagte er plötzlich in die Stille hinein, »da wusste ich, wie sich die Hölle anfühlen muss. Ich konnte an nichts anderes mehr denken, als dass ich dich zurückbekommen musste.« Er schluckte und schüttelte den Kopf. »Ich weiß nicht, ob dir das klar ist, Anna, aber du bist der wichtigste Mensch in meinem Leben. Es gibt niemanden auf dieser Welt, der jemals das für mich sein könnte, was du für mich bist. Wenn du glücklich bist, bin ich es auch, und dich traurig zu sehen zerreißt mir das Herz.«

Er schluckte erneut. »Ich schlafe nicht gut, wenn du nicht bei mir bist. Und ich kann nicht an dich denken, ohne wie ein Idiot zu grinsen. Und da ich den ganzen Tag an dich denken muss …« Er lächelte schief und biss sich auf die Unterlippe. »Du bist mein Leben, Anna. Mein Zuhause. Und ich bin stolz auf den Mann, der ich neben dir bin.«

Unsere Blicke verfingen sich ineinander. Seine Hand tastete nach meiner, und in dem Moment, in dem sich unsere Finger berührten und langsam miteinander verschränkten, seufzten wir beide vor Erleichterung, weil es sich so richtig anfühlte. Sein Daumen strich über meine Hand. »Ich liebe dich mit jeder Faser meines Ichs. Und wenn du mich auch liebst, bleib bei mir. Ich weiß, was dich das kostet, doch ich bitte dich. Bleib bei mir.«

Meine Beine gaben unter mir nach, und er fing mich auf und hielt mich fest, als wollte er mich nie wieder loslassen. Eine Ewigkeit schauten wir einander in die Augen. Dann nickte ich. »Ja«, flüsterte ich.

Er sah mich prüfend an. »Ja?«

Ich lachte und weinte gleichzeitig. »Ja. Aus ganzem Herzen, ja!«

Benjo atmete geräuschvoll aus. Dann umfasste er mein Gesicht mit seinen großen warmen Händen und küsste mich. Ich spürte seine Lippen auf meinen, seinen Atem auf meiner Haut, den Rhythmus seines Herzes, das im Einklang mit meinem schlug. Roch seinen Duft. Nach Sonne und Regen und frischer Wäsche, die im Wind trocknete. Ich legte meinen Kopf an seine Schulter, und so standen wir da, Arm in Arm, und blickten auf die in Mondschein gehüllten Weinberge.

Epilog

Elf Monate später

Ich warf einen kurzen Blick durch den Vorhang und ließ ihn schnell wieder zufallen. »Bist du aufgeregt, mein Schatz?«, fragte mich Benjo. Er legte seine Hände auf meine Schultern und blickte lächelnd zu mir hinunter.

Ich nickte und knetete meine feuchten Hände. Milford & Behrends hatte zu einem Empfang eingeladen, und alle waren gekommen, um den überwältigenden Erfolg von ›Liebe‹ zu feiern. Das Buch hatte seit seiner Veröffentlichung alle Verkaufsrekorde geschlagen und stand nun auf dem ersten Platz der Bestsellerliste.

Ich atmete tief durch. »Als Frau Richter meinte, es wäre eine schöne Idee, wenn ich auch etwas vortrage, hatte ich keine Ahnung, dass so viele Menschen kommen würden«, sagte ich kläglich.

Benjo lachte und gab mir einen Kuss auf die Nasenspitze. »Keine Angst, Anna. Du musst nicht alleine da raus. Ich bin bei dir.«

»Ich weiß«, sagte ich leise. »Bitte küss mich noch einmal, ja?«

Er tat mir den Gefallen, und erst, als begeistertes Klatschen an mein Ohr drang, bemerkte ich, dass sich der Vorhang geöffnet hatte. Mit klopfendem Herzen wandte ich mich dem

Publikum zu. Mein Blick glitt über die Reihen. Es waren viele bekannte Gesichter da. Die alte Dame, Rita und Elisabeth, Louise und Hannes, Sabine, Nora Rittbach und ihr frisch angetrauter Ehemann, Julina Winter und Leo Demmler. Alle lächelten mir zu. »Viel Glück, Anna«, raunte Benjo in mein Ohr, bevor er sich in den Hintergrund zurückzog. Mit weichen Knien ging ich zum Pult.

»Guten Abend«, flüsterte ich in das Mikrofon. In der ersten Reihe reckte Sabine den Daumen hoch. Die alte Dame lächelte ihr Funken sprühendes Lächeln, und augenblicklich wurde ich ruhiger.

»Es war an meinem siebten Geburtstag«, begann ich, »als sich meine Gabe zum ersten Mal bemerkbar machte. Sie brachte zwei befreundete Kinder, Franziska und Sebastian, zusammen. Die beiden waren ebenfalls sieben, und so sollte es noch zwanzig Jahre dauern, bis sie sich das Jawort gaben. Seitdem habe ich viele weitere Menschen zusammengeführt. Zunächst eher zufällig, später gezielt in meiner eigenen Agentur. Doch es bedurfte jemand anderes, um zu erkennen, dass diese Geschichten erzählt werden wollten.«

»Damit bin ich gemeint!«, rief Frau Richter aus der ersten Reihe und lachte heiser, »nur damit Sie es wissen!«

Ich wartete, bis sich das Gelächter im Saal gelegt hatte, dann fuhr ich fort. »Benjo hat lange überlegt, welche Geschichten er in der Anthologie erzählen möchte. Schließlich hat er sich für zwölf entschieden. Es sind schöne Geschichten, traurige, lustige … und jede für sich ist einzigartig. Genau wie die Liebe.« Ich lächelte. »Doch *ich* möchte Ihnen heute eine andere Geschichte erzählen. Eine, die Sie nicht in dem Buch finden werden.«

In den nächsten Minuten erzählte ich dem gebannt lauschenden Publikum, wie ich Madeleine Clary kennengelernt hatte, wie sie mich Wochen später angerufen hatte, wie ich mit Benjo nach Paris geeilt war. An der Stelle, als sich der verwegen aussehende Amerikaner als Enttäuschung herausstellte, ging ein kollektives Aufseufzen durch die Menge. »Sie kam darüber hinweg«, sagte ich, »und im Sommer trafen wir uns wieder, auf der Hochzeit eines befreundeten Paares. Es war ein strahlend schöner Tag, fünfundzwanzig Grad und Sonnenschein. Die Trauung fand draußen statt. Im Garten eines Barockschlosseses.« Ich lächelte. »Es war wie im Märchen. Ein Teppich aus Sommerblumen führte zu einem kleinen romantischen Pavillon, in den Ästen der Bäume waren Seidenbänder befestigt, ein Streichquartett spielte. Wir hörten zarte Klänge, die durch die Luft wehten und nahmen auf den mit weißen Hussen überzogenen Stühlen Platz. Ich saß neben Benjo und meiner Freundin Sabine. Im letzten Moment schlüpfte Madeleine zu uns in die Reihe und ließ sich schwer atmend neben uns sinken. »Sie kommen«, flüsterte Benjo, und wir wandten die Köpfe. Der Pfarrer in seiner schwarzen Soutane ging voraus. Dahinter das strahlende Brautpaar, gefolgt von einem kleinen Mädchen mit geflochtenem Haar, das ein Weidenkörbchen in den Händen trug. Doch anstatt die Blumen zu werfen, begann es eifrig die Blüten einzusammeln, die den Weg zum Pavillon schmückten.« Ein fröhliches Kichern ging durch die Stuhlreihen. »Als die kleine Prozession den Altar erreichte, drehte sich der Pfarrer zu uns Gästen um. Er war jung, Anfang dreißig vielleicht, und äußerst attraktiv. Das war mein letzter klarer Gedanke, denn dann wurde mir schwindelig. Hinter meiner Stirn setzte das vertraute Ziehen ein, ich sah winzige Punkte, die sich zu einem Bild zusammenfügten. *Das darf doch nicht wahr sein,* dachte ich und fasste nach Benjos Hand. Er beugte sich zu mir. ›Was ist los?‹, fragte er leise. Ich wies auf den Pfarrer. Benjos Augen weiteten sich. ›Für wen?‹ Ich nickte in Richtung Madeleine. Mir war klar gewesen, dass die Suche für sie nicht einfach werden würde, aber *damit* hatte ich nicht gerechnet. Wir blickten zu Madeleine. Doch sie bekam von alledem nichts mit. Sie betrachtete den jungen Pfarrer mit einem Gesichtsausdruck, der nicht von dieser Welt war. ›Da siehst du es‹, flüsterte ich Benjo ins Ohr. Meine Stimme klang resigniert. ›Was sollen wir jetzt tun? Er ist Pfarrer, ein Mann Gottes. Ich weiß nicht, wie es dir geht, aber ich will nicht in die Hölle kommen.‹ Der junge Pfarrer sah stirnrunzelnd zu uns hinüber. Er war es offensichtlich nicht gewohnt, dass bei seinen Trauungen getuschelt wurde. Da blieb sein Blick an Madeleine hängen, und ein merkwürdiger Ausdruck glitt über seine Züge. Er stockte mitten im Satz und schüttelte benommen den Kopf. Benjo lachte und zog mich an sich. ›Wann warst du das letzte Mal in der Kirche, Anna?‹, fragte er mich amüsiert, und dann erklärte er mir den Unterschied zwischen einem katholischen und einem evangelischen Pfarrer.«

Es dauerte eine Weile, bis sich das Lachen im Publikum gelegt hatte. »Meine Damen und Herren«, sagte ich. »Ich wünschen Ihnen einen wunderbaren Abend. Und wenn Sie noch Fragen an Madeleine haben, sie ist heute Abend hier.« Ich zwinkerte ihr zu. »Zusammen mit ihrem Verlobten.«

***

»Das haben Sie großartig gemacht«, begrüßte uns die alte Dame, nachdem Benjo und ich von der Bühne gekommen waren. Sie umarmte uns beide. »Wirklich ganz wundervoll.«

Rita, Elisabeth und Sabine, die hinter ihr standen, nickten heftig. »Ich bin so stolz auf euch«, sagte Louise und betupfte sich mit dem Taschentuch, das Hannes ihr gereicht hatte, die Augenwinkel. Ich grinste. Nachdem die Anspannung von mir abgefallen war, konnte ich gar nicht mehr aufhören zu strahlen. Sogar meine Eltern waren gekommen. Ob wegen Benjo oder mir, konnte ich nicht sagen, aber sie waren da, und das war mehr, als ich jemals von ihnen erwartet hätte. Benjo und ich warteten, bis sich der Ansturm gelegt hatte, dann zogen wir uns an die Bar zurück, bestellten Champagner und blickten uns glücklich an.

»Und?«, fragte eine Frauenstimme. »Haben Sie es sich überlegt?« Erschrocken fuhren wir auseinander und sahen eine bestens gelaunte Frau Richter. Ihre Wangen glühten vor Begeisterung. »Schauen Sie sich um.« Sie machte eine ausholende Bewegung mit der Hand. »Mit der Fortsetzung ›Noch mehr Liebe‹ könnten Sie nahtlos an den Erfolg anknüpfen und …«

Benjo und ich schüttelten beide den Kopf. »Nein danke!«, riefen wir wie aus einem Mund.

Frau Richter seufzte. »Ich hatte befürchtet, dass Sie das sagen.« Sie zuckte mit den Schultern. »Also schön. Dann eben das andere Projekt. Wie war noch mal der Titel?«

Benjo und ich tauschten einen verschwörerischen Blick. »›1000 Dinge, die du besser nicht machen solltest‹«, sagte Benjo. Er umfasste meine Hand und verschränkte seine Finger mit meinen.

»Aber seit wann«, ergänzte ich und grinste, »hörst du auf das, was deine Mutter dir sagt?«

Sehr spät an diesem Abend kam die alte Dame noch einmal zu uns, um sich zu verabschieden. Sie war extra angereist, um an dem Empfang teilzunehmen, und würde früh am nächsten Morgen den Zug nach Hause nehmen. Zuerst umarmte sie Benjo und gab ihm einen Kuss auf die Wange, dann wandte sie sich mir zu. Ihre lavendelfarbenen Augen schimmerten, als sie nach meinen Händen griff und sie sanft umfasst hielt. »Mein liebes Kind«, sagte sie. »Ich wünsche Ihnen beiden alles Glück der Welt. Und kommen Sie mich besuchen. Mein Haus steht für Sie offen. Jederzeit und solange Sie möchten.«

»Das werden wir«, erwiderte ich. Doch plötzlich fiel mir etwas auf. Irgendetwas war anders, ungewohnt. Ich sah auf meine Hand, die noch immer in ihrer lag. »Das Kribbeln!«, rief ich erstaunt. »Es ist weg.«

Das Lächeln der alten Dame wurde breiter. »Natürlich ist es das. Oder fühlen Sie sich etwa traurig?« Sie zwinkerte mir zu und war schon im nächsten Moment in der Menschenmenge verschwunden.

Es war kurz vor Mitternacht, als Benjo und ich zum Ausgang schlenderten. Ich wollte gerade die Tür aufdrücken, als er mich zurückhielt, ein schiefes Lächeln auf den Lippen. »Alles klar bei dir?«, fragte ich und schmunzelte.

»Ich habe nur gerade gedacht, wie schön du bist«, sagte er. Ich gab ihm einen zärtlichen Kuss und stieß die Tür auf. Nach der Hitze im Saal war die Nachtluft angenehm kalt und klar. Für einen flüchtigen Moment schloss ich die Augen und atmete tief durch. Als ich die Augen wieder öffnete, entdeckte ich unter einer Straßenlaterne ein Paar, das sich mit einer solchen Leidenschaft küsste, dass mir ganz warm ums

Herz wurde. Ich sah genauer hin. Der Mann hatte etwas an sich, das mir vertraut vorkam. Seine schlanke Statur, die Linie seines Halses, die Haltung des Kopfes … woher kannte ich ihn nur? Und die Frau, die seinen Kuss so innig erwiderte? Den schwarzen Pagenkopf? Wo hatte ich den schon einmal gesehen?

Ich spürte, wie Benjo von hinten seine Arme um mich schlang. »Timo!«, rief er dann. Das Paar fuhr sofort auseinander. Als sie uns entdeckten, winkten sie und kamen zu uns herüber.

»Hallo, Anna«, sagte Timo. Er schob seine Begleitung ein Stück in meine Richtung. »Sara kennst du ja bereits.«

»Hallo«, begrüßte mich Sara.

Meine Kinnlade sackte herunter. Mit offenem Mund starrte ich von einem zum anderen, bis mein Blick erneut an Timo hängen blieb. Das Blond seiner Haare war eine Spur dunkler als Benjos, die Augen nicht goldbraun, sondern schokoladenfarben, die Lachfältchen nicht ganz so tief, aber dennoch … *er sah Benjo so ähnlich.* Wie hatte ich das vergessen können?

Plötzlich erstarrte ich. Die Erkenntnis traf mich mit der Wucht einer Abrissbirne. Ich schüttelte benommen den Kopf.

»Alles in Ordnung?«, fragte Benjo besorgt.

Ich drehte mich zu ihm um, sah in seine Augen und schüttelte erneut den Kopf. »Das warst nicht du«, flüsterte ich. »Das Bild, das ich gesehen habe. Das warst nicht du.«

Benjo schüttelte den Kopf. »Nein«, sagte er.

»Aber wie …?«

Er zuckte mit den Schultern. »Ich wusste einfach, dass es nicht stimmen konnte. Ich liebe dich, Anna, wie konnte da eine andere die Frau meines Lebens sein? Andererseits hattest du mir gesagt, dass die Gabe nicht irrt. Also musstest *du* dich irren.« Er wies auf seinen Bruder. »Und der da war die einzig logische Erklärung.«

Timo lachte. »Es ist wirklich schlimm für ihn, mit meinem Gesicht herumzulaufen.«

Benjo ging nicht auf ihn ein, sondern sah mich weiter an. »Es dauerte ein paar Monate, bis der Groschen bei mir fiel«, räumte er ein, »aber danach ließ mir der Gedanke keine Ruhe mehr, dass du *ihn* gesehen haben könntest anstatt mich. Mein Problem war nur, dass Timo in München arbeitete und Sara hier in Berlin war. Ich konnte meinen Verdacht also nicht sofort überprüfen. Deshalb habe ich dir auch nichts gesagt. Ich wollte erst hundertprozentig sicher sein.«

»Dafür bombardierte er *mich* mit Anrufen«, mischte sich Timo ein und verzog in einer gespielten Grimasse das Gesicht. »Jahrelang hatte mein Bruder nur das Nötigste mit mir gesprochen, weil er mich für das Ende eurer Freundschaft verantwortlich machte, und auf einmal sagte er mir, dass ich nach Berlin kommen müsse. Und zwar sofort. Wir verabredeten uns für letzten Samstag. Benjo holte mich am Flughafen ab, und wir fuhren direkt los, um Sara zu treffen, die Benjo unter einem Vorwand in ein Café bestellt hatte.«

Ich wandte den Kopf und warf Benjo einen ungläubigen Blick zu. *Das war alles letzten Samstag passiert? Während ich nichts Böses ahnend mit Sabine durch die Stadt geschlendert war?*

Er öffnete den Mund, um etwas zu sagen, doch Sara kam ihm zuvor, die Stimme eine Spur verlegen. »Ich war neugierig, was Benjo von mir wollte, also fuhr ich zum vereinbarten Treffpunkt.« Sie schüttelte den Kopf. »Du kannst dir nicht vorstellen, Anna, wie überrascht ich war, als er mit *Timo* im Schlepptau hereinstürmte.«

Sofort nahm Timo den Faden auf. »Mein kleiner Bruder zog mich durch das Café bis zu Saras Tisch, und ehe ich wusste, wie mir geschah, schubste er mich vor, sodass ich beinahe gegen sie gestolpert wäre.«

»Und dann?«, fragte jemand gespannt, und ich begriff, dass ich diejenige war, die gefragt hatte. Aus den Augenwinkeln konnte ich sehen, wie Benjo schmunzelte.

»Dann«, erzählte Timo mit einer Stimme, die ganz verträumt klang, »sahen wir uns die Augen. Und seitdem gehe ich dorthin, wo sie hingeht.«

Er sagte das ganz ernst, was ihn mir beinahe sympathisch machte. Aber eben nur beinahe. Ich hatte nicht vergessen, mit welcher Rücksichtslosigkeit er damals vorgegangen war, welche Konsequenzen sein kindischer Plan gehabt hatte, doch ich nahm seinen Besuch in Berlin als das, was es war. Eine Entschuldigung.

»Wie auch immer«, ergriff Sara das Wort. »Wir sind Benedikt und dir so dankbar. Ohne euch wären wir uns wahrscheinlich nie begegnet.«

Timo zog sie ganz eng an sich und küsste sie auf die Lippen. »Benedikt hat uns zwar hierhinbestellt, aber ihr seid nicht böse, wenn wir jetzt wieder verschwinden, oder?«, murmelte er zwischen zwei Küssen. Und schon machte er eine Geste mit Daumen und kleinem Finger, die wohl bedeuteten sollte, dass er sich bei Benjo melden würde. Dann wandten sie sich ab, und wir sahen zu, wie sie Hand in Hand die Straße hinunterliefen.

Benjo legte seine Arme um mich. »Bist du glücklich?«, fragte er.

Ich sah zu ihm auf. »Das war ich vorher schon«, versicherte ich ihm aus tiefstem Herzen und lächelte. Ein Gefühl von Zärtlichkeit, gemischt mit Erleichterung, durchflutete meinen Körper. Wie hatte ich nur jemals annehmen können, dass Sara an seine Seite gehörte? »Ich danke dir.«

Er deutete eine kleine Verbeugung an. »Heißt das, du heiratest mich jetzt?«

»Hei…«, ich verschluckte mich und sah ihn sprachlos an.

Benjo grinste. »Na, was denn sonst?«

Ich schluckte erneut. Tränen stiegen mir in die Augen. Hastig blinzelte ich sie weg.

Er hob eine Hand und streichelte über meine Wange. »Ist das ein Ja?«, fragte er zärtlich.

Ich nickte und lachte. »Ja! Ja, ja, ja.«

Benjo hob mich hoch und wirbelte mich herum. »Ich liebe dich so sehr!«, rief er.

Der Mond schien auf die Spree und verwandelte den Fluss in ein silbernes Band. In der Ferne begannen die Kirchenglocken Mitternacht zu schlagen. Er setzte mich behutsam ab, neigte seinen Kopf zu mir hinunter und küsste mich. Ich spürte seine Lippen auf meinen, seinen warmen Atem auf meiner Haut, sog seinen vertrauten regenglitzernden Duft ein. Und plötzlich begann sich die Welt um mich herum zu drehen. Erst langsam, dann immer schneller. Ein Ziehen setzte hinter meiner Stirn ein, die Ränder meines Blickfeldes verschwammen …

Und dann sah ich sie, eine kleine Kapelle, umgeben von Kiefern. Die schwere, eisenbeschlagene Holztür öffnete sich, und ein Brautpaar trat heraus in den Sonnenschein. Die Frau schaute mich an. Als sich unsere Blicke trafen, nickte sie und lächelte. Die Farben verblassten, und das Bild verschwamm.

»Benjo«, sagte ich.

Er sah mich fragend an, seine goldbraunen Augen nur Millimeter von meinen entfernt.

»Nicht so wichtig«, sagte ich und verlor mich erneut in seinem Kuss.

Danksagung

Es gehört zu meinen frühesten Kindheitserinnerungen, dass ich mit meiner Mutter vor einem kleinen Brillengeschäft in der Innenstadt von Münster stehe. Es ist ein kalter Nachmittag, und es nieselt. Mit uns wartet ein Dutzend Menschen, denn der Besitzer lässt seine Kunden nur nacheinander eintreten. Eine Eigenart, über die sich außer mir niemand zu wundern scheint. Als wir endlich an der Reihe sind, bin ich erstaunt, in dem Geschäft keine Brillen zu sehen. Schnell wird klar, warum: Meine Mutter darf sich ihre Brille nicht selbst aussuchen. Der Besitzer betrachtet ihr Gesicht, wendet sich ab und kommt mit einem Modell zurück, das so fantastisch zu ihr passt, dass sich jede weitere Diskussion erübrigt.

Diese kleine Episode hat mich nachhaltig beeindruckt. Sie hatte etwas Zauberhaftes an sich, und schon als ich klein war, liebte ich nichts mehr als Märchen und Geschichten. Mit dreißig Jahren beschloss ich, selbst eine zu schreiben. Doch schon nach den ersten Seiten merkte ich, dass der Wille allein nicht ausreichte. Mir fehlte das Handwerkszeug. Also besuchte ich Schreibkurse und las jeden Schreibratgeber, der mir in die Hände fiel. Das Ergebnis war, dass ich mich von meinen ersten Versuchen verabschiedete und eine neue Geschichte begann. Ein modernes Märchen über eine junge

Frau mit einer besonderen Gabe. Vererbt von ihrem Großvater, der ein Brillengeschäft besaß.

Seitdem ich den ersten Satz von ›Für immer auf den ersten Blick‹ geschrieben habe, sind beinahe fünf Jahre vergangen. Es war eine aufregende Zeit, mit vielen Höhen und Tiefen.

Heute möchte ich den Menschen danken, die mich auf dem langen Weg begleitet haben.

Zuallererst danke ich meinem Mann. Danke für dein Verständnis, deinen Rückhalt und deine grenzenlose Geduld. Du warst immer stolz auf mich und hast dich nie beschwert, wenn ich körperlich und/oder geistig in anderen Sphären unterwegs war.

Danke auch meinem Sohn, der es toll findet, dass ich Geschichten schreibe, auch wenn er dadurch oft auf mich verzichten muss.

Ein besonderes Dankeschön gilt meiner Mutter, die mir die Liebe zu den Büchern vermittelt hat. Du glaubst mit einer Begeisterung an mich, die mich immer wieder in Erstaunen versetzt. Ich kann gar nicht so schnell schreiben, wie du nach Nachschub fragst.

Weiterhin danke ich meiner Schwiegermutter, die sich ein ums andere Mal um unseren Sohn gekümmert und mir Freiraum zum Schreiben gegeben hat.

Mein herzlicher Dank geht an meine beste Freundin Anne, die von der ersten Sekunde an mit Feuereifer mit dabei war. Du hast mir zugehört, die schönen Momente mit mir geteilt und mich aufgeheitert, wenn es nicht so gut lief. Ich kann dir nicht sagen, wie froh ich bin, dass es dich gibt.

Dann möchte ich Andreas danken. Dein ehrliches, klares Feedback hat die Geschichte so viel besser gemacht. »Das wird was«, hast du gesagt, als ich selbst noch nicht daran geglaubt habe.

Danke auch an Raluca, meine Freundin mit der schönen Stimme. Du hast den ersten Entwurf gelesen und mich mit deinem Enthusiasmus angesteckt.

Weiterhin möchte ich ein paar sehr lieben Menschen danken, die immer ein offenes Ohr für mich hatten: Danke schön, Katrin, für dein großes Interesse und dafür, dass ich mir deinen Nachnamen für das Buch ausleihen durfte. Susanne, ich danke dir für deine Liebenswürdigkeit und dafür, dass du mich so oft zum Lachen bringst. Danke, Anna, für das Brainstorming beim Joggen und deinen wunderbaren Humor. Felix danke ich für die Aufmunterung und die guten Gespräche.

Mein Dank gilt auch Tanja und Dominic für die wunderschönen Tage, die ich mit meiner Familie bei euch verbringen durfte, und einen lustigsten Titelvorschlag. Aufgeschoben ist nicht aufgehoben …

Ein großes Dankeschön geht an meinen Schreib-Coach Rainer Wekwerth. Ohne deinen Zuspruch und deine klugen Ratschläge hätte ich den Roman vermutlich nie beendet. Du bist ein großartiger Lehrer, danke.

Last but not least bedanke ich mich bei den beiden Frauen, die ›Für immer auf den ersten Blick‹ erst möglich gemacht haben: meiner Agentin Gerlinde Moorkamp von der Literarischen Agentur Silke Weniger und meiner Lektorin Isabell Spanier vom Piper Verlag. Liebe Frau Moorkamp, danke für die angenehme und kompetente Betreuung. Mir ist immer noch ganz schwindelig, wenn ich daran denke, wie schnell Sie das Manuskript vermittelt haben. Liebe Frau Spanier, vielen Dank für die Herzlichkeit, mit der Sie mich bei Piper willkommen geheißen haben. Mit beinahe schon unheimlichem Gespür haben Sie Ihren Finger genau auf die Stellen im Text gelegt, an denen Verbesserungsbedarf bestand, und die Geschichte damit runder und schöner gemacht. Danke.